名家名篇

舞春风

王子群　著

百花洲文艺出版社
BAIHUAZHOU LITERATURE AND ART PRESS

图书在版编目（CIP）数据

舞春风 / 王子群著 . — 南昌 : 百花洲文艺出版社，
2019.10

ISBN 978-7-5500-3388-7

Ⅰ . ①舞… Ⅱ . ①王… Ⅲ . ①长篇小说—中国—当代
Ⅳ . ① I247.5

中国版本图书馆 CIP 数据核字（2019）第 203087 号

舞春风
WU CHUN FENG

王子群 著

总 策 划　伍　英
策划编辑　飞　鸟
责任编辑　杨 旭 聂 月
封面设计　辰麦通太设计部
出版发行　百花洲文艺出版社
社　　址　南昌市红谷滩新区世贸路 898 号博能中心 A 座 20 楼
邮政编码　330038
经　　销　全国新华书店
印　　刷　永清县晔盛亚胶印有限公司
开　　本　710mm × 1000mm　1/16
印　　张　14
版　　次　2020 年 9 月第 1 版　2020 年 9 月第 1 次印刷
字　　数　220 千字
书　　号　ISBN 978-7-5500-3388-7
定　　价　58.00 元

赣版权登字 05-2019-230

邮购联系 0791-86895108
网址 http://www.bhzwy.com
图书若有印装错误，影响阅读，可向承印厂联系调换。

内容简介

　　摄影家谢一积极要求深入基层，其实是借扶贫之机获取更丰富的摄影素材。不料农村的贫困景象并未让她如愿，只好应付一下帮扶工作，在不断和勤劳善良的村民接触中被感动。她决心尽自己最大的努力帮助他们，却在争取投资的过程中差点被人拐骗。谢一的不畏艰难和亲和让村民们都愿意和她接近，这使得谢一无意中发现了存在于村民中的商机，并利用闺密是艺术品商人的有利条件深入发掘，终于开发出多种艺术品市场；又建设码头，发展航运，同时还带动了周边村子的发展，终于使村民们走上了一条集体致富的康庄大道，把一个原本偏僻的小村庄变成了一个繁华的集市。她本人的摄影作品也因为充满火热的生活气息多次荣获大奖。

　　该作品通过扶贫干部谢一这一形象深情讴歌了党的英明政策，同时，说明人只有投身于时代发展的大潮，才能有所建树，发光发热，使生命升华。

　　作者出身于农村，又有着多年文化工作的扎实积累，对艺术家和农村都有着准确的把握和精准的描述。作品既富有地方特色又细腻、鲜活，读来使人欲罢不能。

一

　　人的一生总是要经历许多事情的，有些转眼就会被忘得一干二净，有些却念念难忘。

　　谢一觉得王菜园这个在地图上扒拉过来扒拉过去都找不到的村子就像她的基因，好像多年来都遗忘了，而一旦重新捡拾起来就深深印在了脑海里刻在了骨头上铭进了心腔底。

　　那天谢一没像往常那样准时走进省群众艺术馆的大门，等她进门的时候凭直觉觉得气氛有点不对劲，不过她也没怎么在意，能会有什么了不得的事情发生呢？谢一不知道从什么时候起突然迷上了摄影，而且一发不可收拾，整个人都变得有些痴迷起来。这倒跟自己的工作很对路，群众艺术馆就是搞艺术的机构，摄影又是艺术的一个门类，所以谢一就放心大胆地坚持了下来。昨天的收获不错，她拍到的落日与往日不同，怎么看都别有一番味道。谢一很高兴，晚上哄睡了女儿就在电脑前坐下来开始做后期处理。谢一自从迷上摄影以后只要有机会都会参观摄影展，每次都会被精美的画面惊得好半天回不过神来，再看看自己几乎类似的摄影作品总觉得差了点什么。她总以为是照相机的缘故，每次都向往着换一台高级一些的照相机，可一想到老公宋心之并不看好她就顿时垂头丧气起来。等到后来跟那些搞摄影的交流多了，才知道原来摄影可不是看上去照个相那么简单，里面的道道儿多了。除了拍摄本身，后期处理这个环节也尤为重要，谢一顿时犹如醍醐灌顶般一下提高了不少。后期处理会有好多种表现，每一种表现都显出不同的韵味来，究竟哪一种才是最好的呢？每到这个时候，谢一都会为无法做出一锤定音的选择而苦恼不已。昨晚她又是在这样的纠结中熬到很晚，直到发现已经凌晨了才恋恋不舍地躺进被窝里。

谜底还是很快就揭开了。

办公室里几个人正议论着什么，看到她也没停下来，谢一自然听了个完完整整，闹了半天是关于扶贫的事儿。扶贫具体什么样不知道，不过不算陌生，前几天馆里开会已经通报过了，馆长要大家做好准备，没想到今天真的通知下来了，却没有一个人报名。

谢一开始很不以为然，可不是吗？扶贫跟摄影跟艺术差太远了，根本就是个八竿子打不着的事儿，简直驴唇不对马嘴！可是到了下午谢一突然改变了主意，马上找到馆长申请到王菜园当第一书记。

馆长老万吓了一跳，因为他怎么想也没想到谢一会去，而且还这么积极。当然，谁去都可以，谁去都有可能，不过唯有谢一不可能，因为她的家庭不允许——老公宋心之在经商，天天忙得不着家；女儿乐乐刚上小学二年级正是需要大人照顾的时候，加上从出生到现在几乎都是谢一带着的，自然黏妈妈黏得不行，怎么能一下见不到妈妈呢？分开一天还好，如果是一个星期恐怕就够呛了，何况要两年呢？更重要的也更要命的是谢一是城里人，根本没有农村生活经验，甚至连一个农村出身的朋友都没有，别说扶贫了，恐怕连能不能够坚持下去都要打个问号，而一旦谢一半途而废，对群艺馆来说要想完成扶贫任务可就难上加难了——别的不说，再派谁去都成问题了！因此，老万一听就摇起头来。

谁也没想到老万是铁了心地摇头，谢一则是铁了心地申请，两人针尖对麦芒——杠上了。

老万的头都快摇掉了，谢一还在乐此不疲地申请，申请，申请……

老万终于急了，喘了好一会儿气，才把藏在心里的话说出来。他以为谢一肯定会就此打住的，没想到谢一来真的了，也把藏在心里的话说了出来。谢一说她之所以这么积极不单是想把那些在贫困线上挣扎的贫困户们拉出来，也是藏了私心的。不管这次扶贫干得好不好，只要她不出问题，等两年任满总能被提拔一下——红头文件不就是这样规定的吗？再者就是她的摄影梦了。玩了两年摄影，谢一没玩出什么名堂，倒是明白了一些道理。她发现但凡玩摄影的，都是有钱又有闲的人，也就是说玩摄影的人都是不愁吃不愁喝又有大把时间的人——他们实在闲得没趣，又不想虚度光阴，还想走捷径功成名就。练书法，需要笔墨纸砚不说，拜师求教也不说，单是天天临摹就够让人煎熬的；写小说呢，不但要多读还要多写、多观察、多思考，这得多累人啊；绘画就更难了，单是写生就够让人折腾的。这样，摄影成了唯一理想的形式了，只要对准素材、调好光线、选好角度，一按快门，咔嚓一声，就基本搞定了。也是因为摄影相比别的艺术门类简单得多，所以入门容易，但也很难有突破。谢一想了又想，终于想明白突破的难点在哪儿了。她发现玩摄影的都是城里人，就算户口不在城里，起码也是在城里生活着的人，也就是说所拍摄的题材都是司空见惯的，不管取用什么角度都了无新意，怎么可能会有突破呢？而如果她到农村去那就大不一样了，可以说是打开了一片新天地，随便一拍都是新的，当然会别开生面，自然不同凡响，说不定就一举成名了呢。如果真的一举成名，谢一不但是摄影家，也是艺术馆里的宝贝哩。说这些话的时候谢一突然想到一句话，读万卷书不如行万里路，立刻觉得这话虽然老得掉牙，却十分在理。

老万想了想，终于点头答应了，再怎么说谢一都是馆里唯一积极主动提出申请的人，就算再怎么差也不至于差太多，不过他还是提了两个最基本的要求——第一，就算这次扶贫任务拿不到优秀，但也不能落后，需要什么尽管跟馆里汇报，馆里会尽可能地予以支持；第二，为了稳妥起见还要谢一做好家人的工作才行，于公于私这一点都是必须的，否则就将半途而废无功而返得不偿失甚至城门失火殃及池鱼，那就坏菜了，以后无论在家还是在单位都会抬不起头来的。

谢一自然满口答应。

老万还是不放心，非要宋心之亲口答应才行，要么亲自给他打电话，要么写一纸支持老婆去扶贫的声明。

谢一有点不高兴了，撅着小嘴嘟囔，干吗呀，不就扶个贫嘛，怎么像审嫌疑犯？

老万笑了，说就是怀疑你不称职，如果你觉得你称职的话那就干出个样儿来，到时候你不但不再是嫌疑犯，反而是咱们馆里的英雄，我会以英雄的规格迎接你的凯旋！敢跟我三击掌吗？

击就击，谁怕谁啊？到时候别赖账就行！谢一说着不甘示弱地伸出手来，要跟老万三击掌。

老万却没伸手，笑了笑说，等我接到宋心之同意你去的声明再击不迟。看来，老万的三击掌不是说着玩的。

　　谢一以为最难说通的应该是女儿乐乐，因而一路都在盘算着怎么跟女儿说，等到接女儿的时候她的主意已经打定了。

　　乐乐，今天上课开心吗？这是谢一每次都要问到的，今天当然也不例外。

　　嗯。我们老师还表扬我了呢。乐乐颇为得意。

　　哦，我们乐乐做了什么好事被老师表扬了呢？谢一很高兴，脸上却是平淡如水。

　　我捡到了一块橡皮，交给老师了。还有，老师提问的时候我积极地回答了，而且也答对了。乐乐喜滋滋地说，看得出来她为自己取得一点小小的成绩欣喜不已。

　　我们乐乐真不错。谢一赶紧也表扬了一番，接着乘胜追击，乐乐，妈妈跟你商量一件事好不好？

　　什么事？乐乐有点受宠若惊，但很受用。

　　那我首先要问一下，一个人要想取得很大的成功需要怎么样呢？谢一看了女儿一眼。

　　忍耐。这是谢一跟女儿说了无数次的问题，乐乐自然对答如流。从女儿懂事起，谢一就有意地给她讲一些名人的故事，只要有机会也会带她参观名人纪念馆，要她从小树立远大的理想，并且让她知道远大的理想的实现不是一朝一夕就可以的，不光要有聪明的头脑，也要经历许多坎坷，这就需要强大的忍耐力。这其实也是谢一教育孩子的方法。在谢一看来，教育孩子其实很简单，作为家长只要做到三点就可以了——第一，让孩子健健康康的，只要不饿着、冻着、病着，怎么都行；第二，只要孩子不学坏，怎么调皮捣蛋都行，换言之，只要不是故意使坏，调皮捣蛋反而说明孩子很聪明；第三，一定要让孩子在心里树立起远大的理想，为了这个理想孩子自己就会认真思考、勤奋读书的。事实上，谢一的方法很不错，起码对于乐乐来说很不错，乐乐不但独立，而且也善于思考。

　　对，而且越忍耐越怎么样？谢一进一步提醒道。

　　越忍耐收获越大越多。乐乐有板有眼地说。

　　对！乐乐真行呢！谢一不单是这样教，也在很多事情上鼓励，让孩子不但懂道理，而且让道理变得看得见摸得着，从而更加积极。

　　乐乐受到妈妈的夸奖，越发开心了。

妈妈要去一个地方好好地拍一些作品，你会支持妈妈吗？谢一最早开始摄影也是跟乐乐说的，乐乐很高兴，尤其是看到妈妈把她的照片发表在报纸上被更多人知道的时候，乐乐简直乐坏了。

当然支持！乐乐的声音大起来。

那么，妈妈现在需要考验一下乐乐的忍耐力，可以吗？谢一慢慢地说。

好啊。乐乐开心地叫起来。

不过这个地方会很远，妈妈需要去一段时间，也就是说乐乐要跟妈妈分开一段时间，可以吗？谢一慢慢地说。

为什么要去很远的地方呢？乐乐无法反悔，又有些不舍，小脸上的快乐一扫而光了。

因为那里的风景很美。谢一这样说着，不禁有些心慌，平心而论她根本不知道王菜园是什么样子的，一想到是去扶贫她脑海里马上跳出来的字眼就是落后、偏僻、闭塞……不过也有淳朴、自然、清新……这些字眼。

那我可以去看你吗？乐乐想了想，犹豫了一下，小心地问。

当然可以，妈妈欢迎乐乐呢。谢一欢喜地说，这么说，咱们就说好了哦。

嗯。乐乐点点头。

谢一没想到这么快就跟女儿说好了，心里一阵感动，又有些不舍，但她还是跟女儿拉了勾。

一开始谢一就以为最难说通的女儿，没想到是最容易的，老公宋心之反而成了最难的。跟女儿说妥以后，她想等晚上睡觉的时候再跟宋心之说的，不料吃晚饭的时候难得回来吃一顿团圆饭的宋心之居然回来了。乐乐一看见宋心之就把妈妈要出远门的事儿迫不及待地嚷嚷了出来，宋心之马上就问是怎么回事，谢一只好照实说了。宋心之一听就不乐意了，并问她女儿怎么办。谢一告诉他她已经跟女儿说好了，等明天再跟妈妈说一下，把乐乐送过去。宋心之还是不乐意，告诉乐乐妈妈会走很久的。乐乐居然说她可以忍耐。宋心之没了办法，等躺到床上的时候还是不依不饶的，说你走了，我怎么办？没有老婆在，那不是跟光棍差不多吗？

宋心之的话让谢一又可气又可笑，不得不说宋心之说的是实话。谢一点着他的鼻子说怎么连小孩子都不如，乐乐还一口就答应了呢，这么大一个男人居然还撒泼打滚的。宋心之说他不管，反正谢一去扶贫他坚决不同意。

谢一以为宋心之不过说说而已，没想到第二天就搬来了她的表姐唐晓芝。唐晓芝虽然比谢一大了几岁，可两姐妹却处得比谁都亲，无论什么事，只要一个首先提出来，另一个几乎没有不同意的，就算有不同意见最多打个折扣，也还是会答应的。现在唐晓芝居然都要帮着宋心之说服自己了，这可怎么办？谢一不是担心唐晓芝别的，而是抹不开姐妹情谊。说起来唐晓芝还是她和老公宋心之的红媒呢。唐晓芝不但是宋心之的大学同学，还是宋心之追求的对象。当初唐晓芝也试着接受宋心之，不知怎么的就是不来电，但也不是一无所获，相处的点点滴滴让她知道宋心之虽然不适合她，但不得不说确实是一个能干的好男人，自然就把他介绍给了谢一。谢一和宋心之一见面就电光石火的，没多久就黏糊得再也分不开了。

不愧是姐妹加闺密，唐晓芝的说辞果真都被谢一猜到了，不过没猜到的是唐晓芝不是说她而是骂她，放着好好的日子不过，瞎折腾什么？唐晓芝大学毕业以后没像一般人那样找一份稳定的职业，而是与众不同地开了家店铺做起了小老板。那时候好多人都不理解，也为她捏着一把汗，不成想这么多年下来，唐晓芝竟然成了气候，不但生意做大了，还成了潮流，把一帮同学和朋友羡慕得不得了。唐晓芝嘴上没说什么，做起来倒是让人觉得她挺为自己当初的选择得意扬扬的。当然，唐晓芝聪明，做得不显山不露水的，每次同学聚会她都会买单，但凡有人遇到难处求她总会有结果的。因而，大家当面背地总是把她夸得不行。这样的人，谁会跟她对着干呢？

谢一是个吃软不吃硬的主儿，唐晓芝如果慢声细语地劝说她她也许会犹豫，现在好了，唐晓芝显然急了，竟然不管不顾劈头盖脸地骂她，反倒让谢一少了顾忌，立刻反唇相讥，那你还不是天天都在折腾啊？都折腾这么多年了，谁骂过你一句？

唐晓芝说，我那不叫折腾，因为当初我就是这样选择的，而这样的选择就意味着折腾，所以折腾不叫折腾，不折腾才叫折腾；而你当初选择的可是四平八稳，现在突然折腾起来了，才叫折腾，还是瞎折腾，因为全是帮助别人！还有，一般来说，帮助别人是自己比别人有优势才行，你谢一有什么优势呢？连起码的农村生活经验都没有，不是瞎折腾是什么？

谢一说，按你的意思，我就得一条路走到黑？我追求我的事业就是大逆不道了？什么狗屁逻辑嘛！

生平第一次，姐妹俩不欢而散。

谢一正要去找妈妈商量把乐乐送过去的事，还没动，妈妈和爸爸就一起找上门来了，不用说肯定是宋心之捣鼓的。

不出所料，爸爸妈妈的担心跟表姐唐晓芝如出一辙，都是替她担心，替乐乐担心，当然也替宋心之担心。

到底是自己的父母，谢一就没那么客气了，说出话来不但显得理直气壮，还简直能呛死人。什么替我担心啊？你们都一样，就是见不得我好，温水煮青蛙，让我在安乐窝里不知不觉地窝囊死，等到老了都一事无成！

谢一的妈妈气得要破口大骂养了个白眼狼，被爸爸止住了。行行行，不扯你后腿，等你折腾完了，别哭着鼻子找我们！爸爸反过来劝老太太，不到黄河心不死嘛，劝她干吗？让她折腾去吧！等她灰头土脸的回来，什么都服了。

谢一要的就是这样的效果，可当她望着二老远去的蹒跚身影，还是难过地哭了。

再说宋心之，见怎么都拦不住老婆，知道这次谢一是铁了心了，只能闷闷不乐，一等忙起来就把这茬忘了。

谢一以为什么都好了，赶紧找到老万要他批复自己的申请，把家里的情况也跟他一一做了讲述，不过还是要了个小心眼，没敢实说宋心之不同意。不过，还是被老万一句话打回了原形。

老万等谢一停下来才问，宋心之呢？

谢一不得已，只好反过来找宋心之了。宋心之本来是喜欢被老婆谢一缠着的，可那是在平常，工作的时候被女人缠着就是要命的事儿了。怎奈，宋心之不答应，谢一就不松劲儿。宋心之被谢一缠得不耐烦了，终于给老万打了电话。

这样，谢一经过文宣口扶贫干部几天的集中培训，还是如愿以偿地到王菜园去了。

二

虽然来之前谢一很认真地做了一番准备，可眼前的王菜园还是让她倒吸了一口凉气，好半天都没愣过神来。她怎么也无法想象改革开放快四十年了，位于中国腹地的中原地区居然还会有这样贫困不堪的村子。

那时候已是深秋，一马平川的田野里刚蹿出地皮的小麦呈现出淡淡的绿色，一望无际，间或有几片更绿一些的油菜地镶嵌其中，像一块绿毯上的补丁般东一块西一块的。在这无边的绿色里王菜园和附近远远近近的村子就像是被谁胡乱扔在这里的蘑菇一样灰扑扑的，皱皱巴巴的，毫无生气。如果仅仅是看看倒还罢了，谢一不是游客更不是过客，她不能看看就走，她是来扶贫的，就算她不能在这里扎下根来起码她也得在这里生活一段时间，换句话说她必须走进来，待下去。

那就走进去吧。

可是，怎么走呢？从高朗乡政府所在的什集街上往东走上五里就到了通往王菜园的路口，再走上五里多地就到了，不过这五里多地可不像之前的五里地都是柏油路，而是土路。恰恰就是这个五里多地让谢一犯难了。本来这五里多地的路是铺了砖石的，可哪里经得住长年累月大车小车的倾轧呢？前天一场透雨到了眼目前儿还沥沥拉拉的没完没了，被碾压得不成样子的路面早已污水横流泥浆飞溅面目狰狞了。如果是晴天虽然尘土飞扬，但凑凑合合还能骑车，最不济步行还是可以的，一场雨让一切全变了，车开不了，人也走不成了。

谢一到乡里报到的时候，书记栾明义和乡长郑海河、妇联主任白素芝就劝她等天晴透了再到王菜园报到也不迟，反正两年呢，也不用急于这一时半会儿的。谢一不是不想停一停，一路几百里摇摇晃晃的大巴让她只能坐着早就憋屈坏了，是得伸伸腿活动一下腰肢了。谢一本来想歇一下的，可转念一想就打住了，她可不想初次见面就给人留下娇气的印象，如果马不停蹄地到驻村去报到反而会给人一个雷厉风行的印象。这两者不用说也是大相径庭的，可讲究就多了——如果扶贫任务完成得好还则罢了，如果完成得不好追究起来也会大相径庭的——前者，人家多半以为在人；后者，人家多半以为在事。而她谢一来就是干事的，怎么能犹豫不决呢？于是，一干人都陪着轰轰隆隆地来了。

现在见谢一犯难，一干人乘机又劝慰起来。

谢书记，还是等明天天晴了再来吧。栾明义给妇联主任白素芝使了个眼色，白素芝立刻拉住了谢一的手。

谢一没吭声，拿出相机咔咔地拍了起来。

这举动是一干人始料未及的，都愣住了，不知道谢一葫芦里卖的什么药。一干人你看看我，我看看你，一时不知道该说什么了。

就是，认了路了，下次再来我们就不用送你了。郑海河想了想赶紧说，他觉得谢一怕是骑虎难下了，正等着有人给她一个台阶下。

可不是嘛。谢书记，就算要来，起码你也得等我们跟你汇报一下王菜园的情况，心里有了底做起工作来不是更能有的放矢吗？栾明义更进一步地说。

我就不信。谢一轻轻地吐出这几个字，马上把一只鞋子脱了下来。

一干人一见谢一这架势顿时慌了。

这可不行！白素芝再次把谢一拉住了，这可不光是泥，泥里还会有石子，会把你的脚硌伤的。

这样也会感冒的！感冒了，你自己不舒服，也影响工作不是？郑海河接待过好几拨省里、市里、县里来的扶贫干部了，早就看出谢一不同于一般的扶贫干部，要是只替她个人担心根本不行，因为她是来干工作的，想让她听进去只能从工作上说。郑海河看出谢一不一般不是说谢一有什么过人之处，而是没有农村生活经验。这问题看似无足轻重，事实上大了去了。一般来说，愿意到乡下来扶贫的大多是农村出身的，他们一来对农村熟悉，二来对农村有感情，三来一般而言扶贫去的地方都会是自己曾经生活过的地方，对当地的情况熟悉，比较容易开展工作。可这些对谢一来说都是没有，那就变成劣势了。她要么急于求进步，要么凭着一腔热情，有点初生牛犊不怕虎的意味，可这两样往往都是大忌，多数都会事半功倍，艰辛无比，甚至根本撑不了几天就会半途而废，不得不走马换将。

我就不信，这比长征还难？去年作为文化部门的干部，谢一参加了第四批红色教育培训，其中一个课目就是重走红军长征路时弯弯曲曲高高低低枝枝蔓蔓的羊肠小道。这次行走让谢一感同身受，打心眼里觉得红军长征的艰难，那敬意就深了一层。

一干人见拦不住谢一，也只好跟着学样。直到这个时候谢一才忽然想起来自己没把话说明白，赶紧说，你们都回去吧！我自己就能行！

那哪行啊？一干人更慌了。

没事！谢一攀起来。

就算你自己去，起码得把你的行李带过去吧？栾明义试探道。

谢一这才想起来，她确实带了一个鼓鼓囊囊的行李包，以她瘦小的身板是绝对扛不起来的。不过，谢一很快就有了主意，那行，就让司机帮我扛上吧。刚才一上车谢一就注意到了膀大腰圆的司机，这会儿正好派上用场。

一干人见谢一执意要去，也只好由她，只是叮嘱司机一定要跟村里联系好，把谢书记好好安顿下来才行。司机当然保证照办。

谢一很坚持，可刚一下脚就不禁倒吸了一口凉气。深秋的天已经很凉了，淅淅沥沥的雨让这凉变得冷起来，白嫩的脚板刚一挨到地，一股透骨的凉意瞬间就穿透了她的全身，使得谢一不由打了个寒战。可是，坚持要去是她的主意，还把鞋子袜子都脱了，按照公文里的说法就是不但有思想而且还落实到了行动上，如果半途而废不但达不到预期的效果，反而会贻笑大方，她以后想在王菜园开展工作可就难了，甚至能不能待得下去都成问题。想想来的时候那么果决，真的临阵了却要退却，这该是何等的讽刺啊？更重要的是这讽刺不是别人给的，而是自己寻的，那不是脑残是什么？现在就算装样子也得装，决不能让人家小瞧了！

等等！谢一的迟疑虽然只有短短的一刹那，可还是被在场的所有人都看到了，司机甚至偷偷地笑了一下。其实，一接到通知大家就有些犯嘀咕，如果派来的第一书记是农村出身或者是个男人还好，搞了半天竟然是一个弱不禁风的小女子，还从未下过乡，不要说扶贫，能安下心来待下去就不错！不过，既然是上级派下来的，谁也不好说什么。栾明义知道如果他再不制止的话，谢一会更难堪的。

所有人都齐刷刷地看着栾明义。

谢书记，我知道你是为村里的贫困户心急，所以才急着报到。不过，再急也不在乎多等一会儿吧？栾明义知道大家都在看着他，也知道谢一心里的想法，接着说，我让司机到街上给你买双胶鞋，这样你既不会受冻，也不会硌着脚，还能最快报到，你看可以吗？

谢一想了一下，只好点了点头。

司机本来想开着车到街上去的，但是如果没有车一干人就得站在风雨里瑟瑟发抖，只好步行去了，好在并不算远，估计一个小时就回来了。

谁都知道司机一个来回是要一些时间的，在这个时间里站在风雨里当然是不明智的。栾明义就招呼谢一到车上去背背风雨。谢一没有坚持，一猫腰就钻到小轿车里去了。

车上坐了一干人，平常又都是熟人，加上在工作上有来往，按说应该聊得热闹，起码也不至于冷场，可冷不丁地多了一个从省城来的谢一，谁也不敢贸然开口了，就算栾明义想打破沉默，可他该说的在接待谢一的时候都已经介绍过了，其他的他试着说了，发现谢一好像并不感兴趣，就不吭声了。书记不说话，乡长和妇女主任就更不敢开口了。车上一时陷入寂静，只有窗外的雨依旧淅淅沥沥地下个不停。

谢一看着窗外的田野，再遥望不远处的灰蒙蒙的王菜园，忽然有点失望。这样的地方，这样的村庄能会有什么风景呢？没有好的风景，怎么可能拍出非同一般的作品来呢？不过，她已经来了，再后悔也是没用的，只有硬着头皮撑下去了。

没人说话，时间就越发显得凝重。谢一等了又等，催问了几次，只是回说快到商店了，已经到商店了，谢书记穿多大码的鞋子啊？36 码，正在买，在回来的路上……然而就是见不到人影。开始谢一还以为回的都是实情，慢慢起了疑心，以为故意在糊弄她，目的就是拖延时间，不让她雨天踩着泥泞报到。虽然是好心，可谢一不能领情。反正都要报到，何必推脱呢？

又等了一会儿，还不见司机的身影，谢一终于耐不住了，把刚才穿好的鞋袜重新脱了下来，打开车门独自走下来打开雨伞，任谁怎么说也不行，非要步行往王菜园不可。等栾明义他们追过来的时候，谢一已经走出好几米远了。

栾明义没办法，只好让乡长郑海河打电话给司机，催他再快点，再一回头发现谢一半弯着腰像雕像一样僵住了，不用说肯定是硌住脚了。这怎么能行？栾明义赶紧叫白素芝把谢一扶过来。

谢一带着气走得就比较急，一脚下去脚底板就火辣辣地疼。她感觉那疼痛像刀子一样瞬间就戳遍了她的全身。从小到大谢一所走过的每一条路都是平展展的，就算上楼梯除了逼仄一点外，照样是平的。刚才她看着那泥浆翻滚的道路，觉得最多就是一摊烂泥，没什么可怕的。谢一做过海泥浴，知道泥又湿又滑，只要小心点不被滑倒就好了，哪里料到真的泥和海泥完全不是一回事啊？再想想刚挨到王菜园的边就被整了个下马威，这以后还长着呢，该怎么坚持呢？谢一这样一想，不禁悲从中来，不觉掉出两滴眼泪来。

白素芝比起谢一来算得上是牛高马大，又是乡里干部，泥泞路当然不在话下，三步两步就来到了谢一身边，招呼说，谢书记，还是先回去吧。

谢一进退不得，脚底板还钻心地疼，就还保持着刚才的姿势没动。

白素芝走过去，问，谢书记，是不是硌住脚了？

谢一还是一动不动，也没吭声。

白素芝说，谢书记，要不我把你背过去吧？她的意思是要把谢一背到小轿车上去。

谢一这才回头看了她一眼。

白素芝走过来慢慢把谢一背起来，向小轿车走过来。栾明义和郑海河赶紧伸出手把谢一手里提着的鞋子接过去，再小心地扶着谢一坐进小轿车里。

谢一有点不好意思了，脸红了一下，说，我真没用。

栾明义说，咋能这样说呢？你是大城市来的，不知道咱这儿的情况，情有可原嘛。

郑海河和白素芝也附和道，是啊，是啊。

谢一这才向白素芝道了谢。

就在这时，司机提着两双胶鞋赶了过来。谢一要换上，栾明义要她还是到乡里休息一下，明天再去。

谢一不肯，还是把胶鞋换了，问，多少钱？

没等司机搭话，栾明义就说，怎么？我们高朗乡还送不起谢书记一双鞋吗？

谢一说，话不是这样讲的，我是来扶贫的，就算工作做不好，也不能再让你们雪上加霜了不是？

栾明义赶紧说，谢书记说的是，乡亲们没有脱贫是我们工作没做好，我们也有责任。

郑海河一听，也赶紧表了态。

谢一有点不好意思了，笑了一下，说，我不是那意思，我是说咱们应该一心和气地想个什么办法，帮乡亲们富起来。

栾明义说，是我们工作有疏漏，这么多年都没搞上去。谢书记有什么思路，我们全力配合。

谢一说，那就先让我把胶鞋的钱付了吧。

话说到这个份上，栾明义就不好再坚持了。没想到谢一要付的是两双鞋的钱，栾明义就不同意了，司机也不敢接。

谢一说，一双是我要的，一双算我送你的，因为送我，给你添了麻烦，怎么能再让你破费呢？

听谢一这样说，大家就不再说什么了。

谢一付完钱，接着说，好，你们就送到这儿，我到王菜园报到去了。

栾明义要把谢一送到村里，可胶鞋只有两双，谢一一双，司机一双，没有多余的，其他人想去也去不了。栾明义无奈怪司机不会办事，明知道五个人，为什么只买两双胶鞋呢？

谢一说，两双刚好嘛。马大哥，咱们走吧。

司机把谢一的行李往肩膀上一扛，迈开两腿就大踏步地往前去了。

谢一跟大家道了别，跟着司机踏着通往王菜园泥泞不堪的道路慢慢地走了过去。

胶鞋穿起来就是不一样，不但脚不再冰凉了，也不再硌脚了，加上休息了这么一会儿，刚才硌疼的脚也恢复了过来，让谢一的心情好了很多。

可惜，谢一的好心情没有维持多久。

谢一那会儿一边走一边呼吸着清新的空气，还兴致勃勃地欣赏着雨中空旷的田野。可是，走了不一会儿就浑身燥热起来，解开夹克衫还是不行，再一看，刚才还在领着她的司机不见了！谢一吓了一跳，怎么会平白无故好端端的大活人就消失了呢？再一看，更是吓出了一身冷汗，不知什么时候前面突然冒出个人影来，还一晃一晃的，看那五大三粗的身形肯定是个男人！如果男人在和她擦肩而过的时候起了歹意，她一个瘦弱不堪的小女子可怎么好？再回头看看栾明义他们早就走得没影了。

这可怎么好？

到这个时候谢一有点后悔起来，要是栾明义他们在多好啊！谢一急得不行，忽然想起来，赶紧给栾明义打了个电话，把情况跟栾明义做了说明。栾明义当然明白，告诉她不用急，司机不会走远的，说不定到僻静的地方方便去了也说不定，他会打电话让司机联系她的。

不一会儿，谢一的手机就响了，是个陌生号码，不过现在已经顾不得那么多了。

谢书记，我是司机老马，对不起，我走得太快了，没留心把你落下了，我现在就回去找你。虽然跟司机接触不多，不过刚才还在一起他的声音还是能听得出来的。

那你快点啊！谢一快要急坏了。

马上就到，我离你没有多远，就在你前面。

什么？就在我前面？可是我前面什么都没有，就只有一个人影啊！

那就是我。

这也难怪，谢一的行李对谢一来说十分沉重，可对身强力壮的司机来说根本不算什么，他又走惯了泥水路，根本不在话下。对谢一就不同了，一来她心情正好，农村又是第一次来，尤其她选中看到的就是王菜园村的庄稼地，让她忍不住会多看一眼，再者虽然换了胶鞋，可还是容易沾上泥，鞋子就会变得沉重起来，还加上泥里还有石子，虽不至于像刚才那样硌脚，可还是硌得慌。这样一来二去，谢一自然就被远远地落在了后面。

这时候的谢一真的累坏了，她觉得自己随时都可能倒下来，可又一想，一个干部，尤其是一个女人，还是一个来扶贫的女干部，连这点苦都吃不了，还来个什么劲儿呢？不是净叫人看笑话吗？想了半天，也只好咬牙撑着。不过，从她内心来说真想倒下来，哪怕地上满是泥水，她觉得不管怎样，只要能躺下来就是莫大的享受。起初，她听到王菜园这个名字，以为满村的人都在种菜，而且满村种菜也有些历史，要不怎么可能会把种菜的手艺当成村名来叫呢？这样一来，她在城里梦寐以求的纯绿色蔬菜就梦想成真了。等她一见到高朗乡的人就迫不及待地打听起来。

王菜园村名的由来确实跟种菜有关。

几百年前，这里还是地广人稀的，有一户逃荒的王姓人家看这里地肥水美索性就住了下来。住下来容易，可怎么生活呢？好在这户王姓人家会种菜的手艺，就以此为业安顿了下来。这样，既让自家有了安身立命的所在，也让过往的行人歇脚提供了方便。久而久之，人们再说起行程的时候就会说到了王家的菜园怎么怎么的。再过了一些时间，王家的人口越来越多，自然房舍也越来越多，再加上其他逃难的人也来此落户，渐渐形成了一个村落。因为过去人们把这王家菜园叫惯了，自然也成了村子的名字。王家菜园四个字叫起来到底有些拗口，再加上村落里还来了高、李、赵、刘、顾、杜等姓氏的人家，六姓人家最初逃难落脚时的感激涕零到这时候已经变为平起平坐，甚至高出一头，再叫王家什么什么的，自然不服。可是用任何一方的姓氏做村名其他的姓氏都不乐意，最后来了个折中，就把王家菜园叫了王菜园。

那时候王菜园的人家确实大多数都是以种菜为生的，渐渐有了种粮食的、种棉花的、种烟叶的……到现在则没有一家种菜的了，人们平常吃的菜完全靠到集街上买，那里的菜要么是其他村子的人专门种出来的，要么是从其他的地方贩运过来的，换句话说，王菜园村的人早就把祖宗种菜的手艺丢得一干二净了。

谢一听了不免失望，可已经来了还没见王菜园究竟是个什么样子就打道回府未免太说不过去了，就只好来了。

司机老马很快就从一个大黑点变成一个人影，再由一个人影变成活生生的司机老马来到谢一的面前，抱歉说，谢书记，对不起。

谢一知道事实上该说对不起的是自己，是自己拖累了人家，不过从另一方面说一个男人，还是作为地主的男人，既没尽到地主之谊，也有失男人对女人的礼仪，这样一平衡，算是谁也不欠谁的，就没说话。

司机老马一看谢一没吭声以为谢一见怪了，顿时有些忐忑，把谢一看了又看，那架势如果谢一不是女人他真想把她背起来。

谢一歇了一会儿，又有了司机老马做陪伴，无论是体力还是心情都好了不少，这让她和颜起来，说，咱们走吧。

好，走。司机老马赶紧应和道，可还是等谢一迈出第一步才小心翼翼地跟着走起来，一路上再不敢越谢一一步，却也不敢离谢一太远。

这情形让谢一好一会儿适应不过来，一个大男人跟在一个娇小的女人屁股后头算怎么回事？直到走了一路见老马都是小心谨慎的，有些不解，想了想才忽然明白老马肯定以为自己刚才的不吭声是给他的下马威。想到这儿，谢一不禁想笑，但还是忍住了，不过，心情马上变得轻松起来，甚至轻轻地哼唱了起来。

老马愣了愣，不由哧地笑了一下，顿时轻松下来。

三

王菜园终于到了。

说起农村来谢一并不陌生，馆里每年都会有送文化下乡演出，谢一以前就随演出队去过好多个农村，可眼前的王菜园还是让她有点不敢相信自己的眼睛。

从远处看，王菜园就像一幅水墨画一般静静地浸泡在深秋蒙蒙的烟雨中，安详，恬静，偶尔一声犬吠让这些别有一番味道。可越是走近，越让人心里发紧，别的不说，就拿每天必走的路来说，就让谢一见识到了什么是真正的农村。

虽然刚才进村时的泥泞已经让谢一有了对王菜园的初步印象，可村里的泥泞更让谢一记忆犹新。

刚才进村的泥泞已经把谢一的胶鞋脚面以下的部分全都沾满了黏糊糊的泥，进了村，那些黏糊糊的泥都变成了粥一样的稀泥。这说起来不错，因为不再死死地粘在胶鞋上，顿时轻松了不少，可麻烦随之来了。这些泥粥不但漫过了鞋面，而且到了脚踝以上很高的地方。这时候，走路就不是一步一步的，而是慢腾腾地把一条腿拉到一定的地方，再拉另一条腿，如此循环往复。因为如果再一步一步走的话，那些泥粥被激荡起来形成泥浪，说不定就能灌进胶鞋里，让人既彻骨地冰冷，也让人两脚如同灌了铅一样步履维艰。这样走路既费力气又费时间，可别无他法，只能这样蜗牛一般在泥粥里游着。

谢一走累了，停下来想喘口气，借着这个空当她抬起头不经意地扫了村子一眼。就是这一眼让谢一突然想哭，她怎么也没想到建国到现在已经六十多年了，居然还会有老电影里的茅草屋真真地出现在她的眼前！虽然只有几户，但和周边的瓦房、平房以及几幢简陋的楼房相比还是十分的不协调。茅草屋漆黑的屋顶和瓦房红的、青的屋顶以及平房和楼房灰色的屋顶形成各种不同的色块，但黑色就那么几块，其余的红瓦、青瓦则因年久和雨水的浸淫而变成的深灰色则是一大片，这样，黑色就格外显眼起来，甚而有些刺眼。

司机老马大概看惯了，并没觉得什么，见谢一停住了，也跟着停下来。

谢一好一会儿没说话，过了一会儿才突然想起来，问道，咱们这是去哪儿啊？

去支书彭青锋家。司机老马立刻答道。

不是该去村部吗？谢一问道。

彭支书家就是村部。司机老马看了看谢一，大约有点奇怪她怎么会这样问。

怎么回事？谢一惊讶得张大了嘴。

村部破烂不堪，根本没法办公，有事儿就直接到彭支书家。不过，也没啥公可办。司机老马解释说。

怎么会没公可办呢？谢一又吃了一惊，这太出乎她的意料了，在她的印象里一个村几千口人，应该每天都有忙不完的事情才对。

现在地都分到各家各户了，也不再交公粮，各忙各的，哪里还有啥事哩？司机老马不以为然地说。

谢一想了想，似乎是这么回事儿，又觉得好像哪里不对，但一时之间她也说不上来，就没再说话。

两人歇了一会儿，就慢慢向村支书彭青锋家走去。

在谢一看来，村支书是村里最大的官儿了，再怎么也会比一般村民强，虽不是楼房，起码也得是平房才对。然而，谢一又想错了，眼前的彭支书家让她惊得好半天没说出一句话来。

彭支书家不但是瓦房，而且还又低又矮，加上阴雨连绵，屋子里黑乎乎的，什么东西看起来都模模糊糊的，显然是八十年代初第一批建起来的瓦房，这样的瓦房在当时应该是十分阔气的，或者说在当时彭支书应该算得上村里数一数二的能人。那么，照此推算，彭支书家应该不至于差到这步田地啊！

再看彭支书本人呢，居然躺在床上病病歪歪的，可能一直在哼哼唧唧，只是见到省里来的人才极力克制着，偶尔哼唧一下，这情形不用说也知道彭支书不但病得不轻，而且病得也不是一天两天了。后来，谢一才知道彭青锋只有一个孙子叫彭三才，自然把他宝贝得不得了。谁想彭三才不争气，竟然干起来了偷鸡摸狗的勾当，还被关进了局子，彭青锋失望之极，急火攻心就病倒了。

彭支书显然接到通知了，看到谢一勉强撑起半个身子惭愧地说，真是对不起啊。

谢一不知道说什么才好，刚想安慰他两句，进门时的那股说不清的气味让她再也忍不住恶心，胸口一阵阵地翻江倒海，连忙紧走几步到门口吐了起来。

彭支书见了立刻面红耳赤起来，忙叫老伴，你把领导领到田明家去吧，我都跟她说好了。

谢一有些不好意思了，想说点什么，可实在受不住，赶紧擦了一把呕吐时溢出来的眼泪，走到门外去了。

彭支书，你歇着，俺们去了。司机老马赶紧跟彭支书道了别，看了谢一一眼，停了停，说，谢书记，咱走吧。跟着彭支书的老伴慢慢走了。

谢一一直奇怪彭支书为什么把她安排在田明家而不是别的谁家，等到了田明家才一下明白过来。

田明家虽不是王菜园最富裕的人家，却是接纳谢一最合适的。她家有四口人，男人杜大明常年打工在外面，儿子杜广林在县城上高中，闺女杜小花在高朗街上上初中，都不在家，自然家里只有田明一个人。田明一个人在家闷得慌，就开了一个小卖部，除了赚点零花钱，还能见天儿迎来送往地跟街坊邻居见个面说说话，别提有多高兴了。再一个，她家住房也宽敞，不但有明三暗五的大瓦房，还有两间一过道的门楼，两间西厢房，两间做灶屋的东厢房，别说住一个谢一，就算再来十个八个人也住得下。

听说扶贫书记要住在她家里，田明高兴坏了，不光是能赚点伙食费，到了晚上也能有人跟她说话了，这是多好的事儿啊，恐怕打着灯笼也难找啊！因而，她一听就答应了。

小卖部平常就不怎么有人，下了雨就更少来人了，何况到了傍晚时分，根本就是冷冷清清的。田明正闲得无聊，彭支书老伴就领着谢一和司机老马来了。田明没等彭支书老伴开口就什么都清楚了，马上招呼，来了啊，欢迎，欢迎。不过，彭支书老伴还是做了简单的介绍，司机老马又做了介绍。

田明就问，谢书记，俺家不比城里，可有一样，宽敞，你住哪儿都中，随你挑。

谢一想了想，就挑了西厢房。厢房当然是偏房，对于像谢一这样的贵宾显得有些不敬。彭支书老伴和司机老马都要她住主房，见谢一坚持也只好作罢。

安顿好谢一，司机老马和彭支书老伴就各自告辞离开了。

田明很高兴，两人聊了几句，就问，谢书记，该饿了吧，你想吃啥，我现在就做。

谢一不知道田明家都有什么，虽然饿了，可也没什么胃口，就说，随便吧。

田明笑了，说，谢书记，你可给我出了难题了。

怎么？谢一一愣。

田明说，这天底下啥都有，就是没有随便啊！

谢一被逗得呵呵地笑起来，说，那好，那就按你家平常的饭做就行。

那可不中！田明一口就拒绝了。

怎么了？谢一又是一愣。

俺家平常都是粗茶淡饭，下雨天就只有两顿饭了，晚饭是从来不吃的。田明赶紧解释说。

为什么？谢一大惑不解。

平常吧，有活干，不吃不中，下雨天不干活吃恁多饭干啥？饿不着就中了呗。田明轻描淡写地说。

怎么这样啊？！谢一简直哭笑不得，又感到不可思议。

家家都是这样的。省粮食，也省柴火，还省得洗洗涮涮的，多好啊！田明一说起话来就滔滔不绝的，还有理有据的。

古人说，一日三餐，晚饭不吃怎么行呢？毕竟是一顿饭啊！谢一听得直摇头。

是啊，这不是你来了嘛，咱们就一日三餐。田明赶紧顺下来，再一次征求谢一的意见，谢书记，想吃啥？我做。

什么都行。谢一再一次强调。

那可不中，俺家从来没来过恁大的官儿哩，我可不能慢待了。田明开心地看着谢一，显然期待她能准确无误地把想吃的饭菜报出来。

谢一看出来了，田明确实是一片真心，只是不了解自己，看来如果自己不实话实说田明还会一直纠结下去的，就说，嫂子，我知道你是一片好意，可我真说不上来，因为既不知道你能做出什么饭菜来，也想吃些土菜。所以你就看着做吧，不过，越土越好。

那咋中哩？田明还有些理解不开。

哎，嫂子，你不知道，城里的人很少能吃到土菜，稀罕呢。其实谢一想说城里人天天大鱼大肉的早就吃腻了，但怕这样说会刺激到田明，也有些高人一等之嫌，话到嘴边还是改了。

田明想了想这个时候乡下也确实没啥好吃的，加上下雨，即便到街上买也不可能了，就不再坚持，说，那中，你歇着，一会儿就好。

田明果然很能干，要不了多大工夫，四个菜清清亮亮地就端上来了——一个咸鸭蛋，一个火腿肠，一个醋熘白菜，一个凉拌萝卜丝。田明犹嫌不够，有些歉意地说，乡下没啥吃的，凑合吃点吧，明天我赶集再买。

谢一忙说，够了，够了。

田明问，喝酒吗？我去拿一瓶。

谢一忙说，我不喝酒的。

推让再三，还是罢了，田明这才去灶屋端了馒头、红薯稀饭，两个人这才慢慢吃起来。

饭菜没什么稀奇的，唯一让谢一感到新鲜的是红薯稀饭，她还从来没这样吃过，端起来喝了一口，甜甜的，黏黏的，有些清爽，又有些腻，说不清什么滋味，但有一股粮食的清香和甘美，还是挺好吃的。

田明见谢一没有嫌弃，而且吃得津津有味，这才放下心来。

谢一问，嫂子，我想问一下，你小卖部的生意好吗？

田明笑了，说，有啥好不好的，就那回事吧。

谢一问，怎么呢？

田明说，就是赚个零花钱，想赚大钱也不容易啊。

谢一问，为什么？

田明说，村里到街上不远，街上啥东西都有。

既然这样，那为什么大家还来你这小卖部买东西呢？谢一不解。

也就是一时不方便，又不想或者不值得跑到街上才来的。当然，偶尔也会有过路的买点东西，不过，这种情况是少之又少的，即便有，买的东西也不多，几乎可以忽略不计的。

谢一问，那你一个月能赚多少钱呢？

田明说，也就几百块钱吧。

谢一本来想说怎么会这么少，可又一想也没什么不对，毕竟本钱不大，小卖部她刚才看过，不过是几盒烟，几包盐，几瓶酱油、醋，几箱方便面，一大瓶糖块，并没多少东西。

不过也难啊，都得赊账。田明感叹起来。

为什么？谢一忙问。

过几天你就知道了，村里都是老弱病残，手里都没有钱啊，得等到打工的人回来，有钱了才来结账。所以啊，平常我都得把这钱垫起来。

哦！谢一没想到一个小小的小卖部里面竟然还有这么多事情。

田明忽然问，谢书记，听说你要在俺村住下来？

是的。谢一说。

那你大老远地从省里来俺村干啥哩？田明不懂了。

扶贫啊。谢一说。

扶贫？田明看着谢一，一脸的不解，啥意思？

怎么？你不知道？谢一很意外。

田明摇摇头。

哦，简单说，就是帮助你们发家致富。谢一赶忙解释。

哦，有恁好的事儿啊？田明有点不敢相信。

这是国家的政策，报纸、广播、电视都有报道的，你们不知道啊？谢一愣住了。

田明摇摇头，第一次听说。

谢一没想到扶贫这么大的事，不但很多年前就有过，这次力度更大，宣传的力度也更大，在城里早就铺天盖地尽人皆知了，然而在扶贫的主阵地却悄无声息，这反差太让人不可思议了！她忽然觉得扶贫比自己想象的还要任重道远！

吃完饭，田明到灶屋洗涮，谢一借这个空当给老万打了电话，把自己的经历简单地做了汇报。

老万听了沉吟了半晌，问，怎么样？还能坚持吗？

谢一说，我说的都是实情，只是汇报，又不是求救。

老万说，看来你真要接受考验了？那好吧，有什么困难就说，馆里一定尽最大努力支持你。

谢一说，我觉得第一条就是得修路，不是说要想富，先修路嘛。

老万马上含糊起来，这得需要多大一笔钱啊，馆里哪里拿得出啊？

谢一马上抓住不放一口咬定，你说的馆里会尽最大努力的！

老万说，是啊，馆里是尽最大努力啊，可尽最大努力也拿不出这么大一笔钱啊！

谢一半晌没言语。

老万说，好吧，容我再想办法。不过，就算修路，王菜园现在这样的情况也不行啊！他的意思是只单纯修条路并不能解决贫困的问题。

谢一想了想，还真是，可到底该怎么办呢？

田明走进来，问，谢书记，你要帮俺们村修路啊？

谢一点点头，是啊。

田明说，那可太好了，不过，你得赶紧联系砖场，眼下盖房子的人家多，晚了可就买不到了。

谢一被她说得直发愣，问道，联系砖场干什么？

还能干啥？买砖啊。田明看着谢一，被她的反问弄得也发起愣来，不过很快就回过神来。

买砖？谢一更愣了。

对啊。田明显然收拾完了，慢慢坐了下来。

买砖干什么？谢一还没明白。

修路啊。田明像看什么似的看着谢一。

修路跟买砖有什么关系啊？谢一终于说。

不是修砖路啊？田明有些失望。

砖路？什么砖路？谢一被田明搞得一脸的莫名其妙。

原来这里的修路是分好多种的。第一种是把被雨水冲毁的路基重新修复一番。这样的修路最简单，只要把路基两边的土重新翻上去就行，但问题也大，就是第二年又会被冲毁，还要再次修复，如此反反复复。第二种就比较麻烦，花费也大，就是在修好的路基上轧上一层砖，如果没有重型车碾压撑上几年是没有问题的，问题也恰恰出在这里，一个村几百上千口子人，哪会不盖房子呢？盖房子哪会不拉砖、拉沙、拉水泥呢？那就少不得重型车碾压，自然很快就坏掉了。谢一从公路上一下来所走的路就是这样的，那些砖被过来过去的重型车碾压得早就粉粉碎碎的了，自然一疙瘩一疙瘩地硌脚，加上路基不够均匀，自然会坑坑洼洼的。这也是田明以为谢一要修的路的样子。第三种就是柏油路或者水泥路。这种路是最好的，可也是花费最大的，一般的村子根本修不起。

谢一没想到修路竟然还有这么多讲究，马上说，我说的修路当然是柏油路或者水泥路，要不然哪里还叫修路啊？

田明有些不敢相信，说，哎，谢书记，俺们不敢想那么好，修个砖路就中。原来的砖路还是十几年前修的呢，到现在早就坏得不像样子了，可凑不齐钱来，就耽搁了。你看都成啥样子了？连土路也不如哩。

田明说的是实情，土路无非就是下雨的时候有些泥泞，可等天晴好了，把路一平，还是光光溜溜的，想怎么走就怎么走，不像砖路一旦被重型车碾压就会坑坑洼洼的，想平都难。

砖路肯定不行，至于是水泥路还是柏油路，还得等商量好了再定，不过有一点是可以肯定的，那就是路一定得修！

两人说了一会儿话，田明忽然想起来，说，谢书记，你先看着电视，我给你烧点水，泡泡脚。

走了半天泥水路，泡泡脚当然再舒服不过了，可如果田明不先说出来，而是先把水烧好谢一肯定会觉得很温暖，现在田明还没做就先说了，虽然也叫人觉得温暖，但这温暖就有点打折扣了，怎么都让人觉得像是客套。

田明没等谢一客套就把遥控器塞到她手里，转身到灶屋去了。

谢一一下有点不适应，想了想，还是接受了。打开电视胡乱看着的当儿，田明就把一盆冒着热气的水端了过来。谢一看着水，心里的感激也像那热气似的呼呼地往外冒，赶忙说，嫂子，太谢谢你了。

乡下人不像城里人动不动就"谢谢谢谢"地挂在嘴上，也是几乎从来不说谢谢的，谢一谢谢一出口，田明虽然知道谢一是感谢她的，可还是一下不知所措了，半天才说，别客气了，赶紧洗吧。

如果在家里，谢一泡脚的时候会加上一点中成药保养身体，可到了这里就没那么方便了，当然也不是完全不可能，加点醋还是手到擒来的，毕竟醋是一种家家都会有的调料，但她想了想还是罢了。虽然是她的习惯，可在田明看来就会觉得城里人娇气，这也跟她作为驻村第一书记的身份不相符啊！什么叫第一书记？就是带头吃苦，领着一方穷苦的老百姓发家致富，而不是来享受的！

谢一脱了袜子，正要把白白嫩嫩的脚伸到水里的时候，猛然发现盆子有点眼熟，忙问，嫂子，这盆子怎么和吃饭前洗手的盆子那么像啊？

谢一不过随便问问，在她看来大约是一起买了两个一模一样的盆子。谁知田明的回答让她几乎跳起来。田明说，就是那个盆子啊，咋了？

洗脸洗手的盆子，怎么可以洗脚呢？谢一感到不可思议。

乡下人都这样，不分脸盆脚盆的。田明有些意外，可能还有些歉意，但在谢一看来还是不以为然。

谢一一下犯难了——不洗，有些看不起乡下人；洗，心里犯恶心……

田明见谢一迟疑不决，这才慌了，说，谢书记，你洗吧，明天我再买个新的就是了。

谢一明白田明的心意，可这却反过来让她慌了神，刚来就给人家添麻烦不说，还有点冒天下之大不韪，太冒失了！以后的工作还怎么开展啊！思虑再三，谢一只好说，我太娇气了，这才刚开始，以后的日子长着呢，要是一直这样，怎么能行？嫂子，你别太惯我，让我慢慢适应吧！

田明呵呵地笑起来。

泡完脚，田明把一块东西递过来给谢一擦脚。谢一以为是擦脚用的毛巾，没想到却是一块破布，惊得差点没叫出来。

田明说，谢书记，俺们乡下人都这样的……

谢一自己带的有擦脚的毛巾，可都在西厢房，刚才忘了，现在只能让田明帮她拿过来，虽是举手之劳，却不大合适，想了一下，便拿着破布擦了起来，说，那我就入乡随俗吧。

洗完脚，两人又说了一会儿话，就各自到房间准备睡觉了。

西厢房谢一刚到的时候已经来过一回，可这回再来还是有些别扭，不是别的，房间里灰扑扑的不如家里窗明几亮是她早就知道的，可那丝丝的霉味横冲直撞地往鼻孔里钻，呛得她直咳嗽，胃里翻动得厉害，干呕了好几次还是不行，赶紧喝了口水试图把恶心压下去，可还是不行。谢一想了想，赶紧把牙刷拿出来刷牙，说不定牙膏清新的气味能把这股难闻的气味压下去呢，起码会好一些吧。

　　一切收拾停当，谢一爬上床就要躺下来的时候才想起来屁股还没洗呢，可实在不想动了，挣扎了好一会儿决定缓一下再起来，没想到竟然睡着了。

　　谢一睡得正香，被一阵电话铃声吵醒了，是老公宋心之打来的。谢一这才想起来忘了跟家里人报平安了，赶紧接了。简单说了说，就说困了，让他给妈妈说一声，她就不再打电话给妈妈了。宋心之一听就心疼起来，可也只能干着急，只好叮嘱谢一要多保重身体。谢一累得不行，根本不想听，胡乱应承了几句就说困了，要睡觉了。挂了电话谢一突然无限怀念起宋心之的怀抱来，觉得是那样的宽大、温暖、柔软、让人陶醉……再看看身上像沙子一样既粗糙又冰凉的被卧，大颗的泪珠不知不觉地滑落下来……

　　田明跟往常一样，一上床就睡了，如果在以往她会一觉睡到大天亮，可今天不行，也许是按她的说法没干活又吃了晚饭，肚子有些涨，就爬起来往茅房里去。乡下的主房都不会把宅基地满满当当地盖上的，无论如何都会按习俗在一边留出一个空当来，这个空当就叫风道，风道空着太浪费了，通常都会做茅房用。田明家的风道也是这样，不过是在西面，就是谢一住的西厢房和主房相交的角落，自然茅房就在那个角落里。田明披着衣裳起完夜回房的时候忽然看见西厢房里还亮着灯光才想起来，今晚家里不再只有她一个人，还有一个从大城市来的谢书记呢。田明不是没见过城里人，她年轻的时候也到城里打过工的，自然见到过不少城里人，只是看看，从来没跟城里人说过话，自然无从知道城里人跟乡下人有什么不一样。现在见谢一大半夜的还不睡就有些好奇，那时候雨停了，只是天还阴沉沉的，她便悄悄地走了过去一看究竟。田明还没走到窗户下就听见呼啦呼啦的水声，更好奇起来，趴在窗户上往里一瞅，只见谢一蹲在一个小盆子上一把 一把地撩着水。

　　尽管田明的动作很轻，还是被谢一发觉了，不由警觉地问，谁？

　　田明赶紧说，是我，谢书记。

　　谢一问，你干什么呢？

　　田明说，我起夜，看你还没睡，就过来看看。

　　谢一说，我刚才睡着了，忘了洗了，现在醒了，就洗洗。

　　田明听得一头雾水，半天问，不是洗过脚了吗？

　　谢一只好说，是洗下面。

　　下面？田明更丈二的和尚摸不着头脑了。

洗洗屁股。谢一有点难为情。

咋了？田明并没听出谢一语气里的不耐烦，接着问，语气里满是替谢一担心。

没什么。谢一又好气又好笑又不得不回答她。

有啥你就跟我说，都是女人，没啥难为情的。田明大方地说。

谢一真是哭笑不得了。

田明愣了一会儿，没听到谢一的回答，不知道该走还是该留，想了想，问，谢书记，你没事吧？

谢一那时候已经洗完了，也已收拾妥当躺到床上去了，没想到田明还在，忙说，没事，嫂子，去睡吧。

田明这才去了。

谢一以为第一天就这样过去了，没想到第二天田明竟然又问起来，让谢一十分意外，怎么？你们没洗过？

田明说，那有啥洗的啊。

谢一大吃一惊，怎么能不洗呢？不但要洗，还要天天洗，不然太脏了，容易感染妇科病。

田明想笑，但看谢一认真的样子才忍住了，真的啊？

当然啦，女人一定要学会爱惜自己！

自此以后，田明也天天洗起来，事实上不但田明，连村里别的女人也都跟着洗起来。不过，从另一方面来说，谢一的表现很快就在全村传遍了。有人说城里人就是娇气，有人说城里人就是讲究，当然也有人说城里人就是事儿多。

四

　　怎么才能让王菜园的老百姓脱贫致富呢?

　　这是谢一来到王菜园第二天开始就一直思考的问题,事实上她一进村就开始思考这个问题了,一句话说到底,这就是她来王菜园的目的!只不过,那时候还没来到村里,一切都显得虚无缥缈;而现在她已经身在其中,一切都是实实在在的,具体可感的。换句话说,让王菜园的老百姓脱贫致富的重担眼下已经硬生生地压到她的肩头了,她一呼一吸之间都能感受到担子的沉重和迫不及待!

　　事实上,谢一不得不咬牙的坚持已经落到身上了。

　　第二天她睡得正香就被田明叫醒了,直到那会儿她才忽然想起来现在不是在自己家,而是在乡下的田明家。在外不同于在家,是不能偷懒的,尤其她是来带领王菜园的村民扶贫的,可刚一动浑身就隐隐的痛,再一动腰和腿更是疼得厉害。这让谢一吓了一跳,难道得了什么不治之症?不会这么倒霉吧?昨天还好好的啊,怎么过了一夜就这样了呢?不太可能啊!等她强撑着起了床,打开门收拾自己的时候,田明才一语道破是昨天走路累着了。谢一笑了笑,有点庆幸不是得病了。田明要她好好歇歇,过一两天就好了。谢一知道田明是一番好心,可她不能歇,王菜园的老百姓都看着呢!

　　那么,干点什么呢?

　　吃早饭的时候谢一就在想这件事,等早饭吃完,她还没理清头绪,就在这时,她的手机响了,是老万打来的,怎么样?小谢。

　　哎,正盼救星呢,你就把电话打来了。谢一赶紧说,老万以前也到过地方扶贫,虽然不像现在力度这样大,毕竟算是有经验的。

我觉得你该摸摸底，不可能整个王菜园家家户户都是贫困户！老万一针见血地说，我们也不可能面面俱到！

对啊！谢一听了如醍醐灌顶，马上明白过来，她决定马上就挨家挨户地访贫问苦。说干就干，谢一马上对田明说，嫂子，你能不能带我到各家各户拜访一下？

那可不行。田明没听懂拜访是什么意思，但听懂了各家各户，一下就拒绝了。

我不会让你白跑，会给你酬劳的。谢一怕田明误会了，忙说。

那也不中。田明还是不答应。

一天一百，可以吗？谢一开始讨价还价了。

不是钱的事儿。田明摆了摆手，笑说。

那是……谢一盯着田明，想知道这里面的道道儿来。

我不是干部，领着你串门不像回事儿。田明一语道破。

哎哟！还真是！谢一马上问，嫂子，除了彭支书，还有哪些干部？

在家的就只有会计赵金海，其他的打工的打工，做买卖的做买卖，都不在家。田明脱口而出，看来这情况持续了很长一段时间了。

嫂子，那你能带我到赵会计家吗？谢一退无可退，只好再次提出请求。

不用。田明笑了笑，说。

谢一以为田明在拒绝她，刚要说报酬，被田明一抬手打断了。

田明指着小卖部斜对面的一户老旧的二层楼房说，看见了吗？那就是赵会计家。

谢一谢了田明拿起雨伞往外就走，被田明一把抓住了，急啥？下恁大雨哩。

早晚都要去的嘛。谢一说着还是往赵会计家去了。

赵会计家的大门没有上锁，只是关闭着，随手一推就能打开，出于礼貌谢一还是敲了敲门，没等开口就被一阵凶猛的狗叫声吓得连连后退。她有点庆幸自己的小心谨慎，要是冒冒失失地闯进去，后果就难料了。

谁呀，进来啊。那狗拴着哩，咬不到你。有人朝谢一喊。

我不敢。虽然有人大声呵斥狗，但狗为了表示自己的忠诚，一点也没有减少狂吠。谢一不得已，只好提高了声音。

谁呀？谢一说的话人人都能听得懂，可还是有些不一样，这让里面的人察觉到了，说着话慢慢走出来，把紧闭的门打开了，是一个女人。她看了看谢一，问，你找谁？

谢一问，这是赵会计家吗？

女人警觉起来，你是谁？

哦，我是省城来的谢一，想找赵会计了解点情况。

女人马上变得热情起来，一边把门开得更大了一边说，进来吧，他在家呢。随即朝里面喊，省里的谢书记来了。说着赶紧走在前面紧紧抓住拴着狗的链子，以防咬到谢一。事实上，狗链子已经很短了，是根本咬不到过往的人的，但女人这样一来能明白无误地让来人放心。

谢一走到过道里的时候才看清仍在狂吠不止的狗，刚才听声音就觉得这条狗体型肯定威猛，现在看了，牛犊般的体型果然瘆人。这让谢一不敢大意，下意识地贴着另一边的墙向院子里走去。

屋子里挤满了人，大多是女人，只有两个男人，正乱纷纷地站起来，收拾着桌子。谢一看得出来，他们刚才显然在打牌，只是听到她来了才站起来。其中一个男人迎着谢一走过来打招呼，谢书记，你来了。

谢一猜他可能就是赵会计，就伸出手来跟他握手，说，我没猜错的话，你一定是赵会计吧？

男人握了手，说，是，我是赵金海。你是谢书记吧？又歉意地说，乡下就这样，乱得很，不比城里。

谢一说，没事。刚要进门，赵金海把一把铁锨递了过来。谢一不明就里，以为是这里的习俗，但不知道该怎么做，就看着赵金海发愣。

赵金海这才想起来谢一是城里人，没来过乡下，根本不懂，就说，把你鞋上的泥刮一下。

谢一还是不懂。

屋子里的人正慢慢散着，忍不住笑起来。

赵会计嗔怪说，笑啥笑？人家是大城市里来的，不知不见怪嘛。连忙把铁锨拿过来放在地上扶住把儿，把一只脚的鞋底贴在铁锨的一边，从后脚跟往脚前脸一刮，鞋底上的泥便被铁锨刮下来，堆成一团，然后再把鞋底的另一边依样一刮，鞋底另一边的泥同样在铁锨上被刮下来，堆成更大的泥团，鞋底两边的泥都被刮下来，再把鞋跟也同样一刮，然后把鞋尖侧过来，在铁锨的另一边一刮，一只脚上的泥就干干净净地被刮下来了，如此再换另一只脚就是了。

谢一一下闹了个大红脸，忙低头把鞋上的泥依样刮干净了，这才进屋去了。

赵金海让谢一落了座，倒了水，说，谢书记是夜儿个到的吧？

谢一没明白，但不好多问，又怕对方不明白，就点点头说，昨天。

赵金海说，住在田明家？

谢一又点点头。

赵金海说，本来我该过去跟你见个面儿的，考虑到天晚了，你又走了一路，肯定累了，不如让你早点休息，就没过去。今天按说也该去，可是下雨了，也没啥事，想着你夜儿个肯定累得够呛，觉着不如让你睡个懒觉，好好歇歇，就没过去。没想到谢书记是个闲不住的人啊！

谢一说，我刚来，也是第一次来农村，什么也不会，还得赵会计多帮助我啊！

赵金海说，谢书记客气了，你是来帮助俺们的，感谢你还来不及哩！有啥事，谢书记尽管说，我保证随叫随到！

谢一问，除了彭支书和你，其他干部都在吗？

赵金海说，不在，都忙着挣钱去了，不过你也别怪，现在这年头不管啥事动不动都要钱，不挣钱不中啊！

谢一说，我知道，我只是想了解一下咱村的情况。既然这样，彭支书又病了，所以我只能跟你商量了，看怎么做才好。扶贫工作我是第一次做，也不知道到底该怎么开展。

赵金海说，俺们也是第一次听说扶贫，知道是政府派人帮俺们发家致富，可到底咋做，不要说我，俺们都不知道。

谢一原来以为只是像田明那样的村民不知道，没想到连村干部也是第一次听说，看来这次扶贫不同以往是真的！不但力度大，而且波及面也广得多，几乎全国每个村都搅动了！想了想，谢一问，那么，乡里开过会，传达过相关精神了，对吗？

赵金海说，对。

谢一又问，村里传达了吗？

赵金海说，没有。

看来田明说的都是真的。谢一想了想问，为什么不传达呢？

赵金海说，村里多少年都没怎么开过会了，再说单单传达一个扶贫，不值当的，还有，就算开会，也没人愿意来啊！

什么？谢一简直有点不敢相信自己的耳朵了。

真的！因为没啥事可开。赵金海说。

这次一定要开，扶贫牵涉到千家万户呢！谢一说。

那就开。赵金海说，时间定在啥时候哩？

下午。谢一立刻说。

在哪儿开？赵金海问。

谢一说，村委会。

赵金海忽然摆了摆手，那可不中。

为什么？谢一追问。

村委会都塌了一年多了，根本不能进人。赵金海说。

什么？谢一差点跳起来，为什么不修缮？

没钱啊。赵金海无奈地说。

那你能带我去看看村委会吗？谢一突然很想去看看，她觉得赵金海在糊弄她，因为村委会是一个村的行政中心，怎么可能任其倒塌而不修缮呢？就算说破大天，只要不是亲眼看到她也不能相信！

那有啥不能的？赵金海淡然地说着话，却没动。

谢一就盯着他看。

现在就去？赵金海感觉到了谢一异样的目光，反问。

你有别的事吗？谢一问。

下雨天，能有啥事？赵金海说。

如果没什么事，咱们就去吧。谢一的口气听起来很柔和，但语气却是不容置疑的。

赵金海站起来，说，那就去。

两人就各自撑着一把伞一起向王菜园村委会走去。

行政村虽然叫王菜园，但村委会却不在王菜园，而是在另一个叫李楼的村子。原来王菜园行政村下辖三个自然村，分别是王菜园、李楼、郎庙，王菜园是最大的一个自然村，李楼却是位于中间的村子，故而村委会才设在其中，每个村都有一个村民小组长。三个自然村一字排开，背后靠的是一条叫涡河的河流，相距也并不远，大约一公里的样子，走路几分钟就到了。

路上，谢一从赵金海口中得知王菜园行政村下辖的除了三个自然村，就是一个村小学校了，既没有企业，也没有其他可以赚钱的单位。

虽然谢一早有准备，但眼前村委会的破败像还是把她震撼住了。村委会在李楼村的正中央偏南的地方，一个大院子把五间做办公室的房子围起来，看得出来当初还是很像模像样的，而现在连东倒西歪的院墙也看不到了，只能看出一个轮廓，那些砖瓦早已不见了踪影，原本的院落里堆着大大小小的好几堆柴火垛，几条狗在柴火垛头打闹嬉戏着。五间办公室的窗户都不知所终，原本是窗户的地方显出几个黑洞洞的洞来，屋顶上的瓦像打了败仗的士兵一样随随便便地横躺着，有两三个地方破出大小不一的洞来，那些士兵毫无防备地被突如其来的洞吸了进去，只留出三两根椽子提醒其余的败兵小心点不要重蹈覆辙。

就这样的。赵金海在村委会前的道路上停下来说。

谢一看了看，慢慢地往前走去。

赵金海忙紧走几步跟上来，说，谢书记，里面就不用看了吧？

还是看看吧。谢一坚持走了过去。

赵金海不得已只好把门打开了。

办公室的门刚一打开，一股腐烂的气味就直冲过来，呛得谢一一下像被谁掐住了一样，根本无法呼吸，连忙转了头才算缓过一口气来。

谢书记，咱回去吧。赵金海试探地问。

谢一没吭声，缓了缓才慢慢地伸头往里看了看。五间房子本不算大，可空无一物使得空间一下大起来，里面除了墙上张贴的半张规章制度和几块标语牌能看出这里是办公室，别的就只剩下地上已经腐败不堪的椽子、杂草和不知哪儿来的垃圾了，几只老鼠嗖嗖地乱窜一气，不一会儿就无影无踪了。

里面没有桌子、椅子、电脑……这些办公设备吗？谢一问。

桌子、椅子是有的，电脑是没有的……赵金海难为情地说。

在哪儿？谢一问。

赵金海迟疑了一下，见谢一盯着他才小心地说了，都被人偷走了。

怎么会这样？谢一忍不住问。

赵金海说，好多年了。

两人的到来引起了过路人的注意，走过来跟赵金海打了招呼，问怎么回事。

赵金海忙跟大家介绍，这是从省城来的谢书记。

哦。路人看了看谢一不置可否。

赵金海才想起来是自己介绍得不够清楚，补充说，是来咱村当第一书记的。

来咱村当书记？路人惊奇起来，把谢一又看了看。

是啊，是来帮咱脱贫致富的。赵金海进一步解释说。

路人不相信了，还有这样的好事？

这是中央的政策，一个单位对应一个扶贫点。谢书记对应的就是咱们村。赵金海说。

路人摇摇头，有点不敢相信。

在村委会开会是不行了，可总得做点什么，可是做什么呢？谢一忽然说，赵会计，你带我到村里跟李楼村的干部见个面吧。

赵金海摇摇头说，见不了，不在家，打工去了。

那就去郎庙村。谢一说着拔头要走。

也去不了，也到外地打工去了。赵金海说。

这么说来，整个王菜园行政村就只有你和彭支书两个人在家？谢一问。

不！赵金海肯定地说。

还有谁？谢一期待地问。

不是还有你嘛，谢书记。赵金海笑了。

谢一明白赵金海的意思，他想使难堪的气氛变得轻松起来，可这却让谢一怎么也轻松不起来，恰恰相反，她的心情反倒更加沉重了，如果不是赵金海在，她甚至想哭出来，她怎么也想不到这样破败不堪的地方竟然会是一级行政中心！连基本的人员都丢三落四的，怎么能开展工作呢？不要说开展工作了，就连一个会议都召开不了啊！

谢书记，咱回去吧。赵金海走过来说，今天就到我家去，我给你接风。

接风就不用了，彭支书把我安排在田明嫂子家，我就在她家食宿了。谢一说，不过，下午的会还得开。

还开？赵金海惊讶地盯着谢一，有点不敢相信。

开！

在哪儿开？

田明嫂子家，我的住室。不，在彭支书家。

谁参加呢？

在家的党员干部都参加！

只有五个啊，再加上我们仨干部，也不过八个人……

有几个算几个，你去通知他们，我去彭支书家通知彭支书。

好吧。

谢一等赵金海一走，还是忍不住拿出手机把村委会拍了下来，转手发给了老万，然后给老万打了电话，又忍不住抱怨，看看，看看，这就是村里的行政中心，还连建制都不全，怎么工作啊？

老万笑了，说，这才好呢。

你就笑我吧。

你错了！他们越差越能显出你的成绩，稍微有点起色就会立竿见影啊！王菜园，你去对了！

可是，怎么才能有起色呢？

我建议你先把建制健全起来，然后才方便干工作，不是说纲举目张嘛，你得抓住纲才行！

我打算下午召开党员干部会议，摸摸底。

那就对了！

五

虽然谢一估计到了不可能五个人都来，但眼前参加会议的人数还是让她惊讶得张大了嘴巴，居然只来了两个党员，而且这两个党员里面一个说下雨天没啥事来看看，就当是玩，言下之意如果不下雨的话他是根本不会来看一眼的，另一个是小学校的校长兼老师马辉煌，他一向组织纪律性比较强自然会来的。赵金海却说能来两个已经不错了，因为平常党员从来没参加过村里的事务，马校长虽然比较有文化，可除了教学别的几乎一窍不通，大家早就习以为常了。

谢一让赵金海催一下另外三个人，赵金海打了电话，结果除了浪费电话费根本没用。彭青锋急了，让把手机给他，他来给他们说，但结果还是一样。

这是谢一来到王菜园村的第一个会议，这次会议的作用只有两点：第一，大家互相认识一下，第二让谢一知道了王菜园村的行政和干部情况。如果有第三点的话，那就是让谢一明白自己太急了，一下懂了什么叫欲速则不达。按照程序，她到村里报道的时候应该有乡里的干部跟随，宣布她的到任，然后她就可以顺理成章地开始办公了。当时栾明义、郑海河都劝过她，让她安安心心地在乡政府所在地的什集街上找家招待所住下来，反正下着雨什么也做不了，等天晴了就派人把她送过去。这里说的派人送过去可不是像司机老马那样只是把行李帮她带过去，而是乡里的领导班子成员，有资格宣布她的任命的人。虽然说，暂时不宣布她的任命她一样可以开展工作，可真的开展起来还是碍手碍脚的，比如看彭支书的样子一时半会儿是无法再胜任了，原来没有支书就算了，现在她来了，还是第一书记，当然是当仁不让地得把彭支书的担子扛起来，可是没有上级领导宣布任命，她怎么顶替呢？好像抢着想当这个官儿似的。就算自己不在乎别人的议论，可没有上级的任命，其他的人也不认啊！谢一本来想给乡里打个电话催一催的，想想既然人家不急于任命她肯定有人家的道理，那就等等吧，自己也不干耗着，做一些能做的事就是了。

晚上，谢一吃完饭跟田明一起守在小卖部里跟几个村民聊了起来。后来他们告诉她，如果在以往，她的小卖部里会热闹非凡，当然都是来打牌的，男男女女都有，尤其是下雨天，当然到了夜晚就只有男人而没有女人了。不过，今晚的几个村民里却有两个女人。

昨天谢一进村的时候冷冷清清的，整个村子看不到几个人，可等到了第二天省里给村里派了书记帮大家脱贫致富的消息还是在整个村子传遍了。谁都想看看这个从省城来的书记，毕竟这是破天荒的事儿啊！然而，谢一忙得一天不着家，自然让来看稀奇的人失望了。这两个女人本是来买东西的，大晚上买东西自然是当用的，原来本打算买完就走了，没成想谢一在，还主动跟她们打了招呼，觉得怪亲切的，就聊了起来。

正聊着，谢一的手机响了，是女儿乐乐打来的。村民们原来以为谢一是无牵无挂的，没想到是这样的情况，有的感叹，有的摇头，也有的觉得谢一想当官想疯了，不过也有些不解，毕竟都是大城市来的，就算想当官也没必要到这个偏僻的地方来啊！

晚上，谢一准备休息的时候突然觉得她来王菜园对她的人生来说虽然不一定是非同凡响，但一定是让她怀念一生的。毕竟从小到大她的生活、学习、工作都在城里，偶尔去一次乡下要么是旅游，要么是跟队演出，都是蜻蜓点水的，而今却要深入下来，感受肯定是很特别的，而自己的机会也许一辈子只能有这么一次，她必须把它记下来，多年以后，再回忆起来肯定另有一番滋味的！想到这里，谢一赶忙爬起来，认真地把这一天的情况做了记录。

第二天雨停了，但天还阴沉着，按照当地人的说法，这样的天气还是无事可做。谢一却坐不住了，她想立即召开全体村民大会，让各家把自己家的情况报上来，她再逐一登记，这样一来王菜园行政村村民的基本情况很快就能摸清了。

不中。赵金海把头摇得像拨浪鼓。

为什么？谢一问。

没人会来，就算来了，也没地方待。赵金海接着说。

怎么会没地方？就在村委会。谢一说，我不相信没人会来。

真的没几个人会来，因为来不来没啥区别，反正没啥事。赵金海说。

你先通知下去再说。我到村委会等着。谢一说完就往村委会去了。

不一会儿，大喇叭呜呜啦啦地响了起来，是赵金海的声音，全体村民请注意，全体村民请注意，现在召开全体村民大会，现在召开全体村民大会，都到村委会集合，都到村委会集合！按说喇叭应该安装在村委会，可彭青锋病了，村里为了方便就把喇叭安到了他家里。后来他的病更严重了，村里的工作就都落到了赵金海身上，喇叭自然安到他家去了。

谢一在村委会等了一会儿又一会儿，还是不见半个人影。这倒没有让她特别觉得意外，毕竟昨天的党员干部会议已经让她见识到了农村的会议效率。她坚信，总有一天这种状况会改变的！

又过了一会儿，有几个村民慢悠悠地来了，他们远远地看到谢一不知不觉便站住了，好奇地打量着她，不知道这个白白嫩嫩、衣着整洁却穿着胶鞋的女人怎么会站在这里。

谢一走过去跟他们打招呼，你们好啊。

几个人愣愣地看着谢一，好像不知道怎么回答才好，过了一会儿才有一个人回她，你有啥事？

谢一问，你们是来开会的吗？

那人惊奇起来，像看一个怪物一样地看着谢一。

有一个人大起胆子来，问，你是乡里来的干部吗？

谢一一下还真不知道该怎么回答，想了想，说，我是从省城来的，是来看望大家的。

几个人一下不吭声了，后来谢一才知道他们根本没听懂。

又等了一会儿，稀稀拉拉地又来了几个人，看到先前的几个人，他们亲热地打着招呼，然后聚在一起说笑起来。

看着虽然慢慢腾腾但陆陆续续涌来的人们，谢一冷笑了一声，赵金海不是说没人会来吗？

可是，过了不多久，就只有零零星星的人来了，再过一会儿，就没人来了。谢一看了看，大概不会超过100人，不过，能来就好。

赵金海通知完了，也赶了过来。他往四下里看了看，说，谢书记，可能就来恁些人了，咱开始吧。

谢一说，再等等吧。

又等了一会儿，还是没人来，却有人开始走了，原因是雨又滴答滴答地下起来了。

赵金海见势不妙，连忙说，各位村民，下面咱们开会。请新来的谢书记给咱们讲话。谢书记是省城派到咱王菜园行政村的第一书记，是来帮咱脱贫致富的。大家欢迎！

尽管赵金海带头鼓了掌，可掌声还是稀稀拉拉的。

谢一没办法，只好说，大家好。我叫谢一，到咱村就不走了，以后大家有什么事都可以找我，我就住在王菜园开小卖部的田明嫂子家。我来咱村的目的赵会计已经说了，但能不能做好就是另一回事了。我希望大家同舟共济，共同努力，争取致富奔小康！不过，千里之行始于足下，饭要一口一口地吃，路要一步一步地走，我初来乍到跟大家第一次见面，还想对大家有进一步的了解，希望大家如实相告。

赵金海补充说，谢书记的意思是想跟大家认识认识。咋认识呢？各人把自家的情况跟谢书记说一说，让谢书记心里有个底儿，以后方便开展工作。

可惜，根本没人往谢一这里来，反而都慢慢地走散了，因为雨越下越大了。

谢一有些失望，她不明白这是关系到每一家每一户致富的大计，为什么大家都不屑一顾呢？

现在咋办？望着刹那间空无一人的村委会，赵金海问。

谢一想了想说，没事，他们不跟我说，我找他们说去。

赵金海没弄懂谢一的意思，就盯着她看。

谢一说，咱家访去！

赵金海却有些为难，那咋会中？恁多户烟的啊？

有多少咱就去家访多少！谢一斩钉截铁。

太多了啊……

到底有多少？

王菜园 347 户 1208 人，李楼 174 户 663 人，郎庙 261 户 889 人。这都是在册的，还有很多黑户……

什么意思?

在册的就是有户口的,黑户就是没有户口的。

只要家在咱王菜园行政村的,都算上!有一个算一个!

那要好长时间哩……

不管多长时间,挨着排,都要重新登记在册!

那好吧,从哪个村开始?

就从王菜园开始吧。

好吧。

谢一永远也忘不了她到访的第一户人家。

那户人家在村头,谢一那天进村的时候第一眼就能看得到的,只是那时候她太累了,又有些心烦意乱,就没在意看。现在去了才忽然发现这户人家独立在村头,是那样的显眼,那样的孤独,甚至有些突兀。

这户人家不像是人口很多,因为房舍只有两间,又低又矮,此刻整座屋子都被淡青色的烟雾笼罩着,只要有缝隙的地方都会呼呼地往外喷,把谢一吓了一跳,不由得喊叫出来,着火了!

赵金海笑了一下,说,不是,是在做饭。

谢一不信,都什么时候了,还在做饭?再说,那烟雾也太大了,但看着赵金海不慌不忙的样子,好像是那么回事。

赵金海说,因为烧的是柴火。

谢一有点理解不开了,问,难道其他人家做饭烧的不是柴火?田明嫂子家就没见这么大的烟雾啊!

赵金海说,当然是柴火,不过是好柴火。

谢一又不懂了,好柴火?柴火还分好坏?

赵金海说,那是当然啦,什么东西都有好坏之分的,柴火也一样。好柴火就是硬柴火。

硬柴火?谢一越发不懂了。

哦,赵金海这才意识到谢一一点农村生活经验也没有,解释说,硬柴火就是扛火的柴火。比如劈柴、花柴、芝麻秆等等,这些就是硬柴火;麦秆、油菜秆就是软柴火。

什么意思？谢一还是没搞明白。

赵金海说，劈柴就是劈开的树木的枝杈或者树根，花柴就是棉花秆，芝麻秆就是芝麻的棵子，麦秆就是大麦或者小麦的秆子，油菜秆就是油菜的秆子。劈柴和花柴都像木头一样硬实，自然扛火，其他的柴火是空心的，当然不扛火。

谢一听得懵懵懂懂的，不好再问，一来显得可笑，二来已经到那户人家的门口，也来不及了。

饭做中了没有啊？赵金海先谢一一步走过去大声说。

谁呀？一个苍老的声音从烟雾腾腾的屋子里飘出来，伴随着几声很难受的咳嗽。

我呀。赵金海站在门口应答着。

一会儿，一个头发乱蓬蓬的脑袋从烟雾腾腾中冒了出来，她弯着腰擦了擦被烟雾熏得红肿的眼睛，这才抬起头来，看到赵金海笑了，你呀。

谢一听赵金海叫她嫂子，以为不过四十多岁，没想到却是一个老婆婆，看样子起码有80岁了，在城里80岁的人还精神抖擞着呢。看着老婆婆，谢一心里酸酸的不是滋味。

赵金海误会了，说，谢书记，你不知道乡下人叫人不是按年龄而是按辈分的，我的辈分长嘛。又回头对老婆婆笑说，是啊，我来吃饭哩。

中啊，进来吧。老婆婆说着又一头钻进了烟雾中。

谢一看着那蒸腾的烟雾就有点打怵，如果不进去，好像看不起人家，如果进去，肯定受不了的。正在为难，赵金海发话了，不进去了，新来的谢书记想跟你说说话。

啥？老婆婆的声音从烟雾里传过来，同时传过来的还有一阵咳嗽声。

你出来啊。赵金海不得不喊起来。

过了一会儿，老婆婆才再次从烟雾里冒出来，手里还拿着一条脏兮兮的板凳，走到门口她才发觉不妥，说，看看，屋里没法进人，外头又下着雨，咋弄哩？

幸好那时候雨停了，不然谢一真不知道该怎么收场。

赵金海指着谢一说，嫂子，这是咱新来的谢书记。

哎呀，书记来了啊。老婆婆的语气里显然有点受宠若惊，等转过来看到谢一时又有点疑惑了，这……

谢书记是从省城来扶贫的。赵金海解释说。

哦，哦，大地方来的啊，怪不得恁刮净哩。老婆婆嘴里赞美着，却是更加不安起来，瞧瞧我这屋子，跟猪窝样，不管进个人啊。

没事。在外头说话一样的。赵金海说。

大娘，我叫谢一。谢一赶紧跟老婆婆打招呼。

谢啥哩，招待不周啊。老婆婆又擦了一下眼睛。

不是，谢书记名字叫谢一。赵金海纠正说，你别胡打岔。

哦，哦。老婆婆应道。

大娘，你可以叫我谢一。谢一说。

哦，哦。老婆婆大概又高兴又不安，没听清谢一说什么，随便地应着。

大娘，可以告诉我你的名字吗？谢一问道。

哦。老婆婆应道。

问你的名字哩。赵金海提醒道。

哦，名字啊，多少年都没有叫了，都忘了。老婆婆说，问名字干啥咪？

了解一下情况。谢一说。

刘赵氏，村里都这样登记她的。赵金海小声说。

哦，谢一赶紧在本子上记下名字，再问，请问您今年多大了？

今年多大了？赵金海重复道。

谁知道多大了，记那有啥用啊？老婆婆说。

那你属啥的总知道吧？赵金海问。

属马的吧。老婆婆含糊说。

到底属啥的？赵金海问。

就属马吧。老婆婆说。

那你怎么生活呢？谢一问。

问你哩，平常靠啥生活？赵金海翻译说。

种地啊，别的还能靠啥哩？老婆婆说。

有低保吗？谢一问。

有啊。老婆婆说。

多少？谢一问。

一个月 150。老婆婆说。

那怎么够呢？谢一担心道。

那就恁些，想多也不中啊。老婆婆有点无奈。

你身体怎么样啊？谢一再问。

还中吧，自己顾住自己了。老婆婆说。

有没有什么疾病？谢一问。

腿疼，胸口痛。老婆婆答。

有孩子吗？谢一问。

谁料不说孩子还好，一说孩子两个字老婆婆突然哭了起来。谢一吓坏了，以为自己哪里惹着她了。

赵金海赶忙解释说，谢书记，不是你的事儿。她就一个儿子，想多挣点钱去煤矿挖煤出事了，媳妇就带着孩子走了。

那她靠什么生活呢？低保根本不够啊！谢一有点感同身受地发急起来。

还能靠啥？种地呗。赵金海说。

她那么大年纪，种得动吗？谢一忧心忡忡地看着仍在哭哭啼啼的老婆婆说。

种不动也得种，要不咋办？平常她慢慢种，收庄稼的时候近门的邻居帮帮她。只能这样。赵金海一边劝着老婆婆一边说。

那她一年能收入多少钱呢？谢一问。

一年也就千把文吧。赵金海说。

多少？谢一没听懂。

就是千把块钱。赵金海改成一般的说法。

谢一逐一做了登记，忽然想起来，为什么不把刘赵氏送进敬老院呢？赵金海告诉她按规定她有儿子，不符合条件。谢一听了不由一阵唏嘘。告别老婆婆，赵金海领着谢一去了李楼的李群杰家。

去李群杰家的路上，谢一想象着这家的惨况，有些心疼，可是真的到了李群杰家，李家的境况还是让谢一吓了一跳。李家兄弟三个，却不是亲兄弟，而是堂兄弟。老大李群杰今年已经 73 岁了，他在 10 岁时有一天膝关节隐隐作痛，父母以为小孩子太爱闹腾碰到哪儿了，过几天歇歇就好了，加上没钱也就没放在心上，不料后来那痛不但没见轻反而越来越严重了，父母这才慌了，到诊所包了药吃了也无济于事，到最后根本站不起来了，再后来因为长期不能直立行走又造成他的脊柱严重弯曲变形，要想挪动地方只能依靠小板凳，一步一挪几乎像蜗牛一样既艰难又慢腾，几十年下来，那条小板凳已经被他的手磨得油光水滑的，加上汗水的浸渍颜色变得深红深红的。老二李坤书身体倒是健健康康的，可惜的是脑子不好使，偶尔会干出出人意料的蠢事或者惹下祸来，最后都得李群杰出来收拾。老三李铁锤眼睛近视不说，耳朵还听不清，离得稍远就什么也听不到了。李群杰二十岁时他的叔叔婶子被一场大洪水冲得不知所终，作为老大他不得不一个人把家撑了起来。两家合成一个家，三个光棍，三个残疾，家里不但没有一件像样的东西，而且还臭气熏天，因而极少有人来串门。谢一他们的到来自然一下把李群杰惊到了，好半天都没反应过来，等明白过来，竟然激动得哭了。

谢一赶紧蹲到李群杰跟前，说，老人家，别难过，我来了，咱们一起加油，日子一定会越过越好的，我以后也会常来看你的。

李群杰开始还不知道谢一的身份，等赵金海做了介绍就一个劲地叫开了，谢书记，谢书记……好像他再也不会说别的似的。

离开李家，谢一接着去了第三家、第四家、第五家……

晚上的时候，谢一的本子已经记得满满当当的了。对着这密密麻麻却又真真切切千姿百态的家家户户，谢一的心情一下变得格外沉重起来——

王喜来，两个嗷嗷待哺的孩子和智障妻子……

赵桂喜，77岁的老党员，患有脑血栓，妻子70岁，患有脑梗，卧床一年，唯一的儿子离婚以后离家出走，从此再无音信；

顾业海，因为意外摔断了腿，妻子患有癫痫，拮据的生活让这个家庭举步维艰。顾家的房子是谢一来到王菜园以来见过的最差的房子，简直可以说是家徒四壁，要是风大一些就能把房子吹倒！要不是亲眼所见她都不敢相信改革开放快四十年了竟然还有这种房子……

六

第四天，阴沉了两天的天终于晴透了，天空、房舍、田野都被雨水洗过，放眼望去都是干干净净的，只有原本泥泞不堪的土路虽然依旧泥泞着，不过道路两边就好多了，被过往的人们踩出两条窄窄的甬道来。走路总会有脚印的，第二个人肯定会紧随第一个人的脚印，可惜到底步子有大有小，先前的脚印就被一脚又一脚慢慢地扩大了，变成了一个个很大很大的脚印，这些脚印连起来就成了道路两旁的甬道。这样的甬道自然不会是连续不断的线，而是时断时续的。不管怎样，不用穿着胶鞋来来去去的总是方便多了，又能见着明媚的太阳，人的心还是亮堂堂的。

上午的时候，郑海河代表高朗乡乡政府看望谢一来了，同时宣布免去彭青锋王菜园行政村支部书记，任命谢一为王菜园行政村支部书记的任命。

宣布完任免令，郑海河要走，被谢一拉住了，郑乡长，干脆由你监督，连同村主任一起选了算了，这个行政村的领导班子都瘫痪了，得赶紧建立起来！纲举目张嘛。

郑海河笑了，说，谢书记真是干工作的，好性急啊！

赵金海帮腔说，谢书记已经把全王菜园村的基本情况摸了一遍了，而且是挨家挨户登门家访的！每一家每一户都是她亲眼所见，第一手资料都是她亲自跟村民交谈得来的，绝对没有水分！

郑海河怔了一下，不知道该说什么好了，实话说他就任高朗乡三年了，确实走访过几个村，可都是走马观花蜻蜓点水，连一个村的一半也没有走访过，跟比他年轻，又是从省城风尘仆仆来的谢一比起来真是惭愧至极啊！

赵金海小心地问，郑乡长咋了？

郑海河这才反应过来，对着谢一把大拇指竖了起来。

谢一却不好意思了，认真地说，郑乡长，不这样不行啊！跟省城比，全体村民都是贫困户，可咱们无法一下子都照顾到，只能先照顾最需要的了！

郑海河连忙点头，对对对，谢书记说到点子上了！

谢一催促说，那就赶紧召开全体村民大会选村主任吧。

郑海河忙对赵金海说，马上通知，立即开始选举！

不知道是因为听说选村主任，还是天气放晴了，或者听说从省城来了个白白嫩嫩的女第一书记，而且还是来帮他们脱贫致富的，反正王菜园行政村的村民来得不算少，把村委会前连同道路都占满了。他们不在乎干部们说什么，都齐刷刷地看着谢一，小声地议论着，不时地笑出声来。

看着黑压压的村民，谢一有点欣慰，不管怎么说，总算比上次情况好多了，可再一看到场的人又有些忧郁起来。村民来的不算少，可几乎很难看到年轻的面孔，他们要么饱经风霜，要么一脸的期待，要么满怀好奇。

赵金海宣布大会开始，郑海河做了动员发言，并讲了选举的意义，然后开始选举。这次选举和以往不一样的地方在于没有确定人选，而是随意选，觉得谁适合就选谁，唯一的条件是这人必须能常年在家为行政村和村民服务。这个条件的提出其实已经在一定范围内圈定了人选，那就是在场的这些人。郑海河还有些担心，这样是不是太仓促了，也太草率了。谢一却说只能这样，再好的人不能为村民办事也是白搭。

选举采取当场唱票的方式，很快就把村主任选出来了，是杜金山。很多人都看着杜金山笑，当然是祝贺他，没想到杜金山死活不干，按照他的说法是没有当过官，也不想当官。赵金海告诉谢一杜金山是原来的村主任杜广林的父亲，他可能是担心老子顶替了儿子的位置不像话。郑海河拉住杜金山命令他必须当，因为这是王菜园行政村全体村民的信任。杜金山却不为所动，依旧不答应。谢一看了说强扭的瓜不甜，再者杜金山年纪也太大了，最好选年轻一些的人，同时也把妇女主任选出来。

第二次选举结果很快就出来了，李楼的李树全被选为村主任，王菜园的田明被选为妇女主任。郑海河、谢一都向两人表示了祝贺。两人却一脸的窘迫，表示没有当过官，不知道该怎么做。郑海河告诉他们，谁也不是一出生就会做什么的，不会不要紧，慢慢学。

谢一则说，选你们到这个位置，不是要你们当官的，而是要你们为大家负起责任的，使命光荣，责任重大！

其实，最让李树全担心的是原来的村主任杜广林，没经过他同意就把他撸了，万一他回来闹腾起来怎么办？郑海河和谢一知道了以后严肃起来，说村两委不是他杜广林家开的，人事调动凭什么要他同意？他不愿意为村民办事，村民就把他选下去，很正常啊！按规矩那就是铁打的组织，流水的干部！李树全这才放心下来。事实上，后来杜广林一句话也没说过。

村民们散去，谢一把党员和新选出来的干部留下来召开了王菜园行政村第一次新班子成员会议，加上郑海河总共有九个人参加。其实也没什么好说，大家的一致意见是先把村两委实实在在地建立起来。那么，怎么建立呢？其实人员已经到位，剩下的就是精神、行动和资金了，其中最难的就是资金。谢一打了资金的包票，以为会给大家吃个定心丸的，却没见大家说什么，连起码的同意的表示都没有。郑海河有点看不过去了，问大家是不是想分担。大家这才表示同意。谢一明白了，大家是担心她嘴上说了，实际上却不一定能办到，或者说争取来的资金仅仅是毛毛雨。

谢一没说什么，让李树全通知村民，限两天内必须把堆放在村委会大院的柴草搬走！然后带领在场的全体党员和干部清理村委会五间办公房。

郑海河见谢一拿起铁锨就走，一把把她拉住了，谢书记，这哪是你干的活儿啊？

怎么了？谢一不明就里。

你初来乍到，又没干过这样的脏活、累活，把你累着了咋办？就这点活儿，别说有他们几个呢，就是一个人也要不了多大会儿。郑海河苦口婆心地说。

我来是干什么的？就是来跟大家同甘苦共患难的，不干活我不是白来了吗？谢一有些不满。

田明他们也要谢一不要干了，他们几个三下五除二很快就能干完的。

谢一说什么都要干，郑海河无奈，只好也加入进来。田明和李树全见谢一、郑海河亲自下手，都感动不已，要不了多久五间房子除了房顶和窗户还是一个个的洞外，已经干干净净的了，让人看了十分清爽。

郑海河看着干干净净的地面和墙面，感叹地说，就是不一样啊！

谢一走过来把一份文件递给郑海河，说，郑乡长，你得尽快给我落实啊！

郑海河拿过来一看，是一万元办公用房维修和办公设备添置资金申请书！吃了一惊，看着谢一问，你什么时候写的啊？

谢一笑了一下，说，刚才选举的时候我就写好了。

郑海河说，谢书记，你真行！不过，我只能批给你一半，另一半还得你自筹，乡里经费一直很紧张，请你谅解！

谢一很爽快，马上说，行，剩下的我来解决！

李树全、田明都没经历过，不明所以，但赵金海是知道的，之前为维修办公房申请过不止一次两次，都没能批下来，房子越来越坏，最后终于无法进人才锁了门，没人来自然没人照看，不知什么时候房子里的办公设备就无影无踪了，以至于到了今天的地步。谢一才来几天，而且是第一天见到乡长居然就能把最难搞的资金申请下来，虽说只有一半，已经很不简单了！不由暗暗地对谢一刮目相看起来。

再说那些把柴草堆在村委会大院里的村民们，开始他们以为谢一不过说说，可谢一打扫大院和村委会房间的举动还是让他们感动不已，只用一天时间就把柴草搬了个干干净净，顺便还把地面打扫了一遍。第二天谢一远远地看见已经搬空柴草的村委会大院顿觉焕然一新，很是感慨，村民都是善良的，也是善解人意的，关键是干部怎么做。当她走近大院时，眼前的景象几乎让她以为走错了地方，房间内居然摆放着两张虽然破旧，但干干净净的桌子，还有两把椅子，而且李树全、赵金海和八个党员已经整整齐齐地在等着她了。

这……谢一一时不知道该说好了。

谢书记，今儿个弄啥，你安排了，保证指哪打哪儿。赵金海说。

谢一看着大家踊跃的样子，甜甜地笑了，说，今天咱们只干两件事——第一件是大家评一下咱们村的贫困户，第二件是我们一起去慰问评出来的贫困户们。

大家都笑了。

谢一的资料只有一份，不能发到每个人手里，就只好由会计赵金海宣读，大家再逐一记下来，最后再评出来。

贫困户很快就评出来了，一共68户。其中王菜园31户，李楼18户，郎庙19户，让大家既没想到又不约而同的是原村支书彭青锋家也被评上了。谢一也赞成，说既然是大家的意见那就是公平的、合理的。

第一件事办完，接下来就该办第二件事——慰问贫困户了。谢一很积极，却意外地发现大家你看看我我看看你，谁也不愿意吭声了。

怎么了？过了一会儿还是没人吭声，谢一只好点了田明的名，嫂子，你说说吧。

田明见推脱不过，只好硬着头皮说，谢书记，俺们知道你的意思，是想跟贫困户们拉近关系。俺们也不是不愿意看贫困户，只是觉得一群人空着手去看看、说说话，像假的一样。

谢一笑了，说，不能这样说，好像村民都是势利眼似的。不过，我也给他们准备了见面礼。

一听谢一说给贫困户们准备了见面礼，大家你看看我我看看你，再一起看看谢一，不知道谢一葫芦里卖的什么药。

谢一说，不是有老话说新官上任三把火吗？咱们都是刚刚上任的新官，咱就把这三把火烧得旺旺的！以实际行动让王菜园的村民看到我们的决心和意志，让他们支持我们的工作！我自愿捐出一万元，买了一点生活用品，马上给他们送去。

一听说见面礼是谢一自掏腰包，大家都愣住了，互相打量着，谁也不吭声了。

怎么了？谢一问。

那，是不是以后咱们这些村干部都要自掏腰包啊？一向心直口快的田明忍不住问。

当然不是！谢一马上说，我向上级申请的经费还没有批下来，可眼下我们急需资金，所以我先捐出一点钱来。当然，这点钱对于我们王菜园来说是杯水车薪，根本解决不了什么问题的，但它却向广大村民表达了我们的心意、我们的决心、我们的意志！那就是王菜园村的每一个村民都是我们的亲人，他们的冷暖、他们的饥饱、他们的病痛、他们的欢喜、他们的忧愁……都是我们要管的事！因为，这是我们的责任！

过了一会儿，一辆满载着面粉和食用油的三轮车开了过来，大家清点了一下，不多不少68袋面粉和68提食用油，自然是给68户贫困户的。

村委会大院里一下热闹起来，大家看着谢一敬佩之情油然而生，每个人心里都暖洋洋的。

刘赵氏正在筛检秋收时她从地里捡拾的豆子时，赵金海来了，嫂子，忙着哩。

嗯。来了。刘赵氏应。

看看谁来了？赵金海回身指着谢一和一干新上任的村干部说。

谢书记，田明，呀，咋恁多人啊？刘赵氏看着越来越多的人把她几乎围了起来，很是意外。

这些都是刚选出来的村干部，谢书记，李主任，田主任，还有咱村的党员。赵金海指着大家一一介绍说。

哦，这就是新官吧。刘赵氏愣了一下马上明白了，皱纹纵横的老脸上马上笑起来，咋的？都来看我了？

不是来看你，还能看谁？看狗哩。赵金海说着说着又跟刘赵氏乱起来。乡下把这样平辈之间互相骂玩叫作打渣子，也叫乱着玩，是很平常的，也是关系处得不错的亲昵表现。但是在这样正式的场合就显得不大合适了。

刘赵氏本来想回嘴的，看看谢一，就没吭声，只是笑了。

谢书记还给你带了见面礼哩。赵金海说。

没等赵金海话音落地，两个人已经把面粉和食用油递到了刘赵氏面前。

这是给我的？刘赵氏有点不敢相信。

就是给你的。你家和另外67家被村委会评为贫困户，村里以后会特别照顾的。赵金海解释说。

嫂子，买这些东西的钱可是谢书记自己掏的腰包啊！有人忍不住插嘴说。

啥？谢书记自己掏的钱啊？刘赵氏吃了一惊，马上转身走到已经替她放进屋子里的面粉和食用油跟前，抓起食用油说，这样的话，东西我不能要！

大娘，怎么了？谢一走过来问，是不是吃不惯啊？

公家已经对我很照顾了，你现在又着急掏钱给我买东西，我要是还要的话，就太没良心了。刘赵氏说着眼圈红了。

谢一一把拉住刘赵氏枯树枝一样的手说，大娘，话不能那样说。你干了大半辈子，该享点福了，可眼下你的日子却那么难，不应该啊！政府派我来就是改善咱们大家的生活的。可是没去别的地方，偏偏来到了咱王菜园，第一个家访的又是你，这就说明咱娘儿俩有缘分啊！你是长辈，我表示一下心意是应该的嘛。你要是不收，就是对我有意见了。

刘赵氏反过来拉着谢一的手轻轻地拍着，一下不知道说什么好了，但能看得出她十分激动。

谢一轻轻把刘赵氏的一绺头发撩上去，慢慢说，大娘，以前对你们关心不够，现在政府决心补上来，你应该接受才对啊。

可是，我……刘赵氏有些惭愧，不知道想说什么，但什么也说不下去了。

大娘，以后你有什么困难，尽管跟我说！谢一晃了晃刘赵氏的手，我们走了。

刘赵氏突然紧紧地把谢一拉住了，谢书记，你来俺家两回了，都没有喝俺一口水，这回说啥也得喝口水！看我、给我送东西是你的心意，喝口俺的水是俺的心意哩！

谢一见刘赵氏把她拉得死死的，知道是一片诚心，要是不喝就真的寒了她的心，觉得喝口水也没什么大不了的，就假装说，那好吧，正好我也渴了呢。

刘赵氏还有点不放心，盯着谢一说，谢书记，说好了？

说好了。谢一爽快地说。

那好，你可不能说话不算数啊。刘赵氏还有点不放心。

放心，大娘，我说话一定算数的！不单是这次算数，以后只要是我说的，照样算数！谢一拍着胸脯打包票。

那就好。刘赵氏释然了，慢慢把紧抓着谢一的手松开了。

我等着。谢一笑眯眯地说。

谢一以为刘赵氏给她倒杯水是用不了多少时间的，没想到刘赵氏却坐到锅灶前点起了火，忙问，大娘，你这是干什么啊？

刘赵氏说，给你烧茶呀。

谢一说，你不是说让我喝口你家的水吗？怎么烧起茶来了？

刘赵氏说，茶水茶水嘛。

一起来的人也哄地笑了。

谢一这才明白自己理解的水跟当地是不一样的，看来要想做好工作，要学的东西多着呢。也是这一刻让谢一忽然觉得自己说的话跟当地就很不一样，不是听不懂，而是生分，让人一听就知道她是外地来的。她来的时候老万告诉过她，要想做好工作，就必须跟当地群众打成一片。她一直就在思考，怎么才能打成一片呢？现在忽然明白了，第一条就是不要有陌生感。这么看来，她得改改自己的口音了。可是怎么改呢？其实，她自打一下车每天听的都是一样的话音，开始她还觉得别扭了，直到最近才算好一些。

刘赵氏的屋子一旦生起火来谢一是见识过的，烟雾缭绕久久不绝。现在刘赵氏要给她一干村干部烧茶，屋子就肯定没法待了，于是一起到外面去了。

过了一会儿，刘赵氏因烟熏火燎而弄得两眼红红的，脏兮兮的两手却恭恭敬敬地端着一个同样脏兮兮的粗碗笑眯眯地向谢一走了过来，碗上放了一双竹筷，筷子旧得发红不说，长短还不一样，让谢一看得既难受又无法拒绝。

谢一不知道是什么规矩，不知道该怎么做，冷不丁发现碗里打了荷包蛋，才明白刘赵氏是特意给自己做的，心里一阵暖洋洋的，也是到了这时候谢一才知道烧茶在这里的意思不单单是烧开水，具体是什么那要看人的心意了。不过，事实上谢一还是很为难的，不吃的话就显得太看不起人了，吃呢，一来老人家太不容易了，二来这碗脏兮兮的确实让谢一反胃。想来想去，谢一最后决定不吃，但话说得却很好，大娘，你太不容易了，我要是吃了，心里会过意不去的！她本来想说自己不喜欢吃鸡蛋的，可田明就在身边，招待她的第一顿饭就有鸡蛋，这个理由说不过去，再者今后如果穿帮了，会更难堪的！

刘赵氏却很直接，是不是俺的碗太脏了啊？说得大家都哄地笑起来。

谢一明白大家笑里的意思，是事实，也是缓和尴尬的气氛。虽然是这样，但还有一层意思是谁都知道谁都无法说出口的，那就是对王菜园的人来说，无论怎样谢一都是个外人。谢一当然明白这一点，又见大家哄笑，赶紧说，大娘，我吃就是了。说着就赶紧吃了起来。可碗实在让谢一膈应，只好随便吃了一个。不料刘赵氏一直在盯着她，好像早就知道谢一的打算似的。谢一实在无可奈何，只好左顾右盼，忽然看见田明，忙向她使了个眼色。

田明不明就里，但还是走了过去。

谢一不由分说一下把碗塞到了她手里。田明猝不及防，只好接了。碗转到田明手里，刘赵氏尽管满眼里都想谢一吃，可也不好再说什么了。

田明一下没反应过来，见谢一走开了，追了过去。

谢一有些急了，说，嫂子，咱俩分着吃，省得大娘偏心！说得在场的人先是一愣，然后都笑了。过了好一会儿谢一才明白缘由，是她的话说得虽然没有当地人地道，但谁都听得出来，是这里的地方话。那笑不是嘲笑她说得不地道，而是大家忽然倍感亲切。谢一也才忽然发现她跟大家有距离，除了初来乍到之外，她一直都是普通话也让村民们觉得她跟大家不一样。自此以后，谢一留了心，天天跟着田明学说本地话。

田明这时候也明白了谢一的心思，却不知道是吃好还是不吃好。

赵金海见田明游移不定，说，田主任，既然谢书记这样说了，你就吃吧。

田明刚被选为妇女主任，一下还适应不过来，听赵金海叫她主任一下难为情起来。

赵金海马上就明白了，因为他当初也是这样，赶紧说，吃吧，别辜负了谢书记的好意。

刘赵氏见了有些惋惜，说，唉，早知道我多存几个鸡蛋就好了。

赵金海打趣说，恁多人，再多鸡蛋也不够。

鸡蛋少是事实，一般来说主家不过就是表示个心意，可经赵金海一说，在刘赵氏听来就是舍不得，就是小气，就有夹屎头子的嫌疑。这有个讲儿，说过去有个人十分小气，有一次他在别人家里闲拉呱儿，正拉得高兴，突然急急忙忙往家就走。那人不明所以，以为他有什么不得了的大事，忙问他咋了。他说是肚子疼，肯定是想拉屎了。那人忙把自家的茅房指给他，意思是方便他拉屎。不料他却生气了，恨恨地说那人是芝麻秆喂驴——假惺惺，想赚他一泡屎，他才没恁傻哩。那人还不明白，一把拉住他要问个究竟。他于是直言不讳地说要把屎拉到自家茅房，这样自家的地就有肥料了。这事给人的印象十分鲜明深刻，很快就传开了。大家都觉得这人小气得够劲儿，比说小气来得有意思，因为里面有故事，于是一下就传开了。自此，当地再说谁小气就很少用小气这个词了，而是改用夹屎头子了。因为有这个讲儿，用夹屎头子自然比用小气来得厉害，就好像小气比夹屎头子轻了很多似的。刘赵氏大半辈子虽没被人说过大方，可也没被人说过小气，现在赵金海突然给她来个夹屎头子，而且还当着恁多人的面儿，再说她心里是真的感激谢一，不是装样子，反倒被人这样挖苦，一下就受不了了，忙说，没事，你只管吃，我去借去！

赵金海这才意识到自己的玩笑开过头了，忙一把拉住她，说，我跟你说着玩儿哩。

刘赵氏哪里肯依，奋力挣扎地非要去借鸡蛋。

田明这边正不知如何是好，谢一忙说，田主任，快吃吧！

连书记都叫她主任，田明心里虽一时适应不过来，却也喜滋滋的，加上现在刘赵氏奋力挣扎地非要去借鸡蛋，她要再不吃就更是火上浇油了，这才慢慢吃了。

赵金海乘机就坡下驴，说，嫂子，好了，你看，谢书记吃了，田主任也吃了，恁的心意俺们领了。

刘赵氏见了，心下同意了赵金海的说法，可面子上一下还过不去，还舞挣舞挣的。

谢一说，大娘，别忙了，我们还要去下一家哩，等有空的时候再来看你。领着一众新上任的干部走了。

下一家是老书记彭青锋家，让谁也没想到的是倔强了一辈子的彭青锋竟然像个孩子一样哭了起来。大家一时被他哭得丈二的和尚摸不着头脑，左不是右不是站不是坐不是的，十分不安。

彭青锋开始还以为新书记领着搭档来礼貌性地看望他，没想到竟然是来给他扶贫的，一下哭了。大家谁也没想到会是这样，一时都面面相觑起来。

谢一说，彭书记，不要急，有什么困难就说出来，组织上会帮你解决的。

大家听谢一这样说才反应过来，急忙连声附和。

彭青锋哭了好一会儿才抽抽噎噎地说，我有愧，我对不起大家，更对不起王菜园的三千乡亲们哪！干了大半辈子干部，不光家里出了个不孝的孙子，还没能让大家脱贫致富，现在又被村里扶贫，还是谢书记自个儿的钱，我，我……

大家听了顿时唏嘘起来。这唏嘘里不仅是对彭青锋的同感，也有对他的惋惜，更多的是疑虑。大家固然对谢一的举动称赞不已，可自古以来当官除了可以行使权力，更重要的是会得到报酬的，现在倒好，不但没见到报酬，还要倒出去，谢一也许是财大气粗，能往外拿得出手，可大家都是土里刨食，没啥积蓄，这干部可咋当得下去啊？可是，谁也不好说出来，就一直含糊着，不免心里忐忑忑忑的。当然，也有人对谢一嗤之以鼻，以为她就是做个样子，羊毛出在羊身上，不定从哪儿找补回来呢。再说了，自古以来，哪有这样当官的？不光大老远地来当官，还是从繁华的大城市到穷乡僻壤的乡坡子里来，受罪不说还倒贴钱，不是神经病吗？

谢一说，老书记，你误会了，我绝对没有你说的意思！我来咱们村是代表着党委和政府的，我所做的都是党和政府交给我的任务，是我的责任！我必须这样做，必须完成！

彭青锋说，可是，那也不能是你自掏腰包啊，这得多少钱啊！一群人抬一个人好办，一个人抬一群人，咋可能抬得起来啊！其实，彭青锋说的也都是大家心里打鼓的——如果这样扶贫的话，哪辈子扶得起来呢？毕竟不管什么时候穷人都是多于富人的啊！

谢一这才明白老书记的担心，也才忽然想起来，恐怕一众新上任的干部也在这样担心呢，忙说，你说得对！一个人抬一群人确实无能为力……

彭青锋接口说，还是嘛。所以，这钱，我说啥也不能要！

谢一说，我的话还没说完呢。我初来乍到，以后还要长期在咱们村待下去，肯定不少麻烦大家伙儿，可我又没啥拿得出手的，也不可能每一家每一户每个人都照顾到，所以就拿点钱表示点心意。老书记，你就收下吧！

彭青锋摇摇头说，谢书记，你要让我收下，就是打我的脸啊！

谢一说，老书记，我绝对没那个意思，我只是希望今后无论在工作上还是生活上都能得到您和大家伙儿的支持和照顾！……

彭青锋说，放心吧，谢书记，你那么大老远地来到咱村，帮咱发家致富，这是大好事啊！我自己没能力让大家伙儿发家致富就不说了，要是不支持你的工作，那我还算个人吗？

谢一说，老书记，我知道这是您的肺腑之言，谢一先谢谢您了！可是，这钱您要是不收……

彭青锋有点恼了，可想了想还是忍住了，说，你这闺女，咋恁死脑筋呢？我不要并不代表我不支持你的工作啊！

谢一见彭青锋怎么也不肯收，只好罢了，领着众人到第三户人家去了。

第三户人家是一对夫妻，男的叫麦大友，女的叫姚桃花，夫妻俩一共生了三个孩子，一个十七岁的大女儿和一对十二岁的双胞胎弟弟。两口子既不是自谈结的婚，也不是媒人介绍结的婚，而是换亲，就是麦大友的妹妹嫁给姚桃花的弟弟，姚桃花再嫁给麦大友。换亲这事虽然不是很情愿，可双方家长和当事人没啥意见也就成了。那就各安其事，各人过各人的日子了。诡谲的是麦大友的妹妹麦大梅和她男人姚顺宝日子过得风生水起，麦大友和姚桃花却过得十分清苦。明眼人一针见血就把两家的差异指了出来。既然是换亲，不用说男方总是有缺陷的——不是生理缺陷就是心理缺陷。生理缺陷不是瞎子、麻子就是瘸子、瘫子，或者患有某种比较严重的疾病。心理缺陷不是憨就是傻或者老实得过了头的迂。麦大友和姚顺宝都是老实得过了头的迂。结了婚，迂依然如影随形，让他们凡事都不能灵活应对，自然吃了不少亏。这是两人乃至两家共同的特点，可具体到个人还是有些不同的。麦大梅两口子在生理上都比麦大友两口子生得高大，自然干活就有力气。胡庄和李楼都是很普通的村庄不错，可胡庄和什集紧挨着，这些年什集一直在向外扩展，不知不觉胡庄也成了什集的一部分。先前，靠近什集的好处是可以打打零工，比如装卸化肥、粮食、烟叶啥的，两口子身块大，人老实，当装卸工再合适不过了。等到成为什集的一部分那就更美了，可以很方便地做买卖，或者把自家的房子出租出去。这样，虽然赚不到大钱，可小钱日积月累也是不能小看的，时间一长，手里就宽绰起来。再看麦大友两口子呢，身材瘦小，干什么都比别人慢半拍，麦大友虽然也出外打工，可惜没什么技术，只能当力工，工钱低不说，很多时候还要不到工钱。麦大友当然不甘心，也做过小买卖，可眼光不行加上拙嘴笨舌一天也卖不出去多少东西，后来学着别人种些值钱的作物，比如棉花、烟叶、西瓜什么的，可都如姜子牙一样时运不济种啥啥便宜。一年到头手里赚不到多少钱不说，加上孩子多，一来二去手里自然捉襟见肘。

谢一带着一众干部来到麦大友家时，两口子正生闷气呢，自然还是为孩子上学的事。按说，国家实行了九年义务教育是可以减轻家庭的教育负担的，可惜的是到了地方好经都被念歪了。地方表面上积极响应国家号召支持民间力量办学，把优质教学资源——也就是优秀教师向民资学校倾斜，实际上却是为了甩包袱。说地方甩包袱是有依据的，那就是本来这些学校的经费是应该地方出的，现在则转移到了民资学校自己身上，而且还可以卖给民资地皮获得一笔收入，同时还能落个支持民资办学的所谓美名，何乐而不为呢？羊毛出在羊身上，民资的经费来源自然摊到了前来就读的学生身上，自然抬高了学生的读书费用，自然而然增加了学生的家庭开支。还有，虽然乡镇也有民资办学，但更多的民资学校却办在县城，更多的优秀教师也被吸引到了县城的民资学校里。这样一来，家长要想给孩子好的教学质量就不得不去到县城的学校就读，公办的学校去不了，自然只能选择去民资学校。这样问题就来了。民资不但贵得多，加上住校费、伙食费、来回的交通费，还有乡下的孩子沾染到了城里孩子的不良风气，比如互送礼物、玩游戏等，那开支简直大得惊人。对一般家庭已是不堪重负，对麦大友家更是雪上加霜，他十七岁的大女儿麦丽丽就是因此不得不辍学去打工的。麦丽丽打工去了，可两个双胞胎却是绕不过去的。他们心里很清楚如果就按公家给的待遇，免除学杂费来上学的话，不过是混完九年义务教育，混完了还得重复他们的生活外出打工。要想有点出息自然就得上学，上好的学校，那就得到县城里，到县城去就得大把大把地把票子掏出来，可哪里来的钱呢？麦丽丽就不说了，闺女早晚都是人家的人，长大了，一嫁就算完成任务了，可儿子就不同了，不但是麦家的人，还是要给他们养老送终的人啊！

两口子跟别的夫妻一样，多年来自然难免抬杠拌嘴，可都是屈指可数的。两口子吵架少，也不会吵架，一旦吵架虽不至于翻江倒海却也要别扭好多天谁也不理谁。现在两口子就各守一方摆出一副鸡犬之声相闻老死不相往来的架势来。

两口子正僵持着，就听见外面闹哄哄的嚷得厉害。这个时候村里像麦大友这样的壮劳力极为少见，他们不是去外地打工了就是在外地或者街上做买卖，谁肯闲在家里呢？麦大友一个大男人晃来晃去的要是有人问起他为什么还在家里，一准闹个不自在，因而麦大友多数时候都会窝在家里。现在外面闹嚷嚷的他本想看个稀奇，可还是忍住了。

有人在家吗？谢书记来看恁来了。有人明显冲着麦家嚷道。

麦大友愣神的功夫，他家的大门就被咣咣咣地敲响了。其实，一听咣咣咣的敲门声麦大友就确信是闹到他家来了。现在麦家的左邻右舍都盖起了小洋楼，把他家的小瓦房团团包围，如同羊群里的一只病鸡一样既触目惊心又可怜兮兮。自然，别人家的大门都是铁的、铜的，不但高大气派，而且敲起来也咚咚的震天响，只有他家是木门敲起来咣咣咣的十分单调。麦家的大门本来是木栅栏的，邻居家扒了瓦房盖平房，扒了平房又盖小洋楼，原来的木大门就相形见绌了，索性送给了麦家。尽管这样，麦家平白拿到木大门还是喜忧参半的——不要的话自家确实需要，要的话承情自不必说，也显得低三下四，还有一件为难事，就不能往院墙上一安了事，怎么也得盖个门路，哪怕最简单的狗头门路呢。一般来说，谁家都会有院子的，有院子自然会有大门，一般人家都会盖上一间房子做过道，有钱的人就会盖上三间或者两间房子做过道，不但气派，也方便，就算最不济的人家也会简单地盖上一个门头为大门遮风挡雨，因为太过简单，看起来就像昂起来的一只狗头一样，故而就叫狗头门路。可要盖门路就雇人，不给工钱，管饭总是免不了的，就算自己动手，买砖买瓦也还是免不了的，自然又得一笔钱哩！送他家木大门的邻居见他家迟迟没有动静，忽然明白了，索性送佛送到天好人做到底地把自家再也用不着的砖瓦一并送给了麦家，麦家这才千恩万谢地第一次有了真正的大门，虽然是最简单的狗头门路。

谢书记虽然来的时间不长，除了开过几次会，再没别的动静，按王菜园人的说法，开会都是虚的，随时都可以来，自然也随时都可以不算数的，真刀真枪地干起来才是摸得着看得见实实在在的——尽管如此谢一还是在王菜园成了家喻户晓尽人皆知的人了，不是因为她是书记，也不是因为她是王菜园第一个女书记，而是因为她是从大城市来王菜园当书记的女人！第一次召开群众大会，所有的群众都一下子记住了她——谢一谢书记！

听说谢书记亲自登门来了，麦大友慌得一只鞋子都掉了，忙一跳一跳地颠着一只脚跑出去开门。姚桃花看着男人滑稽的样子忍不住偷偷笑了。

谢一在村里走过几次，大概知道乡下人不像城里人每天都穿得那么光鲜，可也不至于像麦大友这样狼狈，加上麦大友身材瘦小，几乎像个半大孩子，不由愣了一下。

一众干部跟麦大友就算不是很熟也不陌生，一下都笑起来。

还是赵金海第一个发话了，是不是听见叫门才从被窝里钻出来啊？

谢一不明白赵金海的意思，她身后的一众干部却都暧昧地笑起来，就连田明也不例外。

麦大友红了脸不好意思地笑了一下，这才说，没有。

一个跟着看热闹的群众说，没有？不少有！黄鼠狼把家，还不是舍不了那个骚窟窿眼子。

麦大友有点急了，声音不觉大起来，真没有，大天白日的……

那个群众质问道，人家都出去打工，你咋不出去啊？

赵金海也听得津津有味，忽然看见谢一皱了皱眉头，忙说，咋？谢书记轻易不来，来了也不叫上家坐坐啊？

这会儿姚桃花也出来了，赶紧打招呼，都来了，上屋坐吧。

众人这才鱼贯进了院子。

麦大友家平常很少来人，就算过年来串门的人也极少，而现在忽然之间轰轰隆隆地一下来了这么多人，让麦大友既高兴又发愁——高兴的是谢书记和王菜园全体干部都来了，这在他家是前所未有的十分长脸的，按文化人的说法就是蓬荜生辉哩；发愁的是不大的院子都站满了，何况更小的堂屋，咋坐得下啊？麦大友正不知咋样才好的当儿，却见谢一在院子里站住了，自然一众干部都随着站住了，让麦大友又感激又惭愧，一时竟不知道说什么了。

去刘赵氏家和彭青锋家让谢一感受最深刻的除了他们触目惊心的困难境况，就是拥挤不堪了，可刘赵氏家是第一家不得不到堂屋里去，彭青锋是老支书又有病人也是不得不去的，到了麦大友家就可以不进去了，一来麦家没有病人，二来也不是特殊家庭。因为下面还有很多贫困户要逐一看望，谢一就没多说什么，通知麦大友他家被评为贫困户，以后会享受到特别照顾，同时把慰问品递给麦大友，就准备走了。不料麦大友却说什么也不要，不得已只好给了姚桃花。

让谢一没有想到的是她带着一众干部走了，麦大友两口子看着慰问金却好半天没说一句话，尤其麦大友眼圈都红了。

谢一自然没有忘掉震撼到她的李家。

看着是面粉和食用油，特别是手里红彤彤的一沓钞票，李群杰再次哭了。如果说第一次哭是因为有人来他家看望，打破他家几十年来被人遗忘的话，那么这次则是感激，他知道碰到了好人，当即就让李坤书和李铁锤都跪下来，三兄弟一起给谢一磕个头。赵金海拦住了李群杰，却没防住李坤书咕咚一下跪下来啪啪啪一连给谢一磕了三个响头，使得谢一一下难为情起来。

晚上，尽管一天的奔波让谢一疲惫不堪，可当她回到田明家时还是满怀欣喜。不管怎么说她的扶贫工作正经八百地开始了，而且还颇为有声有色，照这样下去，她的两年扶贫工作或者下乡生活体验虽不能说十分圆满，起码也是可圈可点的，这从村民看她的眼神就可见一斑。谢一这样想着，忍不住给宋心之打了个电话。其实也不完全是忍不住，她每天无论休息多晚都会给家里打个电话讲讲自己在村里一天来的所见所闻所感所想的，只是有时候是给老公宋心之打，有时候给妈妈打，也有的时候给表姐唐晓芝打，当然也会给馆长老万打。宋心之听了好半天也没说一句话，急得谢一以为信号不好，忙喂喂地喊。

宋心之慢吞吞地说，别喂了，听见了。

谢一有点不高兴了，听见了不吱声，干吗啊？

宋心之说，听我老婆说话呢。

谢一马上高兴起来，怎么样，你老婆能干吧？

宋心之说，是，能干。

谢一兴致大涨，假意嗔怪道，那你怎么不表扬表扬我啊？

宋心之说，我是担心。

谢一没明白，忙问，担心什么啊？

宋心之说，担心把我老婆累坏了。

谢一以为宋心之在鼓励她，更高兴了，才不会呢。你不知道这些村民多可爱，看见我就像看见亲人，不，比亲人还亲，好像我什么都能帮他们似的，可惜我的能力太有限了，只能帮这么一点点。

宋心之说，你知道就好。

谢一这才回过味儿来，问，什么意思啊？

宋心之说，你不是他们的大救星，你是我老婆。

谢一顿时被晾了起来。

更让谢一没有想到的是她的电话还没有挂断，院子里已经嚷嚷得不像样子了。谢一正想看个究竟，就听田明大声喊道，那是村里集体评议的！

谢一一听提到了村里，不用说事儿肯定小不了，忙挂了电话从床上爬起来，走了出去。那时候已是深秋，天黑得早，虽然只有六点多，可已经看不清什么了，先是满院子七嘴八舌乱糟糟的，等看到谢一顿时安静下来，这时只见满院子横横竖竖黑幢幢的。谢一知道这是一院子的人，她的村民，就问，怎么了？

奇怪的是刚才还你一言我一语的，这会儿谁也不吭声了。

谢一想了想，用蹩脚的王菜园话又问，咋了？

这下有人轻轻笑起来，气氛顿时轻松下来。有人小声问，谢书记，为啥俺家不是贫困户啊？

谢一知道在单位里大家会为一点点的好处不择手段地争名夺利，什么评职称啦，评先进啦，演出补贴啦什么的，没想到这些农民居然也会为一点点利益你争我夺的，眼前活生生的例子却颠覆了她一向对农民憨厚朴实的印象，或者说她的印象都来自影视剧或者舞台节目，未免显得以偏概全，在事实面前顿时不堪一击土崩瓦解碎为齑粉！不就一个贫困户吗，又不是什么光彩的身份，有什么好争的呢？当然，这只是一刹那间的事，她很快就明白过来，他们争的当然是利。那些平常跟他们一样的人家忽然间成了贫困户，这倒也没什么，贫困户以前也不是没有过，不过那时候叫困难户，先是村里后来改为乡里接济一些钱粮什么的，不过是杯水车薪，并不让人眼馋。现在呢？好好的人家冷不丁地就成了贫困户，大家以为不过像过去的困难户逢年过节接济一星半点的罢了，没想到突然硬扎扎地分到了钱，虽然不多，可也让人眼红着哩，天上掉馅饼的好事，且是唾手可得的干吗不争呢？不争白不争嘛。至于光彩不光彩，好像没什么不光彩吧。再说了，那是这个奇怪的书记的工作，她大老远地从省城跑到这偏僻的王菜园就是来给大家发钱的嘛，这样的事于她于大家都是好事，干吗不做呢，反正又不费吹灰之力。

谢一说，困难户有什么光荣的呢？都是一样的人，都是一样的政策，都在同一片蓝天下，别人都行，你不行，说明了什么？谢一说的是实话，自然有一定道理，但并不公允。比如造成困难的原因各种各样，并不都是因为当事人大手大脚好吃懒做什么的，因此并不能服众。

我家有病人。

我家负担太重。

我家没有技术，挣不到钱，花钱的地方又多……

谢一这才发现自己的话说得太莽撞了，忙说，贫困户是集体评议的，并不是哪一个人所决定的。大家请回吧。

可这样的说辞根本没人当回事，大家依然都站着，不肯散去。

要发钱就该人人有份！

对，哪怕家家有份哩！

有钱的人家就不该再分了！

……

犹如一把火烧沸一锅水，院子里再次闹嚷起来。

田明开始说了好多次集体评议的，都无济于事，现在再听大家说的都是实情，顿时不知道说什么好了，好在还有个谢一在，她就用不着顶着了，于是就眼巴巴地看着谢一，当然是看她怎么把这场面控制住。

谢一头一次见到这场面，一下愣在了那里。

田明等了半天等来的却是越吵越凶，终于急了，大声道，那钱都是谢书记从自己腰包里掏的，恁还这样闹，忍心吗？

听田明这样一说，吵闹声一下小起来，有人小声嘀咕了一句，真的吗？却没有人回应，院子里终于静下来。

田明没想到自己的话起了作用，生怕压不住，赶紧再添一把火，说，谢书记是大城市里来的，没想到咱们贫困户这么难，于心不忍，才自掏腰包救济一下。有人就眼里灰星下不去，咋能这样哩？大家拍拍良心，谁家有贫困户家困难的？等了等，没人吭声，田明的底气就上来了，也有些激动起来，没人吭声是吧？那就是说，村集体的评议是公正的，是凭了良心的！田明还想说大家谁家也比不上谢书记家，可谢书记还是大老远地跑到王菜园帮大家来了，可话到嘴边还是咽了下去，一来她不知道谢一的情况，二来她怕给谢一惹出麻烦来，万一有个愣头青叫起真来呢？

谢一真是感谢田明在关键的时候救了她，看了看田明，又缓了缓，平静了一下，说，我既然当了咱们王菜园的书记，就会尽力帮助大家发家致富的。请大家相信我！

田明赶紧说，谢书记都这样说了，大家就都回去吧。

人群终于慢慢地散去了。

吃饭的时候，谢一把感激的话对田明说了。田明心里很高兴脸上却还是有些不好意思，说，我也不知道我说的话能镇住场面哩。

谢一就有些感慨，看来当干部并不像想象的那么容易，她和田明都是第一次当，都得摸索着来了。

田明这才忽然意识到了，说，可不是嘛。

两个人都笑了。

吃完饭，田明忽然问，谢书记，这次就算了，以后可不敢再这样了。

谢一没明白，问，什么？

往里头填钱啊！田明说，你一个人，咱这可是一个村，就算你有金山银山，也填不起来啊！

田明说到一半的时候谢一猜到了，知道田明说的是实情不假，可不能这样实打实地说出来，一下有点下不来了。

等了半天不见谢一接话，田明有点奇怪，看了看谢一没看出什么，以为自己说中了，接着说，就算是你的工作也不能这样干啊，那不是不叫人过了吗？

谢一看田明的意思还想说下去，好像再说下去也是这层意思，就说，我只是表一份心意。

田明没听懂，吃了一惊，看着她说，你来咱王菜园就是要这样干工作啊？

谢一说，啊。

田明嚷起来，当干部不是有工资的吗？

谢一说，对啊。

田明说，那要是照你这样当法，哪有啊？不光没有，还倒贴，谁干得下去啊？

这次谢一听懂了，原来田明在担心自己的收入！忽然想起来，这也可能是刚刚新上任的村干部共同担心的，急忙说，嫂子，你搞错了，不是让大家都来这样表心意——那还得了？就算大家愿意，也无法继续下去，同时也无济于事啊！这不是我们的本意，也不是办法！我这样是想让困难群众稳定下来，鼓起他们的希望，跟我们当干部的一起共同努力，打赢脱贫攻坚战！

田明松了一口气，说，我就说嘛。明天我就跟大家伙儿说说，你不是俺想的那样。

谢一吃了一惊，大家真的都这样看啊？

田明说，是，不过看你自己掏的腰包，也感动，也无话可说，才没吭声。

谢一突然明白了一个道理，无论出于何意，只要是做给群众看，都是靠不住的！非得实实在在的干出来才行！农民没有那么多弯弯绕，他们就喜欢直来直去，喜欢摸得着看得见的东西！

晚上，如果在以往，累了一天的谢一肯定早就呼呼大睡了，可田明的话让她怎么也睡不着了。看来，一切都不是自己想象的那样，农村工作自己真得从头开始呢。

七

第二天，一个消息传来让谢一备受鼓舞，那就是省群艺馆老万带队给扶贫点王菜园村送来一批慰问品。

中午，一辆满载着大米、食用油和一部分健身器材的大卡车就开到了村委会，紧跟着的是一辆大巴。车一停稳，老万就笑眯眯地走了下来。

万馆长。谢一早就在车前等候了。

没想到老万看到谢一竟然愣住了，谢一？

怎么？我刚来几天就不认识我了？谢一笑说，你可不能不认我，我可是你的兵呢。

老万这时候才开口了，这才几天，你怎么变得我都快认不出来了？

跟着老万下来的是群艺馆的同事，大家看到谢一都吃了一惊。这也难怪，在王菜园可不像在群艺馆那般天天被温暖的馆舍仔细地呵护着，而是天天都被风吹日晒的，再怎么小心也无法让皮肤白嫩光滑。

村主任李树全急忙走过来，说，欢迎领导来指导工作！俺们都是新上任的，是谢书记来了以后重新选举上任的，不太知道里头的道道儿，请别见怪。李树全说的是实情可还是把大家逗笑了。

谢一见状就让他赶紧派人卸车，自己带着大家到村委会休息。

村委会虽然收拾过了，里面一尘不染，可还没有维修，虽不再是破败的样子，可显着凄苦。老万在电话里听谢一说过，却没想到居然会寒碜到这种地步，不禁唏嘘起来。同来的人本来从大城市到乡下来还都新鲜着，一看到村委会的样子一下都傻了眼，连安慰谢一的话都忘了说了。事实也是，那么漂亮的谢一来到这个穷地方哪里像来当干部的，简直就是发配！

谢一知道大家替她难过，赶紧说，这是原来的样子，我已经跟乡党委申请过了，栾明义书记也答应了，会给我们一笔维修经费，只是目前还没到账。

谢一的话音还没落，田明进来了，插嘴说，上面跟下面要钱容易，下面跟上面要钱就难了，跟鳖肚里扣砂姜样！

老万问，那为啥？

田明说，从来都是下面交钱给上面，啥时候见过上面给下面钱的啊？这不，就说这村委会维修费吧，只给一半，都要了多久了还不见个钱毛哩。

老万又吃了一惊，真的？

田明说，当然是真的。

老万问，你是谁？

田明说，我叫田明，才选上来的妇女主任。

老万马上热情起来，哦，你就是田大嫂啊，我听谢一说过你，她就是住在你家里的，对吧？

田明说，是。

老万看来是信了田明的话，感慨地说，真不容易！谢一的工作难啊。

谢一说，没事，我会干下去的！

正说着，栾明义也来了，谢一赶紧给他和老万做了介绍。

栾明义握着老万的手抱歉道，来晚了，来晚了，真对不起！

老万说，我们也来晚了。说得栾明义一怔。老万怕他误会，赶紧解释说，我们本来应该送谢一来的，可谢一坚持要自己来，还那么急迫……

栾明义明白过来，忙说，那是谢书记工作认真，也是想帮我们早日脱贫致富啊！也怪我们，该派人去接的……

谢一打断他们说，都别再自责了，我已经来了，工作也已经开展起来了。

栾明义和老万一起问道，现在你还有什么困难？

谢一说，困难肯定有，也肯定多，肯定大，但目前最需要的是把村委会重新修建起来，给我们这些村干部一个起码的办公场所……

栾明义赶紧说，是是是，我就是来通知你，你需要的维修经费我已经带来了，只是……说到这里，他看了看老万。

老万莫名其妙。

谢一说，没事，有一半经费我们先把房子修好，办公座椅可以凑合一下。

田明说，是，我们这些村干部可以各人从自己家里搬张桌子带把椅子来。

老万一听眼睛立刻就瞪大了，什么？再一看，房间里确实只有一张破桌子，几把破椅子，立刻表态说，剩下的一半我们给！

谢一说，馆长，咱们的办公经费也不宽裕，乡下人能吃苦的，凑合凑合就好了。再说，我来也不是享福来的嘛。

老万说，馆里经费确实有限，但能帮的一定得帮！村委会维修费是最起码的，馆里挤也要挤出来！

随后，老万要求谢一带他们一行人到贫困户家里看看。栾明义看看天近中午建议他们吃完午饭再去，老万却执意要去，并要求和贫困户一起吃，感受肯定会不一样的。栾明义只好陪同。

于是，谢一就带着老万和栾明义一行再次到贫困户家里去了。

自然，谢一会带他们去自己的帮扶对象家，刘赵氏、彭青锋、麦大友……逐一看望。让老万印象最深刻的是彭青锋，一个村支书竟然会落到如此地步，让人真是唏嘘不已。另一个就是刘赵氏了，热情淳朴的气息扑面而来，让人一时适应不过来。特别是听说谢一竟然自掏腰包一万元慰问她的帮扶对子，栾明义和老万一时都感动得不知道说什么好了，后来两人表示要给谢一报销，谢一坚决不同意，还开玩笑说情义无价。老万当即表示尽一切可能支持谢一的工作，同时也表示他会经常来看望谢一和王菜园的乡亲们的。栾明义赶紧表示感谢，同时表示歉意，自己作为一方官员没能让治下的百姓脱贫致富实在有愧。

老万一行的到来让王菜园都轰动了。王菜园人刚开始觉得谢一来扶贫可能脑子有病，就算想表现想提干吧，一个弱女人势单力薄能干啥呢？不过是走马观花应付了事，及至后来看她自掏腰包虽然佩服她真仁义，但依然怀疑她的能力，甚至有的人更以为她在作秀，等老万来了，大家开始相信谢一不是单枪匹马的一个人，而是一家单位一个团队，说不定能干出点名堂来。

于是，就像他们当晚第一次看到省群艺馆的演出就是比县剧团或者草台班子剧团好看，给了他们不一样的艺术享受一样，王菜园人对谢一开始充满期待起来。

又过了几天，村委会的维修工作就开展起来了。让谢一没有想到的是王菜园好多人自发地来了，而且不要一分钱，他们说谢书记能给他们一万元，他们不过出些力气罢了，不算什么的，跟谢一比起来差远了。

村委会被修葺一新居然没花一分钱，不但让谢一分外激动，也让村两委班子意外和激动，想想过去的七歪八倒，再看看眼前的窗明几净，大家感慨了好半天，直到最后还是田明第一个明白过来，这都亏了谢书记啊！大家这才恍然大悟，谢书记，真是个好书记啊！

这让谢一的心气一下涨得满满的，看来，老百姓很容易满足的，也都是很善良的，她真的可以有一番作为呢，如果做得好，若干年后肯定是一份美好的、珍贵的回忆啊！这念头让谢一兴奋、激动、快乐！开始坚定继续干下去的信心和勇气。

不久，新上任的干部们都拿到了第一次当官的工资，一个个开心得都像孩子一样。田明看着手里的工资，钱虽不多，却让她感慨了好久好久。田明对钱并不陌生，小卖部的生意虽然不温不火，但天天都跟钱打交道，早已没特别的感觉了，可这一沓薄薄的钞票还是让她好几天都睡不着觉。她特意把那沓钞票放在枕头下面，一遍遍地翻看，抚摸，甚至大半夜的都在折腾。不过，这也是人之常情，毕竟他们谁也没想过能当官，忽然间居然就当了，如果原来还像做梦一样的话，手里实实在在的工资可是硬扎扎的——这不是钱，是工资，是他们当官的工资，是对他们工作的承认，当然也是对他们身份的承认！原来他们一直担心会像谢一那样倒贴，就算差点，也得白干，看来自己想错了！田明记得她从会计赵金海手里接过工资时，谢一开玩笑地问她打算干点啥，她根本没想好，就笑了笑没作回答。现在她想好了，什么也不做，完完整整地把它存下来，作为纪念——说不定她的人生因此别有景致呢。五百六十八块三毛！做出这个决定，她在心里又把这个数字念叨了一遍，终于美美地睡着了。

谢一没有想到她亲自登门看望了全体村民，又带着礼物看望了贫困户，之后老万和栾明义又带着礼物看望了一次贫困户，让王菜园的村民兴奋起来，工资的发放让干部的干劲也上来了。谢一明白，所有这些不过是让王菜园人看到了希望的曙光而已，要真的让他们把这份热情保持下去要做的工作还多着呢。不过，王菜园人做梦也没想到的是修缮村委会也让谢一看到了希望呢。她觉得村民之所以不富裕原因固然有很多种，但最根本的还是没有致富的项目。可什么才是适合他们的致富项目呢？谢一一时也想不起来。当然，致富项目也不是那么容易找到的，要不然村民早就富起来了，也用不着谁来扶贫了。换句话说，致富项目是可以缓一缓的，眼下最当紧的应该是修路了。第一天到王菜园报到时的泥泞不堪让谢一每想起来都心有余悸，她决定无论如何也得把路修起来。这不但是最当紧的，也是能够让王菜园人摸得着看得见的立竿见影的，可是，修路就要钱，钱从哪里来呢？群艺馆和乡里肯定是不行的，看来只有两条路可走了，集资或者到县公路局碰碰运气，不管怎么说他们都是修路的。

主意打定谢一心里顿时觉得轻松了不少，一下就睡着了，连电话也忘了给家里打……

第二天一早，谢一还没醒来就被一阵哭闹惊醒了，还没等谢一反应过来田明就已经开始敲她的门了，谢书记，快起来看看吧。

咋了？谢一一边问着一边一骨碌爬起来，急忙三下五除二把衣服穿好打开门。

刘三家里的又把她婆子撵出来了。田明有些气愤又有些无奈地说。

田明的话如果是说给一般的城里人肯定会被说糊涂的，但谢一毕竟读过不少书，尤其是文学名著，对这里的方言虽然一知半解，但凭着文学功底还是听懂了——刘三的老婆又把她婆婆从自己家里赶出来了。

谢一虽然花了一个月走访了王菜园的每一个家庭，但一时之间还是不可能把每一家每一户都记起来的，尤其是没有什么特别之处的家庭。这个刘三她就没什么印象，不过从名字可以猜到他兄弟最少会有三个。她以前看过豫剧《墙头记》，以为不过是编剧脑洞大开创作出来的，没想到现实生活中竟然真有，而且就活生生地在她跟前发生了。果不其然，从老太太一把鼻子一把泪的哭诉中可以知道她被三个儿子甩出来了，理由和《墙头记》差不多。老太太已经八十多岁了，满脸都是纵纵横横的沟壑，加上长年累月的风吹日晒已经变成了深褐色，还有那一头几近全白的头发，叫人看着着实可怜，何况谢一又是个爱动感情的人呢？

谢一立刻叫人把刘老太太的三个儿子都叫了过来，她以为拿《墙头记》现身说法就能说动三兄弟，起码为了自己的面子也会有所行动的吧，但出乎谢一意料的是三兄弟依旧无动于衷。当然三兄弟的理由各不一样的。老大的老婆已经去世了，现在跟两个儿子轮着过日子，有点自身难保的意思，当然无法顾及老母亲；老二的两个孙子都在县城上学，花费大得很，儿子突然得了半身不遂，媳妇得照顾他，两口子不得不到外地打工供养他们，无力供养老母亲；老三的日子还可以，刚娶完媳妇，大哥、二哥都不供养，前面有车后面有辙，他作为小弟弟凭什么供养老母亲呢？

没等他们把话说完，谢一已经气得浑身颤抖了，这都是什么人啊？简直天良丧尽啊！让谢一更想不到的是老太太的话，真叫谢一深刻地体会了一次什么叫哭笑不得。老太太居然说要谢一养她，理由是谢一是好人，她能拿出一万元给村里的贫困户，养她一个也不会多，对谢一来说不过是九牛一毛罢了。

田明也没想到刘老太太会这样说，赶紧说，奶奶，话不是这样说的，谢书记给贫困户钱是她行善，是不能硬要的。再说，她也没义务养你啊！

刘老太太突然一屁股坐在地上喊起来，我不管，反正我不走了，恁当干部的总不能看着我饿死！

这当儿，门口围了黑压压的人群，刘老太太的三个儿子却悄悄溜走了。事实上，就算他们都在也没办法，一来他们都不愿意养刘老太太，二来刘老太太忽然也不指望他们养活自己了，反而赖上了谢一。

田明怀疑老刘家在耍心眼，可能看到贫困户白白地领到许多慰问品，心里泛酸，故意使出的苦肉计。

谢一没办法，只好让田明招呼刘老太太一起吃饭，刘老太太的账记在自己身上。

自从谢一来到王菜园，这是第一次在田明家三个人一起吃饭，本来应该高高兴兴的，事实却是别别扭扭的。饭桌上谁也没说一句话，只听见刺耳的吃饭声。

吃完饭，谢一本来抬脚就能走，可她得等着田明，就坐下来。刘老太太凑过来，谢书记，给你添麻烦了。

谢一能说什么呢，只能看看她，不置可否。

田明很快收拾完了，简单打扮了一下，看了看刘老太太，问谢一，谢书记，咱走吧？

谢一说，好。

两人站起来要走，刘老太太把她们拦住了，恁都走了，我咋办？

谢一说，我们是去上班，不是要撇下你。你就在家等着我们下班回来吧。

刘老太太脆生生地答应道，好。

　　刚才谢一让刘老太太留下来的时候，田明已经把大门关上了，现在要去上班自然得打开，她以为看热闹的都散了，没想到还是围满了人，看到田明和谢一慌忙四散躲避，但哪里还来得及呢？

　　谢一看着慌乱四散的人群，皱了皱眉头。

　　等谢一和田明一走，那些四散的人们又回来了，一起把刘老太太围住了，纷纷向她打听谢一的伙食。其实，之前也有人跟田明打听过，田明说她做啥谢书记吃啥，大家还不信，现在听刘老太太说了才信了，也感慨谢一大城市里来的人竟然一点也不娇气。消息传开，大家对谢一的看法又有了几分亲近。

　　村两委成立多年了，但正儿八经地像乡里一样上下班却没有几天，说白了就是刚成立的那几天而已，可自打谢一到来村两委规规矩矩上班已经超过一个月了。刚选出的领导班子第一次正经八百地上下班都觉得挺稀罕，只有赵金海有点怪不适应的。赵金海已经当了十几年的会计，以前有事就聚没事就散已经是常态，现在乍一下丁是丁卯是卯两点一线按部就班地上下班还真觉得怪怪的。谢一说，村两委虽然没有列入国家的一级政府，但事实上行使的却是一级政府的行政权，那就得按一级政府来要求。开始大家觉得谢一是新官上任三把火，照规矩上下班给自己立威，或者城里人不知道乡下事，图个一时新鲜，过一阵子忙起来自然就松了，散了，可一个多月来大家都是这样按章做事，并不见有松动的迹象，加上一个多月反反复复的重复早已习惯了，也就没谁再提松了、散了的事了。

　　来村两委上班的人其实并不多，满共只有六个人，村支书也是驻村第一书记谢一、副书记兼治保主任顾威、村主任李树全、副主任柴福山、妇女主任田明、会计赵金海。除了谢一，其余五个人最多不过是脸熟，现在天天在一起共事慢慢熟识起来了。谢一让赵金海起草了各种制度，比如财务制度、请销假制度、报销制度、会议制度……把村两委像模像样地规范起来了。起初，大家都懒散惯了一下戴上笼头还有点不习惯，慢慢也都习以为常了。另外一个让大家觉得不一样的是说话，再不能像过去一样地说什么大队、公社、老百姓、该干的事儿……而要说村里或者村委会、乡里或者乡政府或者乡党委、群众、职责或者责任……一听就知道是手里握着权力的人，是当官儿的。把当官儿的跟老百姓区分开，好像没什么好，但也没什么不好，入乡随俗，规矩罢了。

　　八点钟正式开始上班，七点五十分六个人都已经到齐了。

　　村委会没有召开会议专用的桌椅，开会的时候就把各自的椅子围在一起就好了，需要记录什么就放在膝头。虽然只是一个村委会，谢一还是安排赵金海做了会议的记录人，把每一场会议都记录下来。

　　今天我们研究的议题是修路。谢一开门见山地说，大家有什么好的意见和建议吗？谢一尽管努力学习王菜园人说话，但还是普通话说得上口，很多时候不自觉就说了，或者有的时候想说当地话却找不到普通话和当地话对应的词儿，只好改说普通话。开始大家还有点别扭，听多了也就成了家常便饭了。

　　修路？大家一愣，是好事，可是修路就得用钱啊！

　　就是钱，怎么弄，大家讨论一下。谢一强调说。

　　大家你看看我，我看看你，谁也不吭声了。

　　我考虑过了，找乡里肯定不行，我们的办公场所——这么当紧的事情跟修路比起来又是微不足道的一点钱，乡里也才出了一半资金，剩下的只有县里和民间，估计县里也不宽绰，要不然早就修了。谢一分析说。

　　你是说集资？会计赵金海问。

　　谢一说，我是这么考虑的，取之于民用之于民嘛。再说，以前的砖路不也是集资的嘛，有前车之鉴，应该可以吧。

　　就是。村主任李树全说，我看是个法子。

　　管试试。副主任柴福山、副书记顾威异口同声道。

　　恐怕不中。赵金海直截了当地说。

　　为什么？谢一问。

　　就是，为啥会不中？过去就中，为啥现在就不中了？田明有点奇怪。

　　别提以前，现在跟以前不管比。赵金海摇摇头说。

　　为啥？谢一追问道。

　　以前大家都是以种地为主，出门打工都是附带的，地在家里，路也在家里，修路当然很积极；现在反过来了，打工为主，种地为辅，很多人家举家搬迁外地，多少年都不回来一回，让他集资，恐怕难哪！赵金海分析说。

　　赵金海的话没说完，大家就纷纷点起头来。事实确实如此，更进一步是谁也不肯说破的，那就是在座的各位也差不多，都是没有能力或者不方便外出的人。

　　中不中，试试嘛。田明怕谢一面子上过不去，硬着头皮说。

那行，咱们投票看看赞成的多还是反对的多。谢一当机立断，同意的就举手。

结果六个人都举了手。

田明高兴起来，说，看看，都同意嘛。

赵金海说，这是领导班子，当然容易想到一起。不过，咱们都同意了，不代表群众也都同意。

谢一说，那就开会，听听群众的意见。

赵金海说，那倒没必要，这是好事，只要班子里愿意干，往下安排了。

李树全问，既然这样，那你多会儿为啥说群众不同意哩？

赵金海说，你没理解我说的意思，现在我都对你说。我说的往下安排了说白了其实就是摊派，大家都知道在过去摊派是很正常的事儿，可现在免了农业税，再摊派就难了，更难的是有的户主在家，有的不在家，就算都同意也根本收不齐，收不齐的部分谁来垫呢？

谢一说，村里先垫着，等那些户主回来了再补上。

赵金海说，按理是这样的，可有的户主已经出去十几年不见影子了，将来就算见了，他不认账，也还是收不起来。再者，村里也没有闲钱垫，要不然至于村委会房倒屋塌的都没人管吗？

大家听了都不言语了，显然被赵金海说中了，这么看来集资修路是根本行不通的，那就只有第二个法子，到县公路局碰碰运气了。

八

　　听说谢一要到县公路局要项目，栾明义和郑海河都很高兴，但也很担心，高兴的是如果项目获批高朗乡的面貌又会有所改善，担心的是他们申请过许多次了，一直未能获批，心里希望着谢一出马就能一锤定音呢，所以很热情地跟她讲了县公路局的情况，还要派车送她去，被谢一拒绝了。

　　谢一本来打算一个人去的，想了想还是觉得两个人稳妥一些，就叫上了田明，两个人一起出发了。谢一来高朗乡报到的时候坐过这趟班车，从高朗乡到大康县是八块钱，就早早地准备好了零钱。

　　十块！售票员硬声薄气地甩过两个字。

　　不是八块吗？谢一问。

　　今天过节，涨价了。售票员依然冷冰冰的。

　　刚过完国庆节啊！谢一想不出还有什么节，不过国家早就取消了过节就涨价的规定她也是知道的。

　　十来一。售票员说。

　　什么十来一？谢一问。

　　就是阴历十月初一。田明解释说。

　　阴历是什么意思？谢一一愣。

　　田明想笑，但还是忍住了，说，不是有个公历吗？那是给上班的公家人弄的，阴历就是给老百姓弄的。在当地人的嘴里老百姓绝对不是普通的那种对没有官职的人的称呼，而是对没有吃国家饭的人的称呼，多数时候指的就是农民。

　　谢一顿了一下明白了，所谓阴历其实就是农历，她知道公职人员的日子是按公历过的，普通人的日子是按农历过的，不过有的时候公职人员的日子也得按农历过，比如过年、元宵节、清明节、端午节、中秋节，当然还有一些别的日子，不过只有这些节日才是放假的，容易被大家记住。可她想来想去也想不出农历十月一是什么节日，就问，这是什么节？

鬼节。售票员说。

这是什么鬼节？谢一被惹得有些不耐烦了。

就是鬼节。售票员说。据当地的传说，清明节阎王爷要把小鬼小判们收回去，到了十月一再放出来，故而十月一在当地被称为鬼节。不过，直接说鬼节过于吓人，才改说十来一的。之所以不说十月一而说十来一含有这一天盼望赶紧到来的意思——这是当然的，鬼们被关起来肯定不好受，怎么会不希望早些放出来呢？

那也不能随意涨价！虽然听了田明的解释，谢一还是不肯干休，抗议道。

爱坐坐，不爱坐下去！司机忍不住了，插嘴说，恁些人都掏了，就你一个粘牙！恁些人，会单坑你一个吗？

算了，给她吧。田明说着，把钱给了售票员。

我要投诉你！谢一生气地说。

随你！少了十块就是不中！售票员依然面不改色心不跳地说。

都是这样的，要不咋出门？你是外地人不知道情况，不会坑你的。乘客中有人为售票员和司机帮腔道。

谢一听出来了，从高朗到县城这条线路被私人承包了，而这些私人客运班车又串通一气，故而可以随意乱涨价，乘客早已见怪不怪，无可奈何地接受了。

下了车，谢一想了想还是有些气愤，忍不住拨打了发改委的举报电话，将运营线路和车牌号清清楚楚地报给了对方，对方表示马上就会派人核实情况。谢一很感谢，立刻说你们核实完了要回复我，我想知道处理的结果。对方满口答应。

田明看着谢一心里又多出几分敬佩来，没想到连这也能告状，真是开眼界啊！

谢一松了一口气，按照栾明义跟她指明的道路向公路局走了过去。

让谢一没有想到的是上班时间公路局的电动大门竟然是关着的，她敲了敲门卫的玻璃窗，一个五十多岁门卫模样的男人隔着玻璃问，找谁？

谢一说，找你们局长。

下乡了。门卫说。

下乡干什么？谢一问。

扶贫。门卫说。

那么，现在谁负责？谢一问。

你有什么事吧？门卫有些不耐烦了。

我来申请修建乡村公路的事。谢一说。

你是谁啊？门卫有些意外。

我是省群艺馆派来的，驻高朗乡王菜园村的第一书记谢一，这是我们的妇女主任。谢一亮明身份道。

等局长回来再说吧。门卫说完就要走开。

局长什么时候回来？谢一问。

这我可不知道。门卫坐下来，翘起了二郎腿。

那我见见你们副局长行吗？谢一问。

副局长做不了主，你见了也白见。门卫不耐烦地扭过脸去。

那你开开门，让我见见嘛。谢一说。

都跟你说了，没用。门卫喝了一口水，不再搭理谢一。

咣咣咣，咣咣咣，咣咣咣。田明从来没来过这样的所谓有关部门，心里有点怕，可谢一却不甘心，也许门卫的态度惹着了她，让她忽然不屈不挠地敲起玻璃来。

弄啥？弄啥？你想弄啥？门卫生气地吼道。

见领导！谢一说。

跟你说了，没有用。门卫说。

那你也让我见见再说！谢一喊。

门卫没办法，只好打开窗玻璃递出来一个本子，本子上用一根细绳子连着一支圆珠笔，还有一句话，登记一下。

田明不知道登记是怎么回事，就愣愣地盯着谢一看，只见谢一拿过来本子龙飞凤舞地就把她和田明的名字写了上去，翻了一下手腕看了一眼坤表，把表上的时间填了，接着把来访事项也填了，然后就要递过去。田明忙说，还有离开时间没填哩。

谢一说，咱们刚来，还没离开呢。

门卫接过本子看了一眼，这才慢吞吞地打开了门。

这阵势显然把田明吓到了，她不由自主寸步不离地紧跟着谢一，心里恨不得拉着谢一的手或者衣服，但又觉得不像话才住了手，但忍不住还是把心里话说了出来，谢书记，这咋恁严啊？

官老爷作风呗。谢一说。

哎，除非是你，要是我真不敢来哩。田明仍然有心不安。

咱是来为民办事的，又不是来无理取闹的，怕啥？谢一领着田明直奔公路局办公室，边走边说。

找谁？一个戴着眼镜的瘦高个问道。

你是办公室主任吧？谢一问。

是，你有事吗？主任问。

怎么称呼你呢？谢一再问。

叫我胡主任好了。主任说。

胡主任好，我是高朗乡王菜园村的驻村第一书记谢一，这是我们的妇女主任。我们是来咨询一下关于我们村的乡村道路建设的。谢一不亢不卑大大方方地说。

哟，今年的指标都用完了，得等到明年才能有机会。胡主任说。

那我先申请，总可以吧？谢一问。

当然可以。你回去打个报告上来吧。胡主任一副公事公办的样子。

高局长的办公室在哪里？谢一问。

都跟你说了，没指标你见谁也没用啊。胡主任有点不耐烦了。

我是从省群艺馆派到王菜园的，村里是一个烂摊子，我来了一切都要从零开始，千头万绪的，来一趟不容易，我一定得见到高局长！谢一恳切地说。

胡主任大概见多了，并不为所动，依旧是公事公办地说，可是高局长没在家啊。

那他什么时候回来？谢一追问道。

那可说不准。胡主任说。

高局长干什么去了？谢一问。

到县委开会去了。胡主任说。

不对吧，有人说去乡下扶贫了。谢一说。

还是啊，不在家嘛。胡主任有点得意道。

那我等他。谢一说着，拉着田明在一边的椅子上坐了下来。

胡主任看了看谢一和田明，就接着忙自己的去了。

两人等啊等啊，不知道等了多久，办公室有人来了去，去了来，有人看看她们，有人连看都不看她们一眼，就好像她们是两个无所谓的什么似的。

田明有些坐不住了，轻轻拉了拉谢一的一角，悄声说，谢书记，要不，咱们回去吧。

谢一说，那不是白来一趟吗？

田明说，没有啊，胡主任不是说叫咱们打个报告上来吗？

谢一说，你不懂，他那是在糊弄咱们呢。

田明被谢一一说糊涂了，愣愣地看着谢一。

谢一说，你想想看，咱们想修路，别人就不想吗？一个县，得有多少像咱们王菜园一样的村啊？要是都像胡主任说的那样，那得等到什么时候啊？

田明说，可就算咱们见到一把手，他要还是这样说哩？

谢一说，那也得见，初次混个脸熟，以后就好说话一些了。

正说着，谢一的手机响了，是栾明义打来的，谢书记，到哪儿了？找到公路局了吗？

谢一就把情况简明扼要地跟栾明义做了汇报。

好，我帮你说。栾明义挂了电话。

随即，胡主任的手机响了。

栾书记啊，有啥指示啊？胡主任打着哈哈说。

我是来求你的，哪敢指示啊。栾明义说。

有啥指示尽管吩咐就是了。胡主任说。

俺王菜园的谢书记是不是在你办公室里啊？栾明义问。

哦，是，我跟她说了，今年的指标用完了，得等到明年，可她不听啊，非要见高局长。胡主任说。

那行，我给高局长打个电话。栾明义说完挂了电话。

胡主任看了看谢一说，栾书记打电话来了，要我多关照你们，我也没什么能力关照，下班了，我请你们吃个饭吧。请——

谢一说，谢谢你的好意，我们心领了。我们不耽误你下班。请问你们下午几点上班？

两点。胡主任说。

那我们就两点再来。谢一说着，拉着田明走了。

田明看着满大街的花花绿绿，不知道该到哪里去。谢一却有主张，拉着田明去了一条小吃街，惊得田明只问她，你来过啊？

谢一说，刚才在车上我看到了，就记下了。

田明很佩服，说，怪不得你能当书记哩，就是比我脑子好使。

说着话，两人来到了一个摊位跟前，问了一下，最便宜的一碗三鲜面也要六块钱。田明感叹道，这要是在家，六块钱的面能把六个人吃撑死！

谢一说，没事，咱们再找，总会有更便宜的。

两人挨家问了，价钱都差不多。

田明说，谢书记，不问了，咱吃吧，我请你。

谢一说，我请你。

田明说，不就一碗面吗？

谢一说，我来一个多月了，天天麻烦你给我做饭吃，请你吃一顿也是应该的。

正说着，田明忽然看到街口有一个烧饼摊，过去一问，一个烧饼一块钱，夹鸡蛋或者豆腐串另加一块，不过看看谢一，还是打住了。

谢一明白田明的意思，想请她吃，又嫌吃得太简单，好像在糊弄她，就走过去，买了两个烧饼，分别夹了豆腐串和鸡蛋，又在对面的小卖部里买了两瓶水，一瓶一块钱。

买完东西，提在手里，田明忽然想起来问，谢书记，咱在哪儿吃啊？

谢一早就计划好了，带着田明去了街心公园，在一条长椅上坐下来，打开装着烧饼的塑料袋，再打开水，津津有味地吃起来。

田明吃着饭忽然说，哎，谢书记，一会儿吃完，咱就在这休息，等公路局的人上班了咱再去。

谢一笑着点点头，她心里就是这样计划的，不过并没说出来。

吃着烧饼，田明有些担心，问，要是歇晌还见不到局长咋办？

那就接着等。谢一说。

要是局长不给咱批咋办？田明还是不放心。

见到局长再说吧。谢一心里也没底。

好容易等到下午公路局上班，两人又一起赶了过去，等到接近三点的时候终于见到了姗姗来迟的高局长。

哦，谢书记，栾书记给我打过电话了。欢迎，欢迎。高局长看到等在门口的谢一和田明赶紧走过来，随即掏出钥匙打开门，把两人迎进办公室。

高局长，我知道作为一局之长，你肯定很忙的……谢一说。

是啊，忙死了，都是来要项目的，可资金很有限啊！高局长立刻打断谢一说。

那，我们村的路……谢一试探地说。

恐怕得等等了。高局长说。

那要等到啥时候哩？田明忍不住插嘴问。

这位是……高局长指着田明问谢一。

哦，忘了介绍了，这是我们村的妇女主任田明同志。谢一说。

高局长不再理会田明，只看着谢一说，究竟啥时候轮到你们村，我也不知道，这得看资金情况。

那依你的意思俺们就一直等下去呗。田明说。

我也替你们着急，可是我也没办法，毕竟钱是硬头货啊！还请你们见谅。高局长一脸的无奈。

就在这时，忽然呼啦啦涌进一群人来，七嘴八舌地吵吵着，都是来要建设项目的。这么看起来，驴年马月也轮不到啊！谢一心里一下难过起来。她有点不甘心，可也毫无办法。

田明看出了谢一的心思，下楼的时候问，谢书记，咱们要是就这么走了，不是白跑一趟吗？

谢一摇着头说，没想到会这么难啊。

田明说，咱管再试试啊。

谢一没明白，问，怎么试？

田明眨了眨眼睛说，那你别管了，看我的就中了。

两人就在院子里找了一处较为僻静的地方站下来，不时地看着楼梯口，直到过了很久才见那拨人包括后来又来的人都先后摇着头慢慢地走出来，一看就知道他们没能达到目的。

田明看了看说，谢书记，我上去找高局长，你在这儿等着我吧。没等谢一反应过来，田明已经往楼梯口走了过去。

高局长好不容易送走了一拨接一拨的人，正坐下来喝水，田明敲响了门。高局长却故意装作没人，既不开门也不应声。

高局长，我知道你在，你要不开门，我就一直敲。田明说着话就梆梆梆地敲起来。

高局长无奈，只好打开了门，却拦在门口问，你什么事啊？

田明听出来，高局长已经把她忘了。其实，田明之所以忽然长起胆子来也是有原因的。谢一的一举一动让她明白，只要自己不是胡闹官老爷也没什么可怕的，何况自己大小也是个干部了，就算闹僵了也会有栾明义在背后撑腰呢，高局长刚才对她的不屑也让她很是愤愤，在心里下了决心，今天非得把项目要下来不可！就说，我是高朗乡王菜园村的妇女主任田明，刚才还在你办公室里哩。

经田明一提醒，高局长想起来了，忙说，对不起，我都忙晕了。不过，你们真的得排队。

田明说，我们就排今年的队，中吗？

高局长说，今年的指标已经用完了啊。

田明说，我不信。

高局长说，你不信我也没办法。

田明说，我知道你一定有办法的。

高局长说，大妹子，我真的没办法。请你原谅。

田明不再说话，只是笑盈盈地看着他。

高局长被田明看得有点窘，就礼貌性地问，要不要进来坐坐？

田明说，好啊。

高局长以为话已经说过，田明不会进来的，没想到她竟然还是进来了，心里不满意，就不再客套，只管坐到办公桌后面去了。

田明知道高局长不耐烦自己，就说，能给我杯水吗？来了半歇晌了，渴死了。

高局长只好找出一次性的纸杯子给她倒了半杯热水，又兑了半杯凉水，希望她赶紧喝完走人。

田明却不急，两手捧着纸杯慢慢地喝着。过了一会儿，高局长站起来，径直向外走去。田明赶紧也站起来跟了过去。

慢走。高局长招呼道。

我不走。田明说。我跟着你。

高局长皱了一下眉头，说，我不走，我去办公室拿份文件。

拿呗。田明说。

高局长无奈，只好说，那你坐。

田明却没坐，作势要跟着高局长。

你跟着我干啥？高局长一回头看见屁股后面紧跟着的田明十分诧异。

拿文件啊。田明说。

我不会走。高局长有点不高兴。

没事啊，万一文件多，你拿不动，我可以帮你拿。田明说。

拿完文件回来，两人又各自坐了下来。

过了一会儿，高局长给司机打了个电话，站起来就要走。田明也赶紧站起来要跟着。

我要到县里开会。高局长说，你跟着不合适吧？

没啥不合适的。田明说。

高局长气得一屁股坐了下去。

两人又各自坐下来了。

又过了一会儿，高局长又站起来了，看田明也跟着站起来了，说，我去一下洗手间。

我也去。田明爽快地说。

我是去卫生间。高局长以为田明没听懂，赶紧解释。

好。田明说着，并没有停下来的意思。

我是去厕所啊！高局长的声音不觉提高了。

去呗。田明不以为然地说。

我去茅房！高局长终于不耐烦了。

我跟你一起去。田明说。

你……高局长被噎得说不出话来，想了想，只管去了。

田明却没被吓到，竟然真的跟着去了，走到洗手间门口，高局长站下来，说，中了，你们的项目我批了，别再跟着我了。

田明赶紧问，说话算数？

高局长说，算数，叫你们谢书记上来吧。

田明却没离开，赶紧掏出手机给谢一打了电话。

一会儿，高局长方便完了，田明跟着他回到办公室的时候，谢一已经等在那里了。高局长立刻在谢一递来的申请书上签了字。

回去的路上，谢一好奇地问田明是怎么让高局长同意的，田明就把经过详详细细地说了一遍，让谢一大感意外又吃吃地笑个不住。

田明很得意，说，不管咋说，事情办成了，咱没白来一趟。

谢一虽然觉得田明的法子不那么地道，却十分有效，以后再跑项目就一次不拉地带上了她。

不久，但凡扶贫项目能争取的都一一争取了过来，但凡谢一到过的单位都知道高朗乡王菜园村有一个厉害的第一书记和妇女主任。到过年的时候王菜园村的水泥路、路灯、养老院、文化大院、健身器材等一应设施全都配齐了——这些在以前是连想也不敢想的，可在谢一的努力下，都齐整整地建好了。除此之外，扶贫贷款也都一一到位。听说顾振海喜欢养羊，谢一就给了他几只优良种羊；听说灰民会烧一手好菜，谢一帮助他在什集街上开了一家小饭馆，并要求灰民需要羊肉的时候在同等条件下优先购买顾振海的羊，灰民满口答应；听说赵素红喜欢手编，就跟街上的手工活加工点联系，顺便连同平常没事的人也一起发动起来了。对于那些已经失去劳动能力的贫困户，如刘赵氏、李群杰三兄弟，谢一就帮助他们把扶贫款投资到大的公司入股，然后分红，每年每人都能拿到三千元的分红，按季度分发。刘赵氏拿到第一笔的750元分红时简直不敢相信天上真的会掉馅饼，后来她逢人就说，只要有谢书记在，什么都会是真的！李群杰三兄弟拿到红彤彤的票子感激得几乎要给谢一磕头了……

几个月的朝夕相处也让王菜园的人们熟悉了这个大城市来的书记，同时也让谢一熟悉了王菜园的每一个村民，他们不但再也不把谢一当外人看，还亲热得跟什么似的，因为谢一除了帮助了贫困户，也帮了好多人的大忙，比如帮助一些孩子补课，送家庭没有壮劳力的紧急病人去医院，带妇女们去体检……当然，有的时候谢一也会到一些人家拉拉家常什么的。王菜园人见了，都把谢一刮目相看，说她真是为王菜园办事的好书记。

春节越来越近了，外出打工的人们陆陆续续地回来了，他们早就听家里人说起过村里的变化了，可真的看到了还是恍如做梦一般。大家除了记住并议论了一阵子王菜园新来的了不起的书记谢一，还接着聊起了各自一年的情况，互相打听着谁谁谁干什么挣了多少钱，谁谁谁家新添置了什么家什，彩电啦，洗衣机啦，电动车啦……

谢一走在村道上，只要遇到人都会跟他们打招呼，当然大家也会离着很远就迫不及待地跟她打招呼。谢一有时候想走过去跟他们握握手，可乡里人没有握手的习惯，谢一慢慢也习惯了。听着大家七嘴八舌地谈说着，再看看大家新鲜一阵下来就开始打牌，谢一觉得不能再这样下去了。

第二天上班的时候谢一立刻提出要改变民风民俗的议题，请大家讨论。没有人觉得这有什么不妥，多少年了都这样，再说累了一年了，大家天南地北的平常都见不着，在一起聚聚亲热亲热无可厚非嘛，再者不让大家打牌还能让他们干什么呢？没什么好干的嘛。

谢一说，不是这样的。我的意思不光是大家打牌消磨掉大好时光，还有大家在一起三句话说不完就会谈起钱，好像人活着除了钱就没别的一样。长此以往，社会风气会越来越堕落的。我们一边感叹世风日下，一边却在听之任之甚至无意中助纣为虐。这会形成恶性循环，如果就此下去，多年以后我们会痛恨自己的。现在我们必须做出决断——扭转这样的不良风气！

大家听谢一这样说就知道她又有新的主意了。赵金海毕竟当过多年干部，还是颇有经验的，他马上意识到了什么，马上说，能改变这种消极的状态当然是好事，可不能硬逼啊，要不然会闹出乱子来的。

谢一笑了，说，谁说要硬逼了？不但不硬逼，还要他们自愿。

要大家自愿？一众村干部一下都懵了。

对,要他们自愿。谢一胸有成竹,关键要看我们村干部怎样引导。

当天上午,家家户户正热热呵呵地吃着饭的时候,村里的大喇叭响了起来,下面播送表扬稿。今天早上李楼村村民李怀民赶集买了过多的年货,一时难以带回家。正在为难的时候碰到同村村民李金子。李金子便让李怀民乘坐自己的电动三轮车,并将李怀民和他的年货送到了家。这种助人为乐的精神就是雷锋精神,是值得大家学习和表扬的。希望听到广播的村民努力向李金子同志学习,积极行动起来,多做好人好事。村委会即日起将建立起好人好事档案簿,把好人好事记录在案,同时张榜公布,请全体村民共同学习,共同进步,促进我村文明风尚的进一步提高。

连续三天早中晚三次的广播、各村在要道处张贴的大红光荣榜让这件事收到了意想不到的效果。本来邻里之间互相帮助是人之常情,也是以前稀松平常的举手之劳,可不知什么时候大家连这点善意之举也不愿意做了。没想到做这点微不足道的好事也能受到村里的表扬,真是太意外了,然后就是让人趋之若鹜。自此,王菜园的社会风气得到了很大改善。

这天晚上,谢一刚走访了几户贫困户回到田明家,就看见田明家围满了人。谢一心里一紧,难道又发生什么争执了?还没等谢一走近,就被黑压压的人们包围住了,谢一赶紧说,有事慢慢说。

谢书记,你对俺们太好了,俺们心里十分感谢你,快过年了也没啥给你的,自家炸了一些菜给你送来,没别的,就是一点心意,你可一定要收下啊。刘赵氏一把拉住谢一的手再也不肯松开了。

这时候谢一才看到田明家的堂屋里摆得满满当当的,都是村民自己做的各种年货,麻花、馓子、糖糕、菜角、花馍、卤肉……谢一很感动,自己固然做了一些事,可这些都是她这个扶贫干部应该做的,分内之事而已!可村民们却是这样地感激她,他们用他们最淳朴的方式表达着自己最朴素的感情,这是多好的村民啊!事实上,谢一早该料到会有这一幕的,她很多时候都会工作到很晚,赶到饭时,村民们总会留她一起吃,她要是拒绝了大家就会一脸的失望,要是答应了则会喜滋滋的。谢一心里明白村民们的情义,望着那一双双眼巴巴的眼睛,谢一心里热腾腾的。她马上说,好,我都收下!大家一下欢呼起来。

大年三十,宋心之开着车带着女儿乐乐来了。虽然一家人在手机视频里看过无数次，可分开了几个月重新团聚在一起还是有一股久别重逢的欣喜和激动。谢一抱着女儿亲啊亲啊，再也不肯放开了。

村民们听说了，再一次把田明家围住了，纷纷要求他们留下来和大家一起过年。

谢一有些不舍，可又想见到久未谋面的母亲还有她最好的表姐唐晓芝，还是在女儿的一再要求下依依不舍地离开了，但她表示会尽早赶回来的。村民们把一家三口送了再送，一直送了很远很远，走在谢一争取过来的水泥路上，大家感慨不已，更觉得谢一亲切了……

九

　　过完年，大家都以为谢一一来就在村里待了整整五个月，都没回过一次家，这次好不容易回到家怎么也会待上十天半个月的，起码按规定也会等到正月初八假期结束再回来的，没想到大年初五谢一就回来了。

　　虽然只有几天没见到亲爱的谢书记，大家还是觉得好像过了很久很久一样，一见到谢一就把她拉住了。刘赵氏更是一马当先，非要谢一到她家吃顿饭不可。村里建了养老院，平常那些子女都在外打工的老头儿、老太太还有一些确实失去自理能力的人都可以住进去，只要交一定的费用就行。不过，费用很低，因为大家可以相互照顾，少聘用了好几个看护员，自然降低了大家的费用。谢一本来也对刘赵氏做了动员，可她在家住惯了，不愿意去。

　　谢一没办法，只好跟着去了。

　　刘赵氏其实没做什么像样的菜，一个萝卜丁，一个炒豆腐，一个红烧肉，一个虎皮辣椒。如果在平常这些菜自己吃还算可以，招待客人就嫌寒酸了，而且是尊贵的客人，确实不怎么样。不过，谢一还是吃得津津有味，甚至觉得比城里的大鱼大肉还要好吃。

　　这天，谢一像往常一样在李楼村各处走走看看，遇到的人们都无一例外地跟她打着招呼，谢一自然无一例外地回应着，有时候也会停下来跟大家说上一会儿话。

　　谢一在经过一户人家时，忽然听见院子里一个苍老的声音在饶有兴味地教一个稚嫩的童声童谣。苍老的声音说一句，稚嫩的童声学一句，一老一少，有板有眼。小鸡嘎嘎，要吃黄瓜；黄瓜有水，要吃鸡腿；鸡腿有毛，要吃山桃；山桃有核，要吃牛犊；牛犊撒欢，撒到天边；天边打雷，打给石贼；石贼告状，告给和尚；和尚念经，念给先生；先生打卦，打给蛤蟆；蛤蟆洑水，洑给老鬼；老鬼推车，一推两半截！

还要。稚嫩的童声显然还没尽兴，缠着苍老的声音。

好，那就再唱个小枣树。苍老的声音想了想说。

好。稚嫩的童声兴奋地答应。

小枣树，耷拉枝儿，耷拉一枝儿又一枝儿，上头坐个花闺女儿，西瓜皮做个袄，黄瓜皮做个袖儿，茄子开花缀个扣儿，吸着烟儿，搽着粉儿，咯吱咯吱嗑瓜子儿。

谢一站在门外正听着，一个过路的老太太看到了，马上跟谢一打了招呼，又冲着那户人家高声喊道，金柱家娘，谢书记来了，咋不开门咧？

院子里苍老的声音马上响起来，呀，谢书记来了啊，没听见敲门哩。我这就来了。说着话，一个头发花白的老太太笑眯眯地打开了门，一脸歉意地看着谢一招呼道，谢书记来了。

谢一说，大娘，我听你在教孩子，挺有趣啊。

花白头发有点不好意思了，我也教不了个啥，可是孩子闹，只好瞎唱，哄着孩子玩的。

听花白头发这样一说，谢一才忽然想起来，这确实是个问题，眼下的农村青壮年劳力都外出了，村里只留下些老人、妇女和孩子，被人戏称386199部队，乡村的教育基础薄弱，孩子不要说受到良好的教育了，就连一般的教育都难沾边。

谢一当即召集村干部开会研究学前儿童教育的事，这次参会的除了六名村干部，还有王菜园小学的两名职工校长马辉煌和教务主任灰荣。

这有啥研究的啊？都这样。等孩子大了，上了学就好了。副书记顾威不以为然地抽了一口烟说。

顾威的烟味飘得满房间都是，田明被呛得直咳嗽，马上说，顾书记，你能不能叫烟戒了啊？吸烟对身体不好，也浪费钱，还呛人，有啥好啊？

我没啥闲嗜好，就这点爱好，你还叫我戒了啊？顾威有点不高兴。

你看谢书记都受不了了，好意思吗？明白的就是欺负我们女同志。田明马上把谢一拉过来壮脸。

大家这才发现谢一正轻轻地扇动着手，显然在扇呛人的烟味。

顾威不是第一天吸烟，尽管谢一从来不支持吸烟，可也不好太反对，一直忍着，现在她觉得是个好机会，见大家都看着她，就说，老顾，还是少吸点烟吧。

顾威不好意思了，忙说，那中，我以后不在公共场合吸烟了。说完，立刻就把嘴里的烟取下来碾灭了。

谢一说，好，咱们接着说学前教育的事儿。现在跟过去不一样了，不能拿老眼光看待新问题了。现在是信息时代，瞬息万变啊，如果我们不重视学前教育，我们的孩子怎么可能跟上时代呢？跟不上时代就要被时代甩下来，那不是害了我们的孩子吗？

对，我也觉得！要不一出门老觉得咱农村人傻乎乎呢。赵金海马上说，我想了好久也没想明白咋回事，谢书记一说，我立刻就懂了，咱吃亏就吃亏在学习得太晚。

对啊！咱们农村人跟城里人比起来吃亏的地方多了，但最吃亏的还是教育。校长马辉煌一想起教育的事就有些痛心疾首，因而说起话来十分激动，谢书记的主张我太赞成了！

这事要是办成了，我们王菜园得给谢书记立个碑！灰荣也激动起来。

可是，那还能咋办呢？总不能把孩子都送到城里去吧。村主任李树全有点担心。

我是这样考虑的，我们办一个幼儿园，大家看怎么样？谢一马上把想法说了出来。

这个想法不错，可是咱咋办呢？既没有老师，也没有资金……柴福山把担心一说出来，大家纷纷表达了同样的看法。

只要大家统一意见就好，资金和老师的事情我来办。谢一马上打了包票。

如果说修路、建立路灯、养老院、文化大院这些项目的话，毕竟是有扶贫政策的，只要争取过来就行，可办幼儿园却不是扶贫的项目，能行得通吗？谁也不敢相信，可也不敢怀疑。项目固然可以申请，可能不能申请下来就是另一回事，就拿修路来说吧，这本来是村村通工程，每个村都应该修通的，可结果别的村修通了，偏偏把王菜园撇下了。说明了什么？比如，这些新建的项目，原来就在那里放着，人不去争取就一直在那里放着，也或者会过期作废。谢一一来，这些项目就都下来了。为什么？事在人为！归根结底还是人的问题。谢一真的去争取的话，没准儿也能争取下来，谁知道呢？

第二天一早，谢一就带着灰荣两人去了乡中心校，找到了吕校长咨询办幼儿园的事情。

这是好事。吕校长首先肯定了谢一的想法，不过也难，咱们教育部门没这块计划，自然就没这块经费。

那你能给我们派老师吗？谢一想了一下问。

这个，恐怕得跟乡里研究一下才能决定。吕校长脱口而出。

那你能跟我们一起去乡里找领导吗？灰荣不假思索地问。

我还有别的事。你们还是先到乡里找领导汇报一下，如果领导有意向，我们再一起来研究。这样比较妥当。吕校长慢慢地说。

谢一觉得吕校长说得在理，拉着灰荣到乡政府去了，没想到分管教育的副乡长徐乡长出差了。灰荣一下傻了。谢一径直找到了栾明义。栾明义听了要谢一还是找郑海河商量一下。郑海河倒干脆，说他知道了，具体还要等到徐乡长回来研究一下再说。这样绕了一大圈，还得等徐乡长。

谢一看出来了，人家没这意思，可能主要原因还是缺钱，就像时下流行的那句话说的那样，钱不是万能的，没有钱是万万不能的。唉，一切都是钱闹的！

灰荣还要打听徐乡长什么时候回来的时候被谢一一把拉了回来，咱们走吧。

走在回去的路上，灰荣问，咱们幼儿园怎么办？

谢一说，再想办法吧。

灰荣说，乡里不支持还有什么办法好想呢？

谢一其实也没想出什么办法，只是知道乡里无望，再等下去除了失望就是浪费时间，不如另辟蹊径。可这个蹊径在哪里呢？

回到村里的时候正好赶上学校放学，一路上都是陆陆续续放学回家的学生。谢一看着这些学生忽然觉得哪里有些不一样，可一时又说不出哪里不一样，回到田明家的时候才忽然明白过来，学生们都背了新书包，而且是统一的款式和颜色。这是怎么回事？

哦，是顾振龙捐的。田明说，人家在外面混抖了，回来没啥拿的，就给村里的孩子一人捐了一个书包。

顾振龙她是听说过的，据说小时候家里穷，上不起学就辍学打工去了，后来在外面开了一家小加工厂，再后来加工厂做大了开了公司，不但手下雇着百十号工人，个人资产也是十分雄厚的。

谢一听着，忽然心里一动，他这么有爱心，如果求助于他，说不定能行。当即就把想法跟田明说了，田明一听说可以试试，说不定能行，看他愿意给孩子们捐书包还是很不赖的嘛。

那他为什么要捐书包呢？谢一问。

还不是小时候没能上完学，不想孩子再走他的老路呗。田明说，不过已经算很有良心了，要不他不捐谁也说不出啥来，毕竟钱是人家自个儿的，想咋花就咋花，哪怕扔水里听个响儿呢。可人家没有败坏，而且用在了正地方！

对嘛。谢一笑了。她还了解到，除了顾振龙捐了书包，也有富起来的村民为村里捐过垃圾桶，还有的捐助修建过村里的一座小桥。这么看起来，村民还是极富有爱心的啊！既然这样，村委会就应该大力支持，让他们的爱心再放大，温暖更多人！

下午，谢一立即开会要求研究发动村里先富起来的那部分人助学的事。大家基本上同意试试，不过都没抱太大希望，理由是钱是人家自个儿挣的，村里没帮过人家啥，人家凭啥听村里一句话就往外掏钱呢？不过，念在老家的份上也许会给个仁核子俩枣，虽然济不了多大事儿，但总比没有好。

经过筛选，王菜园的王振忠、赵四方、顾振龙，李楼的李海水，郎庙的柴铁山、柴明中被列入动员对象。

确定了动员对象，村主任李树全就要去统计他们的手机，显然有点急不可待了。

这样不行。谢一立刻制止住了。

咋不行？李树全问。

那样太冒失。谢一说。

以你的意思咱们还得亲自登门拜访？他们可都在外地，有在深圳的，有在青岛的，有在银川的，有在北京的……恁些人，恁些地方，咋跑得过来？就算跑得过来，路费呢？谁出？说成了还好，万一说不成呢？这可不像是跟公家跑扶贫项目，有政策他们必须支持，现在是私人，人家不该咱不欠咱，凭啥给啊？人家没这义务！再说，谁的钱也不是大风刮来的，都是一滴血一滴汗地挣来的，不容易，哪能随随便便就往外扔啊？哦，咱们看人家良善就揪着不放，今天要捐，明天要钱的，扯起来就没头了，谁不怕啊！李树全连分析带同情地滔滔不绝起来。

李主任，你先别激动，咱们只说建幼儿园，哪里说接二连三地跟人家要钱了？顾威有点看不下去了。

咱们是没说，但架不住人家会这样想啊！李树全还是担心。

还没动哩，就前怕狼后怕虎的，这工作还咋做啊？柴福山有点不满地看了看他们，又看了看谢一。

好了，容我们想个周全的办法。谢一说。

一旁始终没发言的校长马辉煌这时候突然说话了，我看报纸上有的地方成立了乡贤理事会效果很好，咱们是不是也可以效法呢？

那有啥用啊？李树全没明白。

咋会没用呢？平常可以教化村民，一旦遇事可以有钱出钱，没钱出力，事情就顺顺当当地做了，多好啊！马辉煌环视着大家不慌不忙地说。

这就是个虚的，不当吃不当喝的，人家没恁傻。李树全还是不能相信。

人是高级动物，除了衣食住行，还有吃喝玩乐嘛。马辉煌说。

啥意思？李树全问。

你不是说没人喜欢虚的嘛，我说不尽然。马辉煌说。

谁喜欢虚的才是傻帽哩。李树全有点下不来台了。

不见得，清明节给祖先上坟算不算虚的？理想算不算虚的？艺术算不算虚的？哲学算不算虚的？……可这些都有人信奉啊，而且很多，而且很虔诚。马辉煌说，看问题不能太片面了。

说得好！谢一马上说，人总得有点精气神的！就这么定了，赵会计，你负责通知那些先富起来的同志，柴主任你马上广播通知村民，一周后咱们王菜园成立乡贤理事会，要求全体在家的村民参加，推选乡贤。就这么定了，大家还有意见吗？

当然不会有。于是就这么定了。

一周后，王菜园村乡贤理事会成立的日子就到了。乡里来了两个人，乡民政所所长老钱、副乡长老徐。六个业有所成的村民回来了五个，王菜园村在外面有些头面的十一个人也回来了七八个。村民见了很兴奋，场面就很热闹。

经过推选，最终选出乡贤二十一人，大家一致推举谢一任会长。谢一推辞了，理由是乡贤必须是本乡本土的贤能之人，又是民间组织，她既不是本地人又是公家人不太适合。大家很惋惜，也只好这样。随后推举副书记顾威任会长，王振忠、赵四方、李海水、柴明中任副会长，最热心的顾振龙任秘书长，由民政所所长老钱和徐乡长给他们颁发证书。

俗话说新官上任三把火，第一把火自然是王菜园村幼儿园。项目申报上去获得审批，接下来大家分头行动，村委会负责提供场地和师资，乡贤理事会负责资金提供，各司其职，各负其责。到秋天开学的时候，紧邻王菜园小学校的王菜园幼儿园就有模有样地开学了。不过，鉴于资金是由顾振龙一个人投入的，故而幼儿园被命名为振龙幼儿园。适龄儿童再也不用天天跟在爷爷奶奶屁股后面调皮捣蛋了，那些爷爷奶奶们腾出手来该干啥干啥，孙男娣女不但再也不用他们操心，而且还能学到东西，真是太好了！

那些业有所成的村民没能建设到幼儿园，不免有些遗憾。谢一笑了，让他们投资到小学校的多媒体教学上来，改善教学质量，因为她发现到了今天小学校居然还是自己上小学时的模式，差了几十年，太落后了。田明满口答应，很快就落实了。谢一立刻给老万打了电话，让他找相关部门解决这个问题。老万立刻给省扶贫办打了电话说明了情况，没想到没多久就解决了。期间，乡政府发来通知，在上一年度她被评为优秀扶贫干部，要谢一三天后参加县里的表彰大会。谢一忙着联系小学校多媒体教学的事，根本没空，就没去参加。

这件事给了谢一一个启示，首先就是富起来的村民并没有忘本，他们也在想方设法地要回报家乡，只是没有机会罢了。这样的话，以后应该挖掘一下这方面的资源，既满足了他们回报家乡的渴望，也发展了当地各行各业，真的是两全其美的大好事！这大概就是先富带后富吧。另外一个就是各行各业总动员，全社会拧成一股绳，想做什么就没有做不成的。

后来，县里组织了一个优秀扶贫干部事迹宣讲团到全县各地宣讲扶贫经验，要求无论如何谢一都要参加，这不但是对她个人的肯定，也是她传经的机会，更是广大扶贫干部所需要的。谢一想了想就参加了。等她回到村里的时候，整个王菜园都轰动了，谢一刚一走进村口就被村民团团围住了。谢一不知道发生了什么，正忐忑着，就听一个村民说，谢书记，你上电视了，真好看呢。原来大家都从电视里看到了他们亲爱的谢书记，这可是王菜园有人第一次上电视呢。

当晚，村广播里就播出了谢书记上了县电视为全县扶贫干部传授扶贫经验的稿子。谢一听了有些不好意思，李树全就不高兴了，别人做好事可以广播，书记做好事就不能广播，你这不是搞特殊嘛。

田明更是直截了当，谢书记，你是不是还拿自己不当王菜园人啊？说得谢一再也无话可说了。

就像谢一上了电视是王菜园破天荒的第一次一样，谢一被村广播表扬也是村干部里的第一人和第一次，大家听着都很稀罕，再见到谢一时除了是大城市来的人和书记这个叫人稀奇的东西外，无形中又加了一层彩，叫人不由不高看一眼，而她又是那么的亲切和蔼，这该是多么好的一个人啊！

再后来，消息传到群艺馆，老万很高兴，特地打电话给谢一表示祝贺。谢一的家人虽然心疼她，但不再那么反对她驻村扶贫了。

驻村半年，王菜园的变化是有目共睹的，全体村民都达到了县里规定的人均年收入达到六千元的目标，算是脱贫了。可谢一心里明白，这些变化虽然很明显，却不是那么牢靠，如果换作别人或早或迟也能做到的，一句话说完，这全赖有个好政策，各方鼎力支持，如果哪天政策不再有这么大的支持力度，说不定又会回到过去的。归根结底，村民必须有自己的专长才行。

那么，怎么才能从根本上让村民走上致富道路呢？这是当前最迫切需要解决的问题。

谢一陷入了深深的思考……

十

　　这天下起了小雨，谢一撑着伞去看望了村里最困难的几户人家，老支书彭青锋、刘赵氏、李群杰等，同时也把原来家访时给他们拍的照片冲洗出来送过去。回来的路上谢一在经过一户人家的时候正巧女主人推开门，她一眼看到谢一，忙招呼道，谢书记啊，进来坐会儿呗。这家总共四口人，男的叫李金旺，跟其他村民一样常年在外打工，女的叫何秀兰，他们有一儿一女两个孩子，女儿在县城读高中，儿子在小学校读六年级，家境不算殷实，但还过得去。

　　谢一一门心思都在贫困户身上，因此到普通村民家里来的次数就比较少，现在扶贫可以歇口气了，自然她也可以到村民家里串个门，当然作为村支书也是应当应分的，何况她又是外地来的，更需要跟本乡本土的村民加强联系贴近感情，于是说，会不会耽误你的正事啊？

　　何秀兰听出来了，谢书记想来坐坐，笑说，我可不比你，又是下雨天，能有啥正事？就是在家闲得慌，想出去串个门儿，你来了，咱姊妹俩说说话，一样的，不，求还求不来哩。快进来吧。

　　谢一走进院子，正要进屋的时候，忽然发现窗台上放着几个编织精巧的小玩意，一向爱美爱艺术的她情不自禁走过去，拿起来才发现是两个小笼子，一个小筐。

　　哦，这是刚编的，给军军同学的。何秀兰说。军军是她的儿子。

　　是你编的？谢一有点意外。

　　瞎编的。何秀兰很骄傲，却故意说得不值一提。

　　不错嘛。谢一看了看何秀兰，又把编织品拿到眼前看了看。

　　清明节的时候够的柳枝多了，就随手编了几个，没想到被军军拿到学校里玩，他的同学看见了都跟他要，没办法，我就又编了几个。何秀兰解释说，谢书记，你要是喜欢，就拿去，我再编就是了。

那可太好了。谢一高兴得叫起来，不过，这是说好给别人的，我不能要。

那就再编，你想要啥，你点，我给你编。何秀兰高兴起来。

哦，你什么都能编啊？谢一饶有兴味地问。

差不多吧。何秀兰肯定地说。

那你能帮我编个天鹅吗？最好是一对儿。谢一兴致勃勃地说。

天鹅啊？何秀兰没想到谢一会给她出冷门，一下有点窘，因为她经常编的都是些农村常见的东西，比如筐，篓什么的。天鹅她没见过，不过家鹅她是见过的，也是养过的，既然都是鹅，天鹅应该跟家鹅差不多吧。

是啊，天鹅多好看啊。特别是白天鹅，洁白的羽毛，又细又长的脖子，红红的脚掌，漂亮死了！谢一兴奋地描述着，忽然发现了何秀兰的窘迫，忙打开手机搜索到天鹅图片给何秀兰看，就是这样的！

真好看啊！何秀兰忍不住赞叹。

就是嘛。能编吗？谢一问。

叫我试试吧。何秀兰答应了。

嗯，正好你的柳条是白色的，天鹅也是白色的，这是材质和对象最相契合的结合了，你一定编得十分好！谢一满怀信心。

两人正聊得高兴，谢一的手机响了，是一个村民打来的，说是刘赵氏的脚崴住了，正在床上躺着呢。谢一后来不但在全体村民大会上公布了自己的手机号，还把王菜园村两委全体干部的手机号都在三个村子里张榜公布了出来，让村民但凡有事就可以跟他们取得联系，她是第一书记，又毫不含糊地干出了一番成绩，自然她的手机被拨打的最多。谢一不敢怠慢，立刻赶了过去。

刘赵氏正躺在床上，边上一个跟她年纪差不多大的老太太在跟她说着话儿。

谢一人还没进屋，就招呼道，大娘。

边上的老太太忙站起来，笑眯眯地招呼，谢书记来了。

刘赵氏慌得赶紧坐起来，扭伤的脚使她疼得哎哟了一声。谢一赶忙走过去，一边要她不要动，一边细心地查看着刘赵氏的脚，说，咱们还是去医院吧。说完就给赵金海打了电话，要他立刻骑上电动三轮车过来。

我不去，我不去，停停就好了。刘赵氏嚷着说。

谢一很奇怪，有了病竟然不去医院，太不可思议了。

她是怕花钱。一旁的老太太说。

哦，花不了多少钱的。谢一安慰说。

谢书记，乡下人没怎金贵，崴住脚以前也不是没有过，停停就好了，没啥的。刘赵氏不以为然地说。

正说着赵金海来了。赵金海的三轮车是带篷布的，也在车厢里摊了席子、被褥，不由分说就把刘赵氏的腰抱了起来，谢一抬着她的腿，两人一起把刘赵氏放进车里。没等赵金海骑上车，谢一已经上了车。

谢书记，你不用去了，有我哩。赵金海说。

谢一说，人多了总会方便点。

赵金海见说不动谢一只好由她，开着电动车往卫生院去了。

老太太，你好福气啊。医生一边轻轻地给刘赵氏揉搓着一边看了看赵金海和谢一说。

是啊，是啊。刘赵氏开心地说。

刚才把你从车上抱下来，多细心啊。医生感叹地说，现在像你儿子、闺女这样的孩子不多了。

哎呀，医生，你弄错了，他俩可不是我的孩子。刘赵氏这才听出不对劲儿来，赶紧纠正说，她指着谢一和赵金海骄傲地说，这是俺王菜园的谢书记，这个是赵会计。

呀，是这样啊，那对不起对不起了，我还以为……医生慌得一迭声地向两人道歉。

没什么，没什么，按年龄，我们可不就是老人家的孩子嘛。谢一笑眯眯说。

呵呵呵，刘赵氏笑起来。

谢一不明所以，不过被当作上了年纪的村民的孩子还是让她觉得很亲切，就跟着笑了。

赵金海却嚷嚷起来，谢书记，可不能这样说啊。你别看她年纪大，按辈分，俺们是平辈哩。

什么？谢一很意外。

哎呀，谢书记，乡下叫人是按辈分不按年龄的。赵金海有点委屈，又有点着急地说。

哦，哦，原来是这样啊。那是我冒昧了，下次一定改正。谢一没想到还有这样的情况，赶紧双手合十向赵金海道歉。

赵金海摆了摆手，说，不知不招罪。跟别人啥样我可不敢保许。

这件事又给了谢一一个启示，以后可不敢再冒失了，看起来好像微不足道，碰到计较的人恐怕会闹得不愉快的。

医生看着谢一问，你不是本地人吧？

赵金海说，她是省城派来俺村的扶贫书记，谢书记。

没想到大城市来的干部恁随和哩，我还是第一次见到，王菜园人有福哩。医生目不转睛地看了好一会儿谢一敬佩地说。

可不是嘛，你要有空去俺王菜园看看，变化大着哩。刘赵氏忍不住夸赞起来，这都是谢书记来了以后帮俺搞的哩。

听说了，弄得不赖，就是还没亲眼见，今天见到第一书记怎么好，我信，肯定不错！医生不由向谢一竖了一下大拇指。

谢一谦虚道，应该的，应该的。

好了，老太太，你活动活动试试看，还疼吗？这时候，医生慢慢弯下腰对刘赵氏说。

刘赵氏活动了几下，确实跟原来一样了，有点不敢相信，挣扎着要从手术台上下来，谢一和赵金海赶忙把她扶下来，在地上走了走，当真完好如初了。可刘赵氏还是有点不放心，医生，要吃药吗？

不用。医生断然道。

这样看了病，连一分钱都不用花？刘赵氏有点不敢相信。

对，不用花。医生肯定地说。

太谢谢了。刘赵氏激动地向医生作了一个揖。

没啥的，很多病本来是不需要花多少的钱，可患者不放心，非要这检查那检查的，多花了不少冤枉钱才放心。医生感叹道。

唉，有时候确实是这样，可更多时候是医生非要病人这检查那检查的，谁还敢看病啊，除非万不得已。赵金海深有感触地说。

唉——医生长叹道，不过，在咱卫生院这样的事是不会有的。医生拍着胸脯说。

那是当然，就凭你给大娘看病，我就信！你是一个好医生！谢一也向医生伸出了大拇指。

凭良心吧。医生淡淡地说。

回到刘赵氏家的时候，天已过午，刘赵氏过意不去了，说什么也要留谢一和赵金海吃饭。赵金海说他老婆会给他留饭的，就回家了。谢一对刘赵氏的荷包蛋记忆犹新，连想也不敢再想，急着要走，却被刘赵氏从一开始就死死拉住了。不得已，谢一只好说，大娘，你要是非要我在恁家吃饭的话，咱先说好，这饭我来做。

刘赵氏说，好！

谢一自从来到田明家还真没做过一次饭，最多不过是帮她洗洗碗筷。一来她在家都是吃米饭、炒菜的，而这里几乎每顿吃的都是面，她做不来；二来她在家油水大习惯了，也会换着花样做饭菜，可到了这里就不行了，大家吃饭没那么多讲究，差不多吃饱就行。想想看，在家境还算过得去的田明家就这样，贫困户刘赵氏家更不用说了，完全是填饱肚子就不错。可现在自己已经提出要求，人家也完全答应了，谢一就不得不硬着头皮撑着了。

按照当地的习惯，中午一般都吃面条的，可吃面条就得和面、擀面、切面，最后是下面条，貌似看上去简单，实际上都是技术活儿。这里头的讲究就多了，如果是吃面条和面的时候就得硬一些，如果是面叶就得软一些。谢一曾经问过田明，为什么会有这些讲究，田明告诉她如果是面条的话，面太软切面的时候会粘连到一起，下锅的时候也会糊锅，如果是面叶的话，省去了切面的程序，面下到锅里就被煮熟了，不会粘连。可是，究竟怎么算软怎么算硬又没有什么标准，全凭经验去拿捏，谢一从没做过，哪里有什么经验呢？谢一这时候才发现真的是处处有学问呢，一个不小心就会让自己下不来台。不过，眼下怎么办呢？

刘赵氏大约看出了谢一为难，说，咱馏馍吃吧。馏馍就是把没吃完的馍放在锅上热一下，通常锅里会煮点什么，比如花生、黄豆、麦仁、豌豆、红薯、胡萝卜……以便打糊涂——这是当地对稀饭的叫法。

正在为难着，一个村民走过来叫，谢书记，大娘，您俩一起去俺家吃饭吧。

谢一迎出来，说，我正要做呢。

村民说，你哪会做啊，再说也麻烦，还是去俺家吧。

谢一心里思忖已经过了饭时，她家一样得重新和面、擀面、切面……那就太麻烦了，就笑说，咋，不信我会做饭？

村民说，不是不信你，女人哪有不会做饭的啊？我赶集轧了面条，你去了，一下就能吃了。

呀，集上还能轧面条啊？谢一很惊讶。

是啊。多轧点，晾干了，以后吃就省事了。村民得意地说。

先说好，去你家吃饭中，但是我得付钱。谢一严肃地说。

谢书记，你咋这样啊，一顿饭我还能管不起啊？看不起我咋的？村民不高兴了。

嫂子，这是规定，我不能违反。要不，我就不去了。谢一明白人家对她的一片情义，可她不能顺杆子就爬。

村民想了想说，那好吧。

这件事让谢一反省了好几天，总以为自己入乡随俗了，可一旦有机会检验起来，还是差着一大截呢。看来，要想真的做好扶贫工作，不但从物质上帮助村民，还要从思想上改变自己，让自己完全融入到当地的方方面面才行。

可是，怎么做呢？

谢一突然想起来，她可以搬到村委会去住，这样不但可以减轻田明的负担，她也可以学会当地的饮食，另外一个也可以有更多时间属于自己。在田明家，她虽然受到了她无微不至的照顾，可还是有许多不方便，比如说吃完饭总不能抹嘴就走，好像田明是她的保姆似的，总要坐一会儿随便聊点什么作为一个缓冲再去忙别的才合适，日积月累就会浪费不少时间和精力的。还有，如果她忙得太晚，田明做好了饭就很为难——不等她，情面上过意不去，等她的话时间短还好，时间长饭菜不是凉了就是坨了，热一下会让田明再次招麻烦，不热吃了肚子受不了；饭坨了呢？扔了可惜，不扔就会很难吃——总之，田明不是为难就是麻烦，而且不是一天两天，已经整整大半年了啊！

谢一本以为田明会很欢迎她的决定的，没想到田明生气了。谢一解释了半天田明依旧不依不饶，气咻咻的。正好赵金海来找谢一，听了也感到意外。谢一不好跟田明说却方便跟赵金海说，就把自己的真实想法跟赵金海说了。

赵金海一听在理，就跟田明说，谢书记不是嫌弃你，而是想自己得到锻炼，因为你把她照顾得太好了。

田明就很奇怪，照顾得好还不行啊？

赵金海说，城里人脑子里想的跟咱不一样，要不咋说她是城里人，咱是乡下人哩？你就放她去吧。

田明说，哎，我是觉得跟谢书记处得姐妹一样，也惯了，乍一分开，心里怪不得劲的。

赵金海说，别说姐妹了，娘儿俩照样得有分开的时候，想开点吧。

田明说，我知道是这个理儿，只是一下舍不得啊。

谢一走过来说，嫂子，放心，以后咱还是姐妹，我还要待下去，日子长着哩。

田明知道谢一说过的话都是作数的，既然说了搬肯定是留不住的，默然半天突然说，那就等吃完饭再走吧！

谢一还没表态，赵金海已经替她答应了，中中中，赶紧做饭去，做好点，我也陪陪。

趁田明做饭的时候，谢一赶紧把自己的东西都收拾齐备了，一吃完饭就马不停蹄地搬到了村委会。

自此，谢一就像王菜园的村民一样柴米油盐酱醋茶地过起了当地人的日子，当然也是她自己的日子。但让谢一没想到的是她独自开伙的消息很快就在整个王菜园传开了，不要说村委会附近的村民，就连离得远一些的村民都时不时地送菜、送鸡蛋来了，尤其是那些得了实惠的贫困户们，更是争先恐后，甚至连刘赵氏都扭着小脚拿着煮熟的鸡蛋、刚出锅的窝头赶来了，弄得谢一高兴不是生气也不是，给钱不是不给钱也不是，更让她难为情的是送来的东西太多了，根本吃不完，麻烦跟着就来了——送给别人呢，他们会加倍送东西来，不送呢，不但容易坏掉，还占地方。

真是愁人啊！……

十一

这天，高朗乡的扶贫大会刚一散，谢一就接到老万打来的电话说是他有一个朋友的朋友想在农村发展，希望谢一能抓住这个机会，把他的投资拉到王菜园去。谢一看过很多先进第一书记的报道，想从中学到一些经验，发现绝大多数采取的招数都是千方百计地吸引投资，正愁着找不到投资商呢，立刻跟同来的赵金海打了招呼就急匆匆地赶到省城去了。

到了省城，谢一一下车就找老万去了。

老万立刻就带着谢一找投资商去了。见到投资商，谢一就把王菜园的情况一一做了介绍，没想到人家还没听完就把头摇得地动山摇的，就一句，太偏僻了，交通也一般。谢一有点失望，老万安慰她说以后他还会留心的，要谢一不要急，然后要谢一回家看看孩子。

一转眼，谢一又离开家两个多月了，她是多么想见到亲人啊！听老万一说，心里顿时觉得欠他们太多了，尤其是乐乐，她才是个八岁多点的孩子啊，正是需要妈妈照顾的时候，也从来没离开过妈妈，她是多么依恋妈妈温暖的怀抱啊！谢一点点头，拔腿就往乐乐的学校赶了过去。

谢一赶到的时候，学校刚刚放学，学生们正陆陆续续走出来。谢一激动地等在校门口，想给女儿一个惊喜。看着眼前走过的每一个女孩子，谢一都觉得像是女儿乐乐，都想拉过来紧紧地抱在怀里再也不松开。可理智告诉她那不是她的乐乐，她还要再耐心等待一会儿。可她真的想把那些小女孩抱在怀里，只是想到会吓坏她们才忍住了。

挤在熙熙攘攘的家长队伍里，谢一跟别人没有什么不同，她跷起脚尖，伸长脖子向校园里张望着、等待着、期盼着，她多想一下就见到可爱的女儿啊，可左等右等偏偏就是不见乐乐的身影，急得她真想大声呼喊，乐乐，我的心肝儿，你在哪里？妈妈来看你了！——

终于，那熟悉又陌生的身影慢慢地出现了！乐乐，我的乖女儿！不知怎的，看到女儿的那一刻，谢一却没有想象的喜悦，反而想哭，大声地哭泣，她赶紧捂住嘴巴，但汹涌的泪水还是不争气地流了出来，而且像打开闸门的水流一般，再也止不住了。后来谢一有点奇怪，去年回家过年的时候，半年没见到女儿也没有这样啊，今天这是怎么了？直到很久以后谢一才明白，她是委屈的！她马不停蹄风尘仆仆满怀期待却没能把投资商拉到最需要的王菜园，这是何等的失落啊！

乐乐越走越近了，谢一高喊，乐乐，妈妈在这儿！

然而，乐乐却一转身高高兴兴地拉住一个老太太有说有笑地往前去了。

谢一又喊了一声，乐乐好像根本没听一样，连头都没回一下。谢一一下愣住了，难道是在梦里吗？她使劲咬了一下手指头，好疼啊！可是，乐乐为什么不理她，还跟别人一起走了呢？谢一急起来，赶忙追过去，一把把乐乐拉住了。

妈妈！乐乐回过头看着她愣了一下，一下扑到了她的怀里。

谢一？老太太惊叫道，你怎么了？

谢一这才发现老太太是她的母亲，张了张嘴却没发出声音，这才明白原来刚才根本就没叫出声，难怪乐乐没听见呢。

来的时候还好好的，怎么这会儿却发不出声音了呢？谢一一下急出一头汗来。

你怎么了？啊，你怎么了？谢一，谢一！谢母吓坏了，声音都变了。

你不是我妈妈？乐乐忽然疑心起来。

别胡说！谢母赶忙制止外孙女。

她肯定不是我妈妈，说不定是人贩子，专门骗小孩的！乐乐忽然固执起来，姥姥，咱们快走！

谢一听了，眼泪流得更厉害了。

谢一，你是不是病了？啊，是不是病了啊？谢母吓坏了，变脸失色起来。

谢一忽然狠狠地打了自己一巴掌，突然叫道，乐乐！

正拼命拉着谢母的乐乐一听这熟悉的声音，一下站住了。谢一怔了怔，这才明白自己正常了，一下冲过来紧紧抱住了女儿，呜呜地哭起来。

谢一……谢母一下不知道说什么了，顿了顿擦起眼泪来。

妈妈，咱们回家吧。乐乐扬起小手为谢一擦去脸上的泪水。

谢一使劲点点头，一只手拉着女儿，另一只手拉着母亲，三人一同向公共汽车站走去。

宋心之听说谢一回来了，也赶了回来，还特意在饭店定了一桌饭。好久没这么团圆了，一家人吃得格外开心。

晚上，乐乐缠着妈妈再也不肯离开了，急得宋心之哭笑不得，好不容易等乐乐困了才把她放到她自己的房间去，刚一回到卧室就被谢一紧紧抱住了。

我还以为你不需要我了呢。宋心之埋怨道。

老公，老婆对不起你，你就不要再生气了，好不好？谢一柔声道。

不好。宋心之说。

那怎样才好哩？谢一知道宋心之是故意的，也故意装糊涂。

你说什么？宋心之一愣。

咋了？谢一不明白哪里出了问题，也愣住了。

咋了？宋心之学着谢一，嘴里喃喃道，真行，连说话都变了。

经宋心之一提醒，谢一才明白过来，其实她每次回家都特别注意的，没想到一不留神还是露馅了，忙冲宋心之一笑，不以为然地说，说惯了。你想想，一个村几千口子人，就我一个外地人，不入乡随俗哪行啊？

唉——宋心之摇摇头。

看你，又不支持你老婆的工作。谢一故意装作不高兴。

行了，行了，欠我的还没还我呢，还倒打一耙，你还有没有良心啊？宋心之说着一下就把谢一扔到了床上……

谁都以为谢一难得回来一趟，肯定会好好在家一阵子的，起码待上几天，好好团圆团圆，享受享受天伦之乐，照谢母的话说再不好好带带乐乐，母女就会产生心理隔阂了，可第二天下午谢一还是坚持要回到王菜园，任谁也留不住，哪怕是眼泪汪汪的乐乐。谢一告诉乐乐，你在城里起码可以好好地上学、开开心心地玩儿，王菜园有许多跟她一样的孩子，却没有好的学校、好的老师、好的教具，也没有可以玩的玩具，甚至连像样的操场都没有，就这样回到家还要帮助家里干活。说得乐乐眼泪汪汪的，只说他们太可怜了。谢一乘机说自己就是要帮助他们，让他们有书读、有球踢、有玩具玩……

这样，乐乐才不再缠着谢一不放。谢一坐上开往大康的汽车时，终于忍不住哭了……

十二

这天，谢一刚回到自己的宿舍，何秀兰来了，一进门就迫不及待地把刚编好的柳编拿了出来。

编好了？这么快啊！谢一拿在手里端详着，真好看！

早就编好了，你没回来又被军军拿去送他同学了。这是才编的。何秀兰见谢一很认真地欣赏着，十分开心。

不错嘛，好，我收下了，谢谢你啊，嫂子。谢一一边示意何秀兰坐，一边给她倒了一杯水。

何秀兰当真坐了下来，显然很想跟这个大城市来的谢书记好好聊聊。

两人刚说了几句，谢一的手机就响了，是一个村民打来的，说是她的邻居突然昏厥过去了，请了邻村的医生看了，说是治不了，建议送卫生院。送卫生院动静就大了，这才要她赶紧过去看看。谢一慌得往外就走，刚走了几步才想起来，忙对何秀兰说，太不凑巧了，下次有空了我找你。

没事，谢书记，你就是太忙了。何秀兰跟着谢一走出来，谢书记，要不，我跟你一起去看看吧。

那中，多一个人多一份力。谢一锁了门，坐上何秀兰的电动自行车飞一般地往王菜园去了。

谢一到的时候那户人家已经围了好几个人，不过都是些上了年纪的，看得出来大家都很着急，七嘴八舌地说着什么，可惜都无济于事。病人的老伴大约第一次遇到这样突如其来的变故，一下懵了。就在大家一筹莫展的时候谢一和何秀兰风风火火地赶来了。看到谢书记在场大家都松了一口气，她除了是书记外，还是大城市里来的，肯定见过不少世面，自然会有主张。

打120了吗？谢一进门就问。

打啥120啊，能有多大的病啊？上卫生院看看就中。有人说。

上哪儿也要打120啊，医生跟车就来了，可以先进行专业的抢救！以免耽误了病情！谢一说着把手机掏了出来。

咱乡下没有120，120是县里的，要是打了120，120肯定会把病人送到县医院去！有人说。

那不是正好吗？在县里可以得到更好的治疗嘛。谢一很奇怪。

能有多大的病啊？找几个人送到卫生院看看就中了。病人的老伴一听要送到县医院，一下嚷嚷起来。

那哪行啊，万一耽误了病情可不是闹着玩的！谢一很担心，不由分说打开了手机。

哎哎哎，不用，不用。病人的老伴一下跑过来夺过谢一的手机，谢书记，找几个人送她去卫生院就中了。

为什么不去县医院呢？谢一越发狐疑起来。

乡下人没恁金贵，再说她这病也不是一天两天了，能有啥大不了嘛。病人的老伴不以为然。

那就送呗。不行了再往县医院送。谢一只好同意了。

可是要送得有车啊！有人说。

借啊！谢一急得火着。

前院有三轮车，可她走亲戚去了，不在家。东院倒是有车，可没人会开啊。西院贺林家也有车，可人家跟她有过节，不一定愿意借啊。又有人说。

行了，我去借。谢一拔头冲了出去。

谢书记，我不是不给你面子，要是你用咋的都行，用到啥时候都中。她用，不中！贺林一口就回绝了。

就是我用！谢一只好撒谎了。

那中，你说的你用，给别人用，我可不依！贺林明知谢一会给她用，但还是很坚决。

行！谢一不假思索地答应了。

贺林心里不高兴，可碍于谢一的面子，只好把车钥匙递给谢一指着车棚下的三轮车说，你开去吧。

谢一走过去的时候才想起来，自己根本没开过三轮车啊！可事情已经逼到跟前，不得不硬着头皮撑了。不过，话又说回来，连小轿车都能开，一个小小的三轮车能有什么难呢？谢一跨上三轮车，插上钥匙，摸索着发动三轮车以为不过如此的时候，那车却不听她使唤了，让往左偏往右，让往右偏往左。谢一不服，她觉得如果坚持开一会儿的话一准儿会得心应手的，可人命关天啊！不得已，谢一只好乞求说，贺大哥，对不起，我刚才没跟你说实话，我就是想把顾大娘送到卫生院去，人命关天，你就行行好吧，算我求你了！

谢书记，我知道你是好人，大老远地来俺这乡坡子里当书记也不容易。可是，你不知道俺两家那时候……唉，你不知道，俺求她的时候，有多难！托了好几个人，都快把人难死了，她也没松口，说是就算死也不会求到俺门上。我这口气都憋多少年了，快憋死了，今儿个好了，我就是要争这口气！不是死都不求我吗？那就死吧！别说死一个，死一百，都跟俺没关系！贺林说着说着，眼睛都红了，看来当初老太太真把他的心伤透了。

都是一个村的，低头不见抬头见的，能有什么仇什么恨值得你记到今天啊？再说，冤家宜解不宜结嘛，你就行行好，救人一命胜造七级浮屠呢。谢一不知道两家究竟是什么冤仇，但现在不是解决问题的时候，故而不能问询，只能恳切地乞求。

那时候她就看不起俺才会那样待俺，没想到现世报恁快可就来了，哈哈哈，痛快！贺林突然大笑起来。

贺林，算俺两口子不懂事，你就大人不记小人过，帮帮俺吧！谢一还要说什么，不知道什么时候顾大伯来了，猝不及防地跪了下来。

贺林，你真是太过分了！谢一赶紧走过去想把顾大伯拉起来，却怎么也拉不起来。

谢书记，你别拉我，也别说贺林。他心里有气，憋了恁些年了，俺跪也该！顾大伯不为所动。

谁知贺林根本不屑一顾，那时候可是说好的，死都不求我，求我我也不答应，现在……哼！

贺林！谢一厉声道。

谢书记，你不知道，那时候俺比这难多了啊！贺林的眼圈更红了。

好吧——谢一说着，扑通一声也跪了下来。

谢书记——顾大伯没想到谢书记竟然会跟他一样跪下来，感动得呜呜地哭了起来。

贺林本来转过身去了，听到哭声不由得一回头，看到谢一赫然跪在地上顿时慌了，忙跑过来一把挽住，谢书记，谢书记……

你借还是不借！谢一直直地看着贺林问。

借！你先起来，谢书记！贺林擦了一把眼睛，咱这就走！

走！谢一连忙跑过去把顾大伯挽了起来，再挽到三轮车上。

然而，问题还是接踵而至，怎么把顾大娘抬到车上呢？照人群里一个老汉的话说那就是年轻人都外出打工去了，剩下的都是上了年纪的，能顾住自己就不错了，再来抬胖胖的顾大娘就有点玩命的架势了。

我来。何秀兰自告奋勇地说。

可是，你一个人不中啊。有人说。

跟这群人比起来，本来谢一也算是年轻人，可谢一太单薄了，一米五五的个头，八十斤不到的体重，又没干过重活儿，哪里抬得动呢？

大家一起来抬吧。人群里一个白胡子的老头说。

事到如今，也只好如此。人多力量大不错，可人多也占地方，出门口的时候大家挤作一团，差点摔倒。不管怎么说，好歹把顾大娘抬上了贺林的三轮车。

这时候按说就该开车走了，顾大伯却没上车。

老顾，赶紧走啊！有人催促说。

顾大伯却把一沓皱巴巴的钱塞到谢一手里，说，谢书记，麻烦你先替我照顾着。

谢一一愣，顾大伯，你这是……

我得去借钱啊！顾大伯说着又看了看昏迷不醒的老伴，对贺林说，麻烦你了！谢谢啊！乡下人最知道恩仇，却很少说出来，能说出口自然是感激非常的。

别去了，我先替你垫着，看病要紧啊！谢一跳上车，招呼顾大伯上车。

唉，我也跟你一起去吧，添个蛤蟆四两力哩。何秀兰看不下去了，跟着谢一上了车。

三轮车一溜烟地向乡卫生院开了过去……

乡卫生院没有县医院大，却也有一个好处，就是不用排队，也不用挂号，一旦有急诊病人立刻就能就诊。三轮车刚开进卫生院门诊，一个年轻的白大褂就从门诊室里走了出来，一边问一边给顾大娘号脉，又把她的两只眼皮翻看了一遍，最后说，住院吧，是高血压引起的偏瘫。

一听说要住院顾大伯就吓了一跳，在任何人眼里住院除了意味着是大病，还意味着要花一大笔钱！谁家能放着一大笔钱专门留着看病呢？不吉利不说，也没有这一笔钱啊！顾大伯没等医生说完就一屁股坐到了地上，一个劲地叹起气来。

顾大伯，别愁了，病该咋看咋看，钱的事你就别操心了！谢一拍了拍顾大伯的肩膀说。

可，可俺不是贫困户啊，这，能行吗？顾大伯抬起头看着谢一疑惑地问。

只要有咱王菜园村委会在，就不会撇下一个村民！尽管放心吧！谢一说着转过头对医生说，医生，麻烦你给我们安排床位吧。

谢书记！——顾大伯的声音颤抖着，眼圈一下红了。

你照看着顾大娘，我去交费。谢一说着拿着医生开具的交费单往收费处去了。

谢一交完费回来的时候，顾大娘已经被安排进内科二病房四号床，正在输氧、输液，边上围着何秀兰和贺林还有顾家一个本家的老太太。大家看到谢一都一起转过身来。

这就是谢书记啊，真是好书记、大好人啊！临床的病人和陪护看到谢一立刻赞不绝口道。

谢一冲他们笑了笑，安慰顾大伯道，顾大伯，别担心，现在高血压是常见病，一般医院都能治好的。

谢一的话让大家议论起来，确实如谢一所说，十年前一听说高血压大家还像听天书一样稀奇，现在高血压病人多得是，几乎到了家家户户都有一个两个病人的地步，只不过不像顾大娘这么严重，他们只要按时吃药就好了。

谢书记，你叫俺咋感谢你好哩？顾大伯看着谢一好半天才说。

感谢啥？这是我们村干部应该做的。谢一说，村干部不就是为大家服务的嘛，要是还有啥困难尽管说！

呃，这个……顾大伯突然支吾起来。

说吧，我尽力替你解决！谢一说。

是这，孩子都打工去了，就俺老两口在家。原来都是她做饭，现在她一病……我一个人凑合凑合也没啥，可她，我，我……顾大伯忧心忡忡地说。

哦，我明白了，你是说没人照顾顾大娘，是吗？谢一问。

这可不能再麻烦谢书记了！村里一大摊子事儿不说，也不是书记该干的活儿啊！再说，这也不是一天两天的事儿！得赶紧打电话把孩子叫回来呀！顾家的本家老太太一听就嚷起来。

是啊，是啊。王菜园恁多人家，谁家有个风吹草动的都攀上干部，那还不把干部都累坏了啊？临床快人快语，没等大家表态就抢先嚷嚷起来。

我知道，养儿防老防啥呀，不就是鼓弄不动了让儿女伺候几天吗？可，都在外面，就算现在打电话，回来也得一半天啊，这一半天咋弄哩？顾大伯说着又叹起气来。

没事，这两天我和田主任轮流伺候大娘就是了。谢一想了一下立刻给田明打了电话。

哎呀，恁可真有福，碰到这样的书记，这样的村干部！啧啧！临床毫不掩饰地盯着谢一赞叹。

是啊，是啊！大家都笑了，就连顾大伯都笑了。

晚上，正在陪床的时候谢一的手机响了，赶紧走了出去。谢一刚到王菜园的时候每次接打手机都会背着人，搞得大家很是莫名其妙，也不敢问她，后来这样的次数多了，谢一就不再背人了，而是当即就接打了，不过偶尔还是会背背人。久而久之，大家都熟了，就有人装作不经意地问她接打手机为啥老是躲一边去。谢一说之所以躲开是怕耽误在场的人说话，当然也怕在场的人影响接听，这是礼貌，也是方便。后来发现大家都是当面接打手机，加上她的电话太多了，老是躲来躲去的太麻烦了就索性不再躲开了。这也让谢一由衷地感慨领导真不是好当的，尤其是一把手。谢一说的都是实情，她没当书记的时候一天也没几个电话，现在不一样了，哪天没有十几个电话根本过不去的。

田明见谢一捂着手机躲出去了，猜着是宋心之打来的，两口子肯定要说些悄悄话，就笑了笑。

一会儿，谢一接完手机回来了。田明听到动静扭头一看，却没看到谢一往常的轻松愉快，尽管她特意克制着但仍能看出来她内心满是焦虑，就问，谁打来的？

他。

你老公宋心之？

嗯。

咋了？

没事。

没事？别瞒我了！

真没事。

说吧，再不说就跟我见外了。

谢一看看满眼期待的田明，只好说了，原来前天下了雨，乐乐喜欢得不得了，淋着雨撒着欢地在操场里跑，夜里就发烧了，我妈妈虽然给她吃了退烧药，可第二天还是转成了肺炎，不得不住院了。

田明吃了一惊，说，那你赶紧回去看看吧，这里有我哩，放心嘛。人无论长幼也无论男女都会有生病的时候，这很正常，没什么说的，让田明吃惊的不是乐乐病了，而是城里人太娇气了，这娇气有两方面，一是城里人太不抗事了，动不动就生病，乡下人淋个雨能算个事儿吗？二是生病是很正常的事儿，头疼发烧根本不算啥病，至于兴师动众的吗？可说到底那不是自己的孩子，只能表示关心，再说谢一确实做得不错。

谢一说，不用了，有我妈和我老公在呢。

田明忽然担心起来，该不会是乐乐的病更厉害吧？要不然明知道谢一在几百里之外还通知她，除了让她担心外还有什么用呢？这么一想，田明更肯定了自己的推想，马上就替谢一着急起来，谢书记，你回去吧。

别说傻话了，不要说不用回去，就算回去也不行啊，现在是晚上哪里有班车啊？谢一笑了笑。

班车？田明一下没听懂。

就是往县城跑的公交车。谢一说。

哦，没事啊，有往县城跑的私家车，包一辆就是了，到了县城就好办了，往省城跑的班车多得是，黑了白的都有。田明说着把手机掏出来，我给私家车打电话让他来接你吧？

不用了，明天看看再说吧。谢一说。

那你先睡吧。田明说。

你先睡吧，嫂子。谢一说。

就在两人互相谦让不下的时候，去厕所的顾大伯回来了，说，恁俩都睡吧，我看着。人老了，睡不了多少觉的。

田明看看老是这样让来让去除了白白浪费时间没啥好处，就说，好，我先睡。你要是困了就叫我。

第二天上午宋心之又打来电话说他们的宝贝女儿乐乐想妈妈了，缠着大人非要妈妈不可，要谢一赶回去看看，哪怕看一眼就走！

谢一无奈就开了微信视频，乐乐已经好了，只是看到谢一的一刹那忽然哭了起来，大约是病后的人见到亲人更是想念或者小孩子想在母亲面前撒撒娇吧。

田明见了，就凑过去约乐乐有空来玩。

乐乐一下开心起来，很是期待。谢一乘机要她乖乖的，好好学习，到夏天就可以来了，否则免谈。这才把乐乐打发了。

谢一和田明还有工作要做，当然不可能像病人的家属那样天天陪护，而病人的家属只有一个仅能顾住自己的顾大伯，这可怎么办呢？田明很发愁，谢一安慰她说，这好办，我出钱，雇个陪护就是了。白天陪护陪着，晚上咱俩陪着。

田明知道城里有招保姆的，看过赵本山和宋丹丹演的小品还知道有招陪聊的，却没听说还有招陪护的，听谢一一说顿时如梦方醒，连说，这办法好。

然而，招陪护在城里司空见惯，在乡下却十分新鲜，一时之间别说招到合适的人选，就连报名的人都没有一个。不是别的，只是因为陪护大家谁也没做过，不知道该干啥，再者时间短，不太值当的，最重要的是太担责任了，照顾病人可不是闹着玩的，万一病人有个好歹恐怕跳进黄河也洗不清了，还有也担风险，万一被传染上病毒咋办？而陪护又是等不得的，这可怎么办呢？

田明说，要不，我问问何秀兰吧。现在城里流行闺密，乡下却只能叫对劲儿的，何秀兰就是田明的对劲儿的，当初田明开小卖部、参选村妇女主任都请何秀兰参谋过，得到了何秀兰的大力支持才做起来的。现在，她也只能找何秀兰了。

何秀兰听了好半天没吭声。

田明知道她像别人一样担心，就说，没事的，是偏瘫，不会传染的，也不会出啥事。退一步说，就算出点啥事，有我跟谢书记替你担着哩。

何秀兰还是没吭声。

田明说，你只当帮谢书记的忙，好吗？

何秀兰想了想说，那就帮忙，我不要钱。在乡下人的观念里，不要钱就算是纯粹的帮忙，不但对方要承自己的情，而且自己也不用担责任，还有一点，白干的活儿，谁能忍心让别人干很久呢？不过是临时对付一阵子罢了。

田明说，那可不中！你干了活儿，咋能白干哩？又没亲没故的！

何秀兰说，给钱，我不干！

田明只好说，那中，你先干着，你要不要钱，看谢书记咋说吧。

何秀兰说，谁说都一样，给钱我不干，干就不要钱。

田明说，那中吧。其实，她心里也担心万一何秀兰要钱的话，这钱谁出呢？在乡下气力不值钱，干点活儿，出点力都没什么，一说到钱就不一样了，那可是硬头货。让顾家出恐怕难，一来顾家没要求招陪护，二来传出去让人笑话，好像顾家多么了不起，也好像顾家的孩子多么的不孝顺似的；让村委会出，好像没这样的规定啊！让谢一或者村干部出，更不可能，全王菜园几千号人，哪能动不动就要村干部出钱呢？村干部也是有家有口的人，就那点工资不要说根本不够打发，就算够也不能这样无休无止地尽义务！现在何秀兰竟然坚决不要报酬，那可太好了，只是有些亏欠了何秀兰，不过这也是没办法的事。

这样过了几天，顾家的孩子终于回来了，才算接替了何秀兰。

十三

这天，谢一正在网上浏览着网页，一条消息突然映入眼帘，一家企业在秸秆加工方面十分有特色，不但解决了长期难以解决的秸秆利用的问题，而且十分环保。谢一立刻把电话打了过去简单咨询了一下，对方要谢一前去考察再做决定。谢一觉得是这么回事，兴奋得怎么都睡不着，很想找个人把这情况说道说道，可大半夜的找谁说呢？谢一想了想就把电话打给了宋心之。宋心之没听几句就不耐烦了，不过也耐心地劝了她几句。谢一知道宋心之没心听，就把电话打给了老万。老万一听很高兴，预测说说不定找到一条致富的项目呢，是得好好考察考察。老万说得太快了，谢一的兴奋劲儿没能完全释放，再想打给田明已经太晚了。

第二天一早，谢一赶紧起来做饭，等上班的时候立刻把大家召集起来把昨晚搜到的信息跟大家通报了一下，要大家讨论一下这个秸秆项目怎么样。这几年国家越来越重视环保了，不但关闭了许多重污染企业，也关停了许多小煤窑，甚至连秸秆焚烧都禁止了，每到收获季节不但农民发愁，当地政府也十分发愁，眼下唯一的办法就是堆积在路边任其烂掉，既不美观也十分碍事，可谁也找不出更好的办法，如果能像信息说的那样消化掉秸秆还能产生经济效益，那可太好了。不过，也有人提出疑问，网上的事未必靠得住，要不然这么好的项目别人早就抢去了，还能轮得到咱们？

正说着话，谢一的手机响了，是表姐兼闺密唐晓芝打来的。谢一没想到她会打电话给她，十分惊喜，连忙接通了。

快来接我。唐晓芝急迫地说。

怎么了？大老板还用我这个小农民接啊？谢一笑道。

谢书记行啊，有了一亩三分地就摆起谱来了啊？唐晓芝很是愤愤。

什么我的一亩三分地啊？谢一笑道。

王菜园啊。唐晓芝单刀直入，我都到什集街上了，不知道该往哪里走。

什么？你来王菜园了？谢一吃了一惊，太意外了，怎么可能嘛！你哄鬼呢？

唐晓芝没废话，嗖的一声发来了一张图片。谢一一看，我的天，可不是什集的街景咋的？慌得赶紧说，对不起，对不起，马上接驾。接着就把来王菜园的路线详详细细地跟唐晓芝说了一遍，生怕她记不住，又发了一遍微信。做完这一切，谢一赶紧就往村口去了。田明怕谢一一个人太孤单了，也跟着去了。

谢一和田明在李楼村的村口站了一会儿，就见一辆红色的小轿车远远地开了过来。

谢一很是开心，离着老远就冲小轿车摆起手来。

小轿车很快就开到了她们跟前，唐晓芝从车窗里探出头来，谢书记。

谢一笑起来，大大方方地应，哎——

哎个屁，你还真把自己当书记了啊？唐晓芝骂着，头一甩命令道，上车。

谢一拉着田明上了车，然后才把田明介绍给唐晓芝。唐晓芝冲田明点点头，不错，大小官员都来了，挺给我面子的嘛。

那是，唐总大驾光临，谁敢怠慢啊。谢一调笑道。

田明是第一次坐小轿车，很是稀奇，不禁这里看看，那里摸摸，开心得不得了。

让谢一和田明都没想到的是其他的村干部并没有离开，而是一起等在了村委会，因为其中一间房子就是谢一的办公室兼卧室，在某个角度看来，村委会跟谢一的家差不多一个意思。他们知道谢一最好的姐妹突然来了，也知道谢一没什么准备，打算一起凑钱替谢一为好姐妹接风洗尘。谢一很感动，却坚辞不受。田明劝她还是接受得好，毕竟是大家一份心意。

别争了！我知道你们都不容易，我妹妹也不容易。我和我妹妹好几个月都没好好在一起了，怪想她的，正好出差路过，就顺道过来看看了。我虽然没什么钱，但比起我妹妹和在座的各位还是富裕一点点的，因此，这客就由我来请！唐晓芝豪气地说。

那咋会中？干部们异口同声地反对，来咱们地盘上了还要客人请客，这叫咱们的脸往哪儿搁啊？不中，不中，绝对不中！

就是，俺虽然没多少钱，可请一次客的钱还是有的啊。田明说，午饭就由我管了，大家作陪！

谢谢田主任的好意，真的不用了。唐晓芝真诚地说。

唐总，你可不要以为是在大城市，乡下没啥好饭菜，花不了几个钱的。田明又说。

那行，我就尝尝你们乡下的土菜就好，城里的大鱼大肉早就吃够了。唐晓芝看田明说得恳切一口答应下来，哪天你到城里我请你！当然，在座的不管谁去了，我都一样请！欢迎大家到城里去做客！一句话说得大家都笑了。

大家马上开始讨论什集街上各家菜馆的特色来。事实上，偌大一个高朗根本没有几家饭馆，因而一家家的都能数得过来。无非是福来酒店、高朋满座饭店、聚仙酒楼、太白醉大饭店、家常菜菜馆、一家人酒馆共计六家饭馆，分散在什集街上。最后确定还是一家人酒馆，因为唐晓芝跟谢一是一家人，谢一跟大家是一家人，那么大家就都是一家人，再者那些所谓酒店、饭店、酒楼的严格说来就是一家家的小酒馆，根本名不副实，还是一家人酒馆实在——来吃饭可不要喝两杯嘛，叫酒馆倒也名副其实。唐晓芝最讨厌那些华而不实招摇过市的东西了，一听名字就把它们否决了。饭馆定了，剩下的就是菜品了。

正讨论说，谢一忽然说，我看不如就在我这里做，既实惠也方便，还是地地道道的土菜。

唐晓芝一听，马上说，OK！

田明有些担心，她知道谢一平常都是凑合的多，哪里会准备饭菜啊，何况又是这么多人？就问，谢书记，你啥时候准备恁些人的饭菜了？

谢一一笑，道，这还不简单，到村里种菜的人家买些，再到小卖部买几罐饮料就是了。

大家一听立刻忙开了，李树全赶紧回家杀鸡，顾威悄悄通知老婆把家里腌的咸鸭蛋拿来，柴福山让家人把他藏了几年的酒拿来，赵金海要老婆去菜园割些韭菜、芫荽、菠菜、葱、姜、蒜……田明的小卖部自从当了妇女主任就兑出去了，于是在就近的小卖部里买了两桶果汁，立即一头钻到谢一的小厨房帮忙，准备打打下手，进来才发现当地的菜品谢一根本不拿手，就当仁不让地当起了大厨。村委会附近的人家听说谢一老家来了客人，也纷纷把家里的土菜拿了出来，干梅豆角、干倭瓜、腊肉、腊鱼、腊鸡、地里刚剜的面条菜、灰灰菜、豌豆苗……一窝蜂地塞了过来。

这么一来，到吃饭的时候，菜品远比任何一家饭馆都要丰富得多。唐晓芝数了数，嚯！居然有十几个。田明一一报了出来，咸鸭蛋、油炸花生米、梅豆角炒腊肉、腊鸡炖土豆、凉拌灰灰菜、蛋炒韭菜、凉拌面条菜、小葱拌豆腐、番茄汤、焦鱼、酸辣白菜、酸菜鱼、豌豆苗……尤其是面条菜和灰灰菜，是谢一和唐晓芝在城里听都没听说过的，更是第一次见到，真是大开眼界。

别光看，尝尝，中吃不中吃还不知道呢。田明撺掇说。

其他村干部连声附和。

唐晓芝拿起筷子夹了一口放进嘴里，慢慢嚼着，忽然一口咽了，连叫，太好了！谢一，你尝尝！

谢一说，行，我尝尝。

唐晓芝听谢一言下之意根本没吃过，立刻责怪起来，看你这书记怎么当的啊，连当地的饭菜都没吃过，不了解民情怎么带领村民致富啊？

一番话说得大家都笑了，催着谢一赶紧尝尝。

唐晓芝意犹不足，又吃了一口，赞不绝口。

田明很高兴，指着其他的菜品让她尝尝，尝尝。

唐晓芝毫不客气立刻一一尝了，又是一番夸赞，等饭菜咽下去就说上了，田主任，你这手艺比那大饭店也不差，我回去就开个大饭店，你来给我当厨师吧，保你一个月工资一万块！

田明还没来得及说什么就被谢一拦住了，吃完饭赶紧走！

大家一愣，都不解地看着谢一。

唐晓芝也没明白，扭头问，怎么了？

谢一说，你呀，纯粹是黄鼠狼给鸡拜年，没安好心。我以为真的来看我的呢，谁知道是来挖我的人的！田主任可是我的得力助手，你想都别想！不过，唐总可是个大吃货，八大菜系，山珍海味都被她吃了个遍，能被她夸赞，田主任不容易哩！说得大家又笑起来。

唐晓芝看了看谢一，摇头道，没看出来，人家士别三日当刮目相看，你呢？人走三日狼心狗肺。合着不是当初求我的时候了，是吧？

谢一笑了，一码归一码。

唐晓芝说，行了。你也别怕了，我也不挖了，咱好好吃饭。大家一起吃，一起吃。

吃着饭，谢一忽然把秸秆利用的事又提了出来，当然是想听听唐晓芝的意见。唐晓芝的生意做得大，全国各地到处跑，偶尔也去去国外，肯定有见识。

唐晓芝叹了一口气，唉，我看你真是快要走火入魔了，三句话不离本行，动不动就想着怎么致富。我一直做的都是艺术品生意，你这秸秆的事我不大懂，可我知道生意咋回事。我就给你个建议，去！考察考察，合适就做，不合适拉倒！想上项目哪有一次就成功的，不跑上十回八回的哪行？

那得费多少钱啊？再说，还不知道能不能成呢。李树全担心地说。

搞项目就是这样的啊。要不然，做项目就太简单了，简单的东西往往没有一个是值钱的，除非碰到了狗屎运！唐晓芝不屑地说。

唉，唐总，你是不知道，农民可不像你财大气粗，赚得起也赔得起，大家都没啥钱，不小心谨慎不行啊。谢一赶紧说。

哎，经商有风险，投资需谨慎哪。唐晓芝无奈地感叹，我给你的建议就是去看看。听不听在你喽。

行，我考虑考虑。谢一说。

吃完饭，说了一会儿话，村干部就各自散了。直到这个时候唐晓芝才又认真地把谢一的小窝打量了一番，自然是和城里谢一的家无法同日而语的，不禁一阵感慨。

入乡随俗，这已经不错了。谢一当初来到田明家的时候一样不习惯，可住久了心里的落差就没那么大了，到现在她差不多已经习惯了。

好吧，你受得了就行。唐晓芝见谢一不以为然也就不说什么了。

我带你随便走走怎么样？谢一提议道。

哎，这是什么？唐晓芝随意地看着谢一屋子里简陋的摆设，突然看到几个柳编的小玩意，顿时来了兴致。

哦，这是一个村民送我的。谢一见唐晓芝有兴趣就解释说。

不错，挺好看。唐晓芝看着忍不住拿在手里细细地把玩着。

对了，这可是她自己编的哦，好看吧？也许天生就适合搞艺术，但凡和艺术沾边的东西谢一都格外地有兴致，尤其那些具有艺术才华的人总会给谢一留下好感。

本人亲自编的？唐晓芝也吃了一惊。

谢一说，是啊，不是说高手在民间嘛，这回我真是见识了，高手确实在民间。

哎哟，看把你能的。唐晓芝撇了撇嘴。

哎，说不定还有更厉害的人呢，我得慢慢发现他们。谢一开心地说。

行了，别说你胖你就喘，给你点阳光就灿烂。唐晓芝说，眼睛却一直看着柳编。

喜欢吗？喜欢就送你了。谢一大方地说。

真的啊？唐晓芝追问道，好像生怕谢一反悔似的。

君子一言驷马难追。谢一说。

好，我收了。唐晓芝把柳编拿在手里作势往外走，带我看看你的一亩三分地吧。

行！谢一马上向外走去。

唐晓芝跟出来，却径直往她的小轿车走去。

不用开车的。谢一说。

好。唐晓芝说着话，打开了车门，把柳编放了进去。

谢一这才明白唐晓芝不是要开车，而是提前把柳编放在车里，以免走的时候忘了，看来挺称她的心的。

那时候已过了清明，天气开始暖和起来，大地早已返青，满眼里都是一派的生机勃勃，间在大片麦田里的油菜开始开花了，青葱里间着金黄，十分美丽，空气中泛着清香的气息，成群的蜜蜂嗡嗡地飞舞着，让人陶醉。

真好啊！穿行在田间，唐晓芝不禁赞叹道。这是她在城里永远也见不到，体会不到的，甚至连想也想不到的，而今却已经身在其中了，这是多么意外又是多么幸运的一件事啊！

顺着麦田走到尽头，就到了涡河的河堤。河堤并不高，五六米的样子，堤上是高大的桐树，此刻正开满紫色的喇叭一样的花朵，一树一树的连成一片，煞是好看。河堤的另一侧则是一片一片的油菜、桃花，还有一块又一块的麦田，黄的、粉的、绿的，分外妖娆。靠近河岸偶尔会有几棵柳树或者杨树。河堤的中间则是一条石子路，偶尔驶过一辆农用车或者小轿车。

虽然姐妹俩满眼都是田野的风光，可等她们慢慢爬上河堤再放眼向远处眺望的时候发现还是别有一番景致的。就在姐妹俩打算信步往河岸边走去的时候，几个小学生模样的孩子嬉笑着走过来，看到谢一都开心地跟她打着招呼，有两个孩子跑过来把什么东西往谢一手一塞，很快跑开了。

什么啊？唐晓芝警惕地问。

谢一把手在她面前伸开，手心里是两段小小的树皮，绿色的树皮显然很新鲜，应该刚被剥下来不久。

乡下的孩子怎么这样啊？唐晓芝看着远去的孩子的背影，有些不快。

唐总，这你就不知道了。谢一笑眯眯地看着她说，这是孩子们自己做的柳笛，本来是留着自己玩的，看到我就送给我了。

什么柳笛？唐晓芝盯着谢一手里的柳笛，一下摸不着头脑了。

谢一把柳笛放进嘴里使劲一吹，嘀的一声，再吹，又是嘀的一声，一直吹则一直是嘀声，间断地吹则发出嘀嘀嘀的声音。

还真能吹响啊？唐晓芝惊奇起来，她很响试一下，可看着谢一已经吹过了，有些犹豫。

没什么的。谢一把柳笛含在嘴里的那一端在手里擦了擦，递给了唐晓芝。

唐晓芝犹犹豫豫了半天还是接了，放在嘴里一吹，嘀的一声，把自己都逗笑了。

有意思吧。谢一开心地说。

嗨，还真是，没看出来，就这么个玩意儿，怎么就能吹响呢？唐晓芝把柳笛这里那里仔细地端详了一番，还是看不出其中的门道。

这里，把外皮去掉，留下薄薄的内皮，吹的时候，气流会带动内皮颤动，就响了。谢一把柳笛在手里轻轻滚动着，慢慢把原理讲解给唐晓芝。

唐晓芝这才注意到柳笛的一端和另一端的不同，果真如谢一说的那样。唐晓芝很开心，叹道，嘿，真没想到这么简单的东西会这么有趣呢。

乡下好吃的好玩的多着呢。谢一不无得意地说，就拿这个柳笛来说吧，粗细、长短发出的声音都是不一样的，一般来说细的声音尖细、响亮，粗的醇厚、宽广，长一些声音就会变得深沉、浑厚一些，短一些就会嘹亮一些。谢一进一步解说道。

真的吗？唐晓芝来了兴致。

那是当然。谢一说。

姐妹俩正说着话，又有几个小学生走过来，同样跟谢一打着招呼，有的给谢一几颗豆子，有的给谢一两个纸片叠出来的小玩意。

谢一问，谁能给我做个大的柳笛呢？

你是想要老哞吗？一个男孩问。

对。谢一说。

立刻有两个男孩向一棵柳树跑了过去。

为什么叫老哞？唐晓芝不解。

一会儿你就知道了。谢一说。

那两个男孩很快来到柳树下，嗖地一下攀上一棵柳树，撅下一截粗一些的柳枝，又掏出铅笔刀三下两下的一弄，很快一支柳笛就做好了。

谢一接过来放在嘴里一吹，哞——的一声，把唐晓芝吓了一跳，逗得大家都笑了。

原来是这样啊。唐晓芝端详着粗大的柳笛说。

怎么样？是不是大开眼界？谢一笑着问唐晓芝。

真没想到，怪不得你乐不思蜀呢。唐晓芝笑道。

住几天，你就会明白了，农村除了条件差点，可比城里好玩多了。谢一深有感触地说。

环境也好呢，鸟语花香的，多美啊。唐晓芝有点羡慕起来了。

到晚上，唐晓芝第一次真真切切地体会到了什么才是真正的夜晚，不单是黑沉沉的，还十分安静，偶尔一两声狗叫更让人恬然。生平第一次唐晓芝睡得格外香甜……

唐晓芝在王菜园住了一晚，第二天就走了，并表示以后如果有空还会来的。

十四

车站永远都是人满为患的地方，可这个车站却一反常态的冷清。谢一和田明下了车愣愣地把这个车站看了又看，确认无误后才慢慢走了出去。快要立夏了，中原大地早已燥热非常，可这里却像二月一样春寒料峭，虽然太阳已经出来了，可还是让人不禁打了个寒战。

谢一终于还是听了表姐唐晓芝的劝告，无论如何都要来对秸秆处理项目考察一番，以免将来后悔。她把手头的工作跟班子里交代了一下，就带着田明出来了，之所以带着田明一来是路上有个伴儿，二来因为是农业项目自然要到农村去，她虽然在农村待了大半年，可还是有许多情况肯定不如田明了解得多，就一起来了。

出了车站，两人还是有点弄不清该往哪个方向去，下意识地往四下里看了看，当然没什么用。

田明有点懵，谢书记，咱往哪儿走啊?

谢一没说话，掏出手机给对方打了个电话，对方要她们等一会儿，马上派车过来接她们。

她们坐了一夜的火车，虽然两人轮流趴在火车的小桌子上打过盹儿，但一路的劳累还是使人感到头昏脑涨浑身酸痛，只想躺下来好好睡一觉，哪怕睡上几分钟也好，可此时此刻平常再普通不过的睡觉却成了奢侈。她们既没地方睡，也没地方坐，只能强撑着等待着对方派来的车。

过了好一会儿，一辆面包车开过来在两人身边停下来。

田明赶紧撇着蹩脚的普通话问司机是不是秸秆处理公司派来接她们的，司机点了点头，像田明一样撇着蹩脚的普通话让她们上车。田明一阵高兴，拉着谢一钻进了车里。

面包车发动了，没一会儿就出了城区，在城乡接合处搭乘了一个被司机称为同事的男人，然后接着向郊外驶去。

郊区不像大康县那样是一望无际的大平原，而是连绵不绝的大山，一眼望去到处都是灰蒙蒙的，偶尔才会有一蓬青绿，很少看到像中原大地那样大片大片的绿色。谢一去过不少地方，对这样的环境并不陌生，只是和想象的对不上，不免心里生疑，忙问，不是去公司吗？怎么到郊外了？

田明第一次来山里，开始还觉得新奇，听谢一这样一问也觉得不对劲儿，就问司机，师傅，是不是带我们去试验田看看效果啊？

司机点点头，对，等你们觉得好，回公司再谈。

田明松了一口气，对谢一说，没想到人家想得还怪周到哩。

谢一想了想也觉得有道理，就不再问了。

过了一会儿，谢一发现道路越来越逼仄，心里不禁忐忑起来，又不好明说，只好问司机，还有多远啊？

司机还像开始那样头也不回，道，快了。

谢一就连珠炮似的问那个被司机称为同事的男人，公司是哪年成立的啊？有多少人啊？效益怎么样啊？是不是所有的秸秆都能处理啊？……希望能从男人的嘴里发现什么破绽。然而，男人含含糊糊地答了三两个问题就不再回答了。

这时候谢一的手机响了，信号不是很好，只能断断续续地知道是秸秆处理公司打过来的，问她们在哪里，因为派去的车没找到她们。谢一暗叫坏了，上错车了！可也只能胡乱地答应着以免惊动了司机和这个男人，并暗示着，希望他们能听出什么不对来赶紧过来搭救她们，可惜再往后信号就断了，等打过去接通了，没说几句就又断了，一连几次彻底没有了。

谢一只好不露声色，见机行事。司机和那个男人坐在前排，她和田明坐在后排，这使她方便给田明暗中交换看法，就给她递了个眼神，再用胳臂轻轻碰了碰田明，高声说，师傅，停一下吧，我们想方便一下。

方什么便？我看是想跑吧？男人慢慢转过头来，看着两人阴沉地说。

谢一一听顿时一惊，看来真的遇到坏人了，但她还不能确定坏人是哪一路，传销？人贩子？还是别的。她假装无意地碰了碰有些惊慌失措的田明，假装道，什么跑？听不懂啊。

男人面无表情地说，没事，一会儿到了地方就好了，忍一下吧。

其实，到了这份上谁心里都明白，他们完全是驴唇不对马嘴的两路人！谁能实现自己的目的，就看各人的本事和运气了。

师傅，停一下，忍不住了，要尿裤子了。如果在以往，像这样有伤大雅的话谢一是无论如何也说不出口的，这会儿不知哪来的勇气使得谢一没羞没臊地高喊起来。

田明一听立刻很配合地叫起来，哎呀，哎呀，真快憋死了！……

别叫了，只要不死，不到地方我是不会给你们开门的！男人看着二人冷冷地说。

装可怜未能奏效，不用说也能知道他们是惯犯，见得多了当然深谙此中门道，无非是借机逃跑或者向外人呼救，自然不会有丝毫恻隐之心。软的不行只能来硬的。

谢一说，要是不停车的话，我们就跳车了！

跳呗。男人依旧冷冷地说。

此刻的山路不但弯弯曲曲的而且十分崎岖，面包车摇摇晃晃的速度并不快，如果跳车的话最多摔一跤，也不会有大碍。这时候的田明当然心知肚明他们被人拐骗了，正走在被人拐卖的路上，如果路上不想办法逃走的话，要不了多久就会被卖给某一个男人，真到那时候再想逃走可就难比登天了。这样看来，现在是逃走的最好时机，哪怕头破血流甚至九死一生也只能拼一把了。田明立刻按了按车门把，却一点动静也没有，再使劲按了按，还是纹丝不动。

就别瞎折腾了，车门早就锁上了，你是打不开的。男人看着田明疯狂的样子，慢悠悠地说。

田明马上使劲地拍起车窗玻璃来，嘭嘭嘭，嘭嘭嘭，嘭嘭嘭……

谢一拍了几下发现根本无济于事，就两眼紧盯着车外，她做好了准备，一旦发现行人或者车辆立刻呼救，可惜的是山路上根本难得见到一个行人或者车辆，其实就连山上也很难见到一个人影。

老实点就给你找个好人家，再不老实的话，哼！男人终于有点不耐烦了。

她们碰上人贩子了！

她们都只在报纸或者电视上看到过有关被贩卖的妇女儿童的报道，却从来没见过，没想到今天居然落入虎口了。好在手机还在，总会有办法的。

男人仿佛看穿了谢一的心思，立刻把手向两人伸过来，命令道，把手机拿过来。

两人当然不肯就范。

拿过来！男人吼道，声音不高，却充满凶恶。

大哥，我孩子还在上学呢……田明哀求道。

男人突然啪啪地扇了田明两个耳巴子，拿还是不拿？

田明无奈，只好把手机递了过去。

男人接过田明的手机，转过脸来，看着谢一，你的呢？

谢一无奈，也只好把手机递了过去。

挺乖，长得也好看，还年轻，大哥喜欢，马上给你找个好点的人家。男人得意地淫笑道。

面包车终于在一户人家停下来，车门哗啦一下被拉开，探出一个皮笑肉不笑的脸来，阴阳怪气地说，下来吧。

田明吓得把脸深深地埋在谢一怀里，两手死死地抱着她浑身瑟瑟发抖。谢一抱着田明要她别怕。

一个四十多岁的黑大汉走过来，伸出一只手拽了拽田明。田明吓得尖声大叫起来，啊！——

黑大汉很不耐烦，伸出两只老虎一般的手一使劲就把田明连抱带拽地拉下车，随手一扔，使得田明差点摔倒，被早已下车的车上的那个男人一把抱住了。男人猥亵地说，小心点，别摔着。

田明又是一声尖叫，一下蹲在地上，呜呜地哭起来。

你呢？还是那张皮笑肉不笑的脸，依旧阴阳怪气地说。

谢一慢慢走下来，说，贩卖人口是犯法的，难道你们不知道吗？

别废话，听话点，省得吃亏。黑大汉没好气地说。

看来说什么都无济于事了。

进去！几个男人推推搡搡地把谢一和田明关进一间房子里，随即就把门锁上了。

谢一轻轻拍了拍田明，田明抬起头来看着谢一，哽咽道，谢书记，都怨我，冒冒失失地上错了车，弄到现在这个地步……

谢一替她擦了擦眼泪，田主任，事到如今，哭也没用。咱们得冷静下来，好好想个逃出去的办法才行。

田明往四下里看了看，空荡荡的房间里只有一张破旧的床，一张歪歪扭扭的桌子，除了墙上挂着几串辣椒，再没有别的东西了。通往外面的除了门口就是朝向院子的一扇窗户了，不过不管门还是窗户都有人看守着，逃跑是根本不可能的。田明一难过，什么主意也没有了，她的一切希望全都寄托到了谢一身上，可怜巴巴地看着她问，谢书记，咱咋办啊？

慢慢想办法，瞅机会。田主任，首先要冷静下来才行啊。谢一小声道。

毕竟是四十多岁的人了，田明很快就冷静下来。现在和外界联系的一切手段都断了，他们唯一的希望就是等待时机，把握机会了。

不知道过了多少时候，门再次被打开了，一个男人出现在她们面前。男人看起来快要五十岁的样子，又高又瘦，黢黑黢黑的，瞎了一只眼，他很腼腆地看了看田明，又看了看谢一。有些意犹未尽又有些不好意思地低了头。

谢一忽然灵机一动，马上跑过来一把抓住瘦男人，我跟你走！

瘦男人显然没想到，吓了一跳，眼睛瞪得大大的，嘴巴也张得大大的，你，你……

我跟你走！谢一再次说。

瘦男人忽然说，我没好多钱啊……

谢一说，我就跟你走，别人谁也不行！

你等一下。一个男人走过来，使劲把谢一推进房间，带上门。

田明一直都看在眼里，谢一突如其来的举动让她一下没反应过来，直到谢一重新被推进来都傻愣愣的。谢一走过来，挨着田明坐下来。田明仍旧像个木偶似的木木呆呆地转过来看着她。

谢一趴在田明耳边说，放心，我有办法。

田明愣了一下，看着谢一的眼神这才有了点活泛气息。

谢一说，咱们被严密监视着，又人生地不熟的，逃是逃不掉的，不如瓦解他们。我看这个男人挺老实的，说不定可以从他这里打开缺口。

田明半信半疑地点了点头。

晚上的时候，瘦男人终于过来把谢一领走了。

虽然是晚上，谢一还是影影绰绰看得出瘦男人的家只能用惨不忍睹来形容，只有两间房子，一间里有一张乱七八糟的木板搭起来脏兮兮的床，床边是几只编织袋，另一间里是一个土锅台，几只碗胡乱地摞在一起，一只最多十五瓦的灯泡怕冷似的瑟缩着。满屋子里都散发着一股呛人的霉味儿和臭味儿。

谢一已经一天没吃到东西了，这会儿又累又饿又渴，再加上难闻的气味，终于忍不住呕吐起来。

男人本来坐在锅灶前要做饭了，听见动静走过来，看着谢一难受的样子好像很想帮她，却不知道该怎么帮，停了停，瘦男人似乎想起什么来，转身端来了一碗开水，递给谢一。谢一接过脏兮兮的碗，又是一阵恶心，可实在太渴了，加上刚才的呕吐使得胃里十分难受，就闭着眼喝了一口。瘦男人接过碗，在一旁等待着。谢一不经意地看了他一眼。瘦男人似乎手足无措的样子让谢一觉得这个男人不像看上去那么可恶。

等了一会儿，没见谢一有什么动静，瘦男人终于放下碗坐在灶前开始做起饭来，是土豆咸菜。

咸菜既不好吃，又难闻，实在难以下咽，谢一就只吃了一个土豆。

吃完饭，瘦男人并没有挨近谢一，而是洗了碗默默地在锅灶前坐了下来。

你叫什么名字？谢一慢慢地问。

刘光明。瘦男人好像忘了屋子里还有个人似的，愣了愣才想起来，仍低着头。

刘大哥，家里几口人啊？

就我一个。

哦。你知道我是谁吗？

刘光明摇了摇头。

你看我像干什么的？谢一问。

刘光明又摇了摇头。

我是城里下派到乡村的扶贫干部，出来找扶贫项目才被骗到这里来的。谢一说。

刘光明惊愕地抬起头看着她，似乎有点不敢相信。

不像吗？谢一看着刘光明问。

刘光明忽然又低下了头。

我知道你就是因为穷才娶不起媳妇的。我们那里也有跟你一样穷的人，他们也一样娶不起媳妇。我原来不知道你们为什么会穷，现在到了乡下扶贫才知道了，有些人穷是因为懒惰，有些人穷则是因为生病，更多人穷是因为各种原因找不到致富的门路。跟我一起来的女人是我们的妇女主任，我们就是为了找到致富项目才出来的。谢一真诚地说，刘大哥，别再犯糊涂了，我想你也知道买卖人口是犯法的。我希望你放我们回去。我们如果回不去，就无法找到致富项目让更多人富起来，他们就不知道哪年哪月才能富起来啊！

你真是扶贫的干部啊？刘光明有些惊讶地问。

当然。扶贫是国家的大政方针，而且是一场攻坚战，到2020年必须实现全民脱贫。刘大哥，我想你是知道的吧？

刘光明摇了摇头。

怎么？你不知道？

没听说过。

什么？全国都在轰轰隆隆地进行一场扶贫攻坚战，你居然连听都没听说过？

刘光明又摇摇头。

真没听说过？

没有。

唉——

刘大哥，你放心，只要你肯放我走，你的钱我会还你的！我也必须得走，我们全村几千口人还等着我找回扶贫项目带领他们致富呢！

如果是真的，那可太好了！刘光明忽然说。

谢一想了想，把工作证掏出来递到刘光明眼前，刘大哥，我没什么能证明我的身份，只有这个工作证了。

刘光明看着工作证上的照片，又看了看谢一，不禁大吃一惊，你，真的……是……干部……啊！……

谢一点点头，我没必要骗你，要不然也没必要带着工作证。

那，那……刘光明喃喃着，不知道要说些什么。

刘大哥，你既然想成家立业，就不该在村里待着了。我看你身强力壮的，可以到县城打打工，要不然在村里养养鸡什么的也行——现在，城里人都讲究饮食，如果是散养的家禽家畜，在城里一定会受到欢迎的，价格不成问题的。

真的？

是的，别再守着老法子过了，时代在变，跟不上时代就会被时代抛弃的，刘大哥！

唉，俺村要是有跟你一样的好干部就好了，可惜……

会有的！早晚有一天上面会把最好的扶贫干部派过来的，到那时候你们的日子一定会好起来的！

但愿照你说的吧！刘光明有些激动地说。

刘大哥，我可以走了吗？谢一问。

不行。刘光明断然道。

怎么了？谢一以为刘光明会犹豫，但没想到他会这么坚决拒绝放她走。

天太黑了，你是外地人，人生地不熟的……刘光明迟疑道。

哦，我的妇女主任怎么样了？谢一忙问。

她，好像还在那里，还没有找到买主。刘光明老实地说。

刘大哥，你能把她带来和我住一起吗？谢一期待地看着刘光明，她是跟着我来的，要是见不到我肯定会害怕的。

这……刘光明突然不吭声了。

她从来没出过远门，现在一下被人拐骗了，我怕她想不开……谢一忙说。

啊？刘光明吓了一跳。

刘大哥，你想想她在家也是有老公有儿女的，就是为了给乡亲们找一条致富项目才跟着我一起来的，如果有个三长两短，我也没法活了，毕竟拉着她出来的是我！谢一刚才只是猜测，说着说着忽然担心起来，依田明的性子说不定真能惹出什么乱子来，不禁急出一头汗来，刘大哥，你得想想办法啊！

刘光明想了想，看着谢一说，我可以去找她，让你们见上一面，但你不能跑。

我不会跑的！我不能带领我的村民致富了，但也不能害了我的村民，刘大哥，你就放心吧。谢一诚恳地说，求求你，快把她带来让我们见一面吧！

你可不能跑啊，妹子。刘光明还是很担心。

刘大哥，放心吧！我是党员，也是干部，说话是算数的！谢一说。

刘光明看着谢一，终于往外走去，并把门死死地锁上了。

谢一看着紧闭的房门，稍稍松了一口气，这时候她真的担心田明万一被坏人欺负想不开可就糟了，心里但愿着平安无事。

田明开始觉得谢一既然能积极主动地要跟着瘦男人走，肯定是胸有成竹的，可等谢一真的走了，她却不安起来。她跟谢一不一样，谢一是城里人不知道农村的生活情况，也不知道农村人的性格，以为自己可以想出办法来，那是按照城里的规矩想的，根本不对农村的路！田明是农村人，深知农村人很多时候是不讲什么规矩的，只要能顾得眼前的利益，以后的事是不会考虑太多的，何况又面对的是两个外地的女人？万一争执起来，她们根本不是这些男人的对手。这么一想，田明就着急起来。

我要看看我妹妹！田明一急就把谢一当成妹妹说了，当然也是为了让别人相信二人的关系，只有姐妹才说得过去，也只有姐妹才会这样在最危险的时候还想着对方。事实上，相处了大半年，两人十分合得来，在彼此心里早已把对方当成自己的姐妹了。

你妹妹今晚就洞房花烛了，再也不用你操心了，还是想想你自己吧。一同来的那个男人冷冷地说。

啊？！开始二人就知道她们即将面临的就是被拐卖的结局，至于买主是谁她们是根本无能为力的。那会儿谢一告诉她她有办法，田明还以为谢一是大城市里的人见多识广说不定能想出什么好办法来脱身，然后再来救她，没想到到现在还没有任何动静，再想想自己放着好端端的家不过，非要出来找什么扶贫项目，竟然落到如此凄惨的地步，不禁悲从中来，呜呜地哭了起来。

可惜，田明忘了这些人哪会有恻隐之心呢？要不然他们也不会干这些丧尽天良的勾当了。田明哭了一会儿，除了惹得几个男人淫笑着挑逗她外根本没什么用。田明渐渐冷静下来，努力想着应对的办法。突然，田明大叫道，我是她姐，我得看看我妹妹！

田明叫了半天都没人应声，不禁把门拍得山响，嘭嘭嘭，嘭嘭嘭，后来干脆连喊带叫地拍门、踢门、踹门一起来。如此一来闹出的动静就十分大，在寂静的夜里尤其引人注意。

终于有人走过来，威胁道，别闹了，再闹就把你捆起来！

田明不以为意，依然声嘶力竭地大叫大嚷乱踢乱蹦，就在田明闹得十分欢实的时候，门突然被一把推开了，黑大汉慢腾腾地走进来，一把就把田明摁倒在地。田明哪里见过这阵势，吓得尖声大叫。

就在这时，又一个人拿着一根绳子走进来，两人一起三下五除二就把田明捆了个结结实实。

田明又疼又怕又惊，不知道接下来这些猪狗不如的东西会把她怎么样，叫得更厉害了。

黑大汉道，再叫就把你嘴堵上！

被扔在地上的田明不敢叫了，只能悲伤地哭泣。

就在这时，院子的门突然被人敲响了。黑大汉和另一个男人你看看我，我看看你，谁也不敢吭声了。

门继续被人一下一下地敲着。

谁？另一个男人终于忍不住问。

我。门外响起刘光明的声音来。

不在家干你的好事，又跑来干啥？男人不耐烦地嘟哝道。

她想见见她姐姐。刘光明说。

新婚大喜，见啥姐姐？明天再说！男人毫不客气地把刘光明堵在门外。

她说，要是见不到她姐姐，她就不活了。刘光明说。

哈，不活了？男人冷笑起来，把她捆起来，好事干完就没事了。

刘光明迟疑着不肯离开。

走走走，大喜之日不搂着老婆热乎，瞎跑啥嘛？男人不耐烦地把刘光明轰了出去。

谢一开始以为刘光明很老实，凭自己的气势会降服住他的，不料这个男人却不像她想象的那么容易对付，就只好改变招数，想等刘光明离开以后伺机逃走，再到派出所报警解救田明，可是门锁死了不说，她刚挨近门口向外张望就被人喝住了，干啥呢？

谢一这才知道事情根本不像自己想象的那么简单，人家一直在警惕着自己呢。当然，这时候如果不找出一个合理的借口就被人抓了想逃跑的口实，会更加警惕，以后再想逃走就难了。想到这儿，谢一急中生智说，要解手。

等着！门外一个声音甩过来，不久塞进一个便桶来。

直到这个时候谢一才发现这些人真的不像自己想象的那样好对付，所有这一切简直滴水不漏，根本没有逃掉的可能。现在唯一的希望就是刘光明确实是老实人，不会对她采取强制措施。

但愿！

但愿！！

但愿！！！

谢一心里一直忐忐忑忑的，不知道刘光明能不能把田明带过来，如果能够带过来那就太好了，如果带不过来呢？那就坏了！……所以她一直警惕着，不敢有半点马虎。

她等啊等啊，不知道等了多久，门再没有响过，自然再没有什么人或者东西进出过这间屋子。

虽然已近立夏，这里的夜晚还是有些寒意，加上两天的火车还有这一天来的折腾和惊吓，谢一的倦意慢慢上来了，不知不觉就睡着了……不过，在这样的情形下是根本不可能睡踏实的。她醒了睡，睡了醒，不知道究竟过了多少时候。

夜里下起了雨，哗哗的雨声让谢一惊醒过来，暗叫坏了，这样的天气不要说被人看着，就算不被人看着，在这人地两生的地方就连基本的方向感都失去了，怎么走得远呢？可是，不管谢一怎么着急都于事无补。

就在谢一急不可耐又一筹莫展的时候，突然嘭的一声门被打开了，刘光明闯进来，说，你是好人，你快走吧！

事情来得太过突然，一下把谢一弄懵了，她搞不清眼前的刘光明是良心发现还是另有图谋，所以一下没能反应过来。

大妹子，别恨我，我也是没办法。刘光明又说。

谢一看了看刘光明，不像是撒谎的样子，就慢慢到院子里去了。那时候雨停了，天光虽然还阴沉着，却也早已大亮了。谢一试着往院子外面走去，刘光明突然说，我送你吧。

谢一问，我姐姐呢？

刘光明这才想起来，说，我带你去找她。

谢一找到田明的时候，田明也正找她。两人一下紧紧抱在一起，不禁落下泪来。

刘光明催促起来，快走吧，要不……

谢一却疑惑起来，看着刘光明问，刘大哥，请你告诉我，你为什么要送我们走？他们为什么放了我姐姐？

谢一不知道，其实刘光明一开始就被谢一的气势镇住了，让他摸不清谢一的来路，自然不敢轻举妄动，而后来突然要送谢一下山是因为村里突然来了扶贫工作队，刘光明这才相信头天晚上谢一跟他说的都是实情，不要说他一个老光棍心里打怵，就连那几个人贩子也早已逃得不知踪影了。

谢一听了说，我要见见给你们派来的扶贫干部，你带我去吧。

刘光明一听吓得连连作揖，领导，对不起，对不起，我知道错了，我不该……

谢一说，你知道错就好，以后可别再干傻事了，刘大哥，你想想，你连老婆都养不起，谁会跟你过呢？今后要把心思用在致富上，只要你富起来，好女人肯定会找上你的门的。我不是要追究你的责任，现在你也是受害者啊。而且，你知错能改，是可以将功补过的。我想和你们的扶贫干部接洽一下，看看我们两地能不能联起手来，找到一条共同致富的路子。

是是是，是是是。刘光明虽然连声地答应着，其实根本就没听谢一在说什么。

刘大哥，走啊！谢一听他还在"是是是"地答应着，也有点不耐烦了，不由高声道。

啊？哦，是！刘光明终于明白过来，答应完了又苦着脸哀求道，领导，你可千万别把我交出去啊，我已经知道错了，求求你了……

放心吧，我就说来采购山货的。谢一说。

好吧。刘光明无奈，只好带着谢一去见了这个村的扶贫干部。

直到这个时候，谢一才明白为什么村里一直没什么动静了，原来刘光明家在山旮旯里，距离村子有着一段很长的距离，而且村子也是哩哩啦啦地绵延了好几里路，稀稀拉拉的根本没几户人家。不像王菜园那里，不但附近到处是一个个的村庄，而且村庄里庄户人家一户挨着一户，连成一连。如果谁家有什么事不提前几天说出去，很难会有人知道，而买卖人口这事见不得光自然是没人嚷嚷的。

谢一和田明坐着刘光明的毛驴车一路颠簸着往村里走着，她们也一路东张西望地看着。这里的环境只能用苍凉来形容，一路上到处都是黄蒙蒙的，只有不多的几处显出青色，再就是杂乱的野草和野树丛了。看着眼前的一切，谢一明白了为什么这里的人们会如此贫困，心里感慨扶贫的道路真是任重道远啊！

不知道到底走了多远，牛车才终于在一个院子前停下来。说是院子，其实根本没有围墙，只是相对独立的一块地皮，地皮后面是三间明显是用就近的山上取来的石头砌起来的房子，看门口挂着的一个牌子才知道是村委会。村委会的门虚掩着，自然是有人在的，这让谢一长长地出了一口气。刘光明要放她们走，田明像谢一一样半信半疑，等刘光明真的放她们走的时候，田明只想赶快离开这里。谁都知道在这举目无亲的地方多留一分钟就多一分危险，早离开一分钟当然早一分钟平安，一听谢一要去见扶贫干部有些不解，但谢一十分坚持只好依她。其实，在来村委会的路上谢一心里也一直在打鼓，不过她还是硬着头皮来了。她来村委会的目的有两个，一来见到村干部她们就不会再有任何危险了，二来也能测试一下刘光明是不是在试探她们——如果不是万事大吉，如果是也不会惹恼他从而让他对她们施加更加严格的看管或者骇人听闻的举动来。现在看来刘光明没说假话，悬着的心自然可以放下来了。

谢一走过去敲了敲门，一个光脑袋探出来疑惑地打量着来人。

你好，我叫谢一，是外地来的扶贫干部，请问你们这里的扶贫干部在吗？

哦，你说的是驻村第一书记刘书记吧。他昨天刚到，今天一大早就家访去了。光脑袋说，你是在村里等他，还是我派人去找他，还是你去找他？

我去找他吧。谢一想了一下说。

光脑袋说，那行。话音未落忽然看见刘光明，招了招手让他过来，说，你带这位领导去找刘书记吧。

谢一的话刘光明都听得清清楚楚，见谢一只字未提他松了一口气，转身带着谢一和田明走了。

刘光明轻车熟路很快就找到了刘书记，给谢一一指就躲到一边去了。

请问，你是刘书记吗？谢一走过去大大方方地问。

刘书记一愣，看着谢一问，你是……

哦，我叫谢一，是外地来的，也是扶贫干部，听说你们这里有山货，我来看看，不知道有没有我们需要的。谢一不慌不忙地说。

恐怕没有。听说也是扶贫干部刘书记热情起来，不过谢一的问题让他很为难。

你们这里都有什么山货呢？谢一问。

只有红枣，对了，去年的还有一些。这是我刚了解到的，正在想办法替他们销货。

我可以看看吗？谢一问。

刘书记就带着谢一去了就近的一户人家，果真不少，好几个编织袋里都装满了。谢一掏出一把看了看，又尝了尝，很不错。建议他们在网上推广，信息可以辐射到全世界，就不愁没客户了。

刘书记一拍脑袋，可不是嘛。我怎么没想到呢，太谢谢你了。

谢一赶忙咨询刘书记当地秸秆处理企业的事。刘书记表示没听说过，而且他们这里秸秆处理也不成问题，都被村民当柴火烧火了。

田明听了有些失望，谢一却坚持一定要到那家公司看看。

刘书记要派人送他们到山外去，田明这时候才告诉刘书记他们的手机被抢了。刘书记一听，立刻打电话报了警。

二人没有过多停留，立刻就向县城去了。

到了县城一路打听着，到底把那家秸秆处理企业找到了。这是一家名叫厚土的秸秆处理企业，具体说来就是把秸秆粉碎还田用于养殖蚯蚓，依靠蚯蚓把这些秸秆转化为肥料。该公司的产品就是蚯蚓和蚯蚓土，不过是从外地刚引进的，在本地还处于推广阶段，因而还没有什么影响，也没见到明显的效益。

蚯蚓在乡下多得是，没什么了不起的，田明一听就忍不住想笑，悄悄告诉谢一这明显就是忽悠人的。谢一却不这么认为，反而觉得这确实是一项很好的产业，只可惜见效太慢，村民恐怕等不及。

两人打算返回的时候，派出所的民警找上门来，不但向她们表示了道歉，还把她们的手机归还给了，也把人贩子悉数抓获了，自然也包括刘光明。二人十分感激，处理完这些就往车站去了。

路上一个卖葫芦的小贩吸引了谢一的目光，拉着田明走了过去。

葫芦像倭瓜、瓠子、西葫芦一样没什么稀奇的，让谢一稀奇的是葫芦的样子。平常人们见到的葫芦有两种葫芦，一种是鸭梨形的，一种是8字形的。鸭梨形的葫芦嫩的时候当菜吃，老了就挂起来风干，在从中间锯开就成了两个瓢，可以用来挖水、挖面等，民间有语依葫芦画瓢，按下葫芦起了瓢，葫芦掉在井里不成，门外头挂葫芦装种，草窠里长葫芦没见日头就老了，等等，一般指的都是这种葫芦。8字形的葫芦因为中间凹了下去看起来像个8字。古时候的英雄人物、神仙等随身携带的就是这种8字形的葫芦，不但可以装药、装酒，而且看起来也比较美观，可对普通人来说因为它的外形很别致，所以常常用于观赏。这两种葫芦都是葫芦不假，可说到底还是两种葫芦，那么怎么区分得开彼此呢？在王菜园鸭梨形的葫芦就叫葫芦，8字形的葫芦则叫压腰葫芦。这两种葫芦田明都见过，也都亲手栽种过，自然不以为然。谢一也见过，不过只见过一种，就是压腰葫芦。现在那个小贩贩卖的就是压腰葫芦，可跟她们见过的压腰葫芦还是有些不同，这也是让谢一情不自禁想走过去看看的原因。一般的压腰葫芦都是老了以后趁着新鲜赶紧刮去皮，再挂起来等着风干以后拿纱布打磨得光光溜溜的就成了，当然讲究些的还会在表面上一层清漆以使其更加光亮圆润，当然，这期间是不能损伤到葫芦的把儿的，要不然就大煞风景了。然而，小贩的葫芦却有更多的样子，除了普通的样子，还在其上做出了各种各样的图案，而且这些图案有的是镂空雕刻的，有的是画上去的，有的则是烙上去的，看惯了经过普通处理的葫芦，这些新颖的造型自然让人耳目一新。

老板，葫芦怎么卖？谢一彬彬有礼地问。

大的一百块一个，小的五十块一个。小贩熟练地报了价。

恁贵啊？！谢一惊得倒吸了一口凉气，有点不敢相信自己的耳朵。

三个呢？谢一把镂空的、绘画的、烙画的各挑出一个问。

三个算你一百二吧。小贩习以为常地说。

一百二？一百二能买一车葫芦了！田明立刻愤愤起来，质问道，哪有恁贵的？又不是金的、银的？五块钱一个。

大姐，我卖的不是葫芦，是艺术品啊！小贩哭笑不得。

最多十块钱一个，一百多，太贵了，根本不值！田明很想说太坑人了，但刚刚经历了一场劫难，加上离乡十里就是外乡人的俗话让她明白少惹事才是上策，话到嘴边才改了口。

小贩不说话了，笑着摇了摇头。

一百吧。谢一讨价还价。

一百也太贵了！走，回家我给你种上几棵起码能结三十个葫芦！田明拉着谢一就走。田明拉谢一是真心的，不是假装给小贩看从而取得讨价还价的主动权的，她实在觉得贵得太离谱了，简直像抢钱一样。

行，货卖识家，一百就一百，权当发发利市。田明的举动还是无意中奏效了，使得小贩爽快地答应了。

能刷微信吗？谢一掏出失而复得的手机准备付款了。

小贩摇摇头。

那，支付宝呢？谢一再问。

不会玩那个。小贩还是摇摇头。

看来只能支付现金了。谢一环顾四周，没看到什么，就问小贩，附近有银行吗？

有，不过要过一道街。小贩指着前面说。

行，我去取钱，你等我一下就好。谢一说完，拉着田明就往前去了。

走了一段田明忽然笑起来，笑得谢一看着她好半天都莫名其妙的，就问，你笑啥？

笑你啊。田明开心地说。

笑我？我有什么可笑的？谢一把自己上上下下打量了一下，没看出有什么出格的地方。

到底是城里人，就是见多识广！田明夸赞说。

你说啥？我咋听不懂啊？谢一还是一脸无辜。

我在夸你有见识！田明说。

怎么有见识了？谢一还是不明白。

我知道你也嫌葫芦太贵了，可又怕人家赖上咱，故意装作取钱溜之大吉。既能顺利地摆脱人家的纠缠，也能合情合理地拒绝，真是聪明绝顶啊！田明佩服不已，只差五体投地了。自打谢一来的第一天，田明就对她有一种好感，后来谢一的种种行为更让她刮目相看，这次被拐骗谢一表现出来的临危不惧让田明简直服气透了。虽然拒买葫芦跟被拐骗比起来是小巫见大巫，可还是让田明觉得谢一聪慧过人。

什么呀，我是真买，真没有现金，真去取钱的！谢一没想到田明是这样看的，连忙纠正说。

啊，你真买啊？！不嫌贵啊？田明大吃一惊。

不贵啊，亏得是在这偏僻的小县城，要是在大城市，少说也得五百块钱一个，现在三个才一百块，赚大了！谢一兴奋地说着，走得更快了。

田明还是不解，一边走着一边嘟哝，那又不当吃不当喝的，有啥好啊？

这叫艺术，艺术是无价的。谢一说，看田明一脸的茫然，知道她不懂，就没再解释什么，拉着她只管往银行走去。

哎，早知道你喜欢葫芦开春我就给你种了，还用得着现在买这？贵得要死的！田明还是不依不饶的。

不一样的。谢一说。

有啥不一样？不就上头多几个花儿嘛。今年来不及了，等明年我一定给你种。咱自己种葫芦，想要多少种多少，到下秋里摘下来想咋拾掇咋拾掇，描龙画凤都随你，也不跟你要钱。田明真是心疼，想趁买卖还没做成的当口再苦口婆心地劝一劝，希望能把这笔吃亏的买卖搅黄了。

谢一听田明一直喋喋不休地想劝阻她，突然明白了王菜园的一句话，叫作聪明人不用细说，糊涂瓜难缠。在这个问题上田明就是个糊涂瓜，说再多都是枉然的。谢一就不再解释了，只管笑眯眯地听着，权当耳边风。

看看，被我说得没话可说了吧？田明得意起来，虽然只差几步就到银行的自动柜员机跟前了，还是拉着谢一准备离开。

不行，说好了的，咋能反悔哩？谢一想挣脱，却被田明死死地拉住了。

不就再等一年多嘛，你咋就等不及哩？田明说，要不然回去我就发动群众，看谁家有，给你几个。肯定会有的！乡下啥都缺，就种的东西不会缺，没啥稀罕的！

哎呀，嫂子，你真是不懂，等我以后慢慢跟你说吧。谢一被田明劝得有些不耐烦了，不再叫她田主任而是改回刚来时的称呼了。

我真是不忍心你花这冤枉钱，太亏了！田明心疼地说。

不冤枉，我都跟你说了，买了，咱赚大了，咋会亏呢？谢一说着径直走近柜员机，输入银行卡账号和密码，把钱取了出来。

田明只知道插卡才能取钱，没想到不插卡也能取钱，今天真是大开眼界。事实上，自从她跟谢一接触以来，眼界已经开阔了不少，让她觉得真的像俗话说的那样，天外有天人外有人。也就是从这一刻起，田明突然明白了城里人和乡下人的不同。这不同在平常是看不出来，都是俩肩膀扛一个脑袋，可一旦遇到事就完全不一样起来。田明弄不明白为什么会不一样，但自认为这就是城里人和乡下人最大的区别，按她的话说，要不她咋是城里人，咱咋是乡下人哩，道理就在这儿。究竟啥道理，她也说不清道不明，可一跟村民说起谢一来就会这样说，似乎城里人和乡下人理所当然的不一样似的。

谢一取完钱拉着田明又走了回去，把一百块钱一分不少地给了小贩，然后接过小贩用塑料袋包着的三个葫芦小心翼翼地提在手里，满是称心快意。

田明看着谢一高兴的样子摇了摇头。

两人叫了一辆三轮车直奔车站，买了票就返回了。

这次虽然没有找到致富的项目，但能买到三个葫芦还是让谢一觉得不虚此行的。

十五

谢一和田明回到王菜园不久，唐晓芝又来了。

那天，谢一正在给王菜园的妇女们普及生理常识，唐晓芝突然悄无声息地进来了，还冲她点了点头，自自然然地示意她继续她的工作。谢一以为她不过是像上次一样路过，顺道过来看看表妹兼闺密，加上上次已经来过一次，故而就没有特别客套，接着进行了下去。培训课结束的时候田明忽然看见唐晓芝，惊喜地走过来一把就把她的手抓住了。上次田明和唐晓芝说得十分投机，两人一下成了好朋友，自然这次再见分外亲热起来。

谢一就站在一边笑眯眯地看着田明和唐晓芝，等她们叙话完了再跟唐晓芝打招呼，不料两人说起话来居然没完没了。谢一实在等得不耐烦，忽然灵机一动，拿出手机悄悄按动了快门。谢一本来就是省会城市级的摄影家，来王菜园的时候还带着她心爱的摄影机，只可惜后来工作忙起来不但没有时间也没有心情侍弄了，但创作的冲动还是不时地会让她跃跃欲试，后来她突然想起来，没有摄影机可以用手机啊，只要用心一样可以拍出漂亮的作品来，而且手机时时刻刻都带在身边，再不用专门带着笨重的摄影机了。谁也没有想到这张照片后来被取名为《闺密》荣获美丽乡村摄影大赛一等奖，不过这是后话了。

唐晓芝和田明说说笑笑，冷不丁地一回头才发现谢一就冲她笑了笑。

咋的？又馋我们的农家菜了？谢一打趣道。

是，也不是。唐晓芝转过身来，半开玩笑半认真地说。

哦，这里头有讲究啊。谢一不知真假，只当唐晓芝在开玩笑，什么情况，能说说吗？

当然能！唐晓芝好像有点迫不及待了，我就是来跟你说这事儿才来的。

哦，不是馋我们的农家菜啊，快说说，什么事啊？谢一问。

好事！唐晓芝一把拉住要走的田明，田主任，你别走啊！

恁姊妹俩的话，我哪方便听哩。田明本来还没跟唐晓芝说过瘾，可跟谢一比起来她还只能算外人，加上她又大老远风尘仆仆地找上门说不定有什么要紧的事，她哪里能不知天高地厚一直赖着不肯让开呢。

嗨，没什么秘密，还要你帮忙呢。唐晓芝说。

我一个乡下人，针头线脑缝缝补补洗洗涮涮还中，其他的恐怕就帮不上了。田明以为唐晓芝在抬举她，更不敢冒失了。

今天要的就是你这个乡下人，田主任！唐晓芝大声说。

田明一愣，不知道唐晓芝葫芦里卖的什么药。

帮我把那个会编小玩意儿的嫂子找出来，我要跟她谈谈！唐晓芝说着，满脸都是喜悦，说完转脸对谢一说，我这次来就是专门找她的！

怎么？有人喜欢她编的柳编？谢一预感到什么，猜测说。

对！要是她能按照我的客户设计的图形编织，那就更棒了！唐晓芝说，现在的情况是柳编技术不错，就是样式有点土气，不过不是大问题，改造一下就好了。

谢一一听也高兴起来，忙说，田主任，你快去把何秀兰找来。

田明听了立刻去了，不多久就把何秀兰带来了。

唐晓芝看到何秀兰像见了久别重逢的亲人一样把她上上下下看个不住，看得何秀兰都不好意思了。

何秀兰就说，听说你喜欢我编的小玩意儿，我可以再编几个给你。

田明见何秀兰说得中规中矩，耐不住了，说，现在不光是唐总喜欢，唐总的客户也喜欢。

唐晓芝说，是啊，是啊，没想到你的手艺会这么高超，真是真人不露相啊！

谢一说，不是告诉你高手在民间了嘛。

唐晓芝看着何秀兰连连点头道，是是是。

何秀兰没想到大城市的人会喜欢她编的东西，刚开始还不信，现在听唐晓芝尤其是书记谢一一直赞不绝口，也高兴起来，嘴里却谦虚道，我是瞎编的，恁不嫌弃就好。

唐晓芝笑了，瞎编就编这么好，要是认真编肯定更加精美了。

谢一这才说，嫂子，唐总是我表姐，也是我的闺密，哦，就是我最好的朋友，按咱王菜园的话说就是最对劲儿的老伙计，咱就不绕弯子了。上次我表姐来看到你送我的柳编很是喜欢，我就送她了，没想到被她的客户看到了，也非常喜欢，觉得很有市场前景，想请你多编一些，可以吗？

谢一虽然一直在学说本地话，可如果遇到平常不怎么说的话就说不上来了，只好改为普通话，这样她很多时候说的话都是土普掺杂的，有点不伦不类，不过大家听惯了，也没觉得什么，却明白了一点，但凡谢一土普掺杂着说话的时候都是有什么事让她着急了。何秀兰当然也知道，虽然谢一的话她不是每一个字都能听得懂，但大致的意思还是能懂的，一下慌了，有些结巴道，这，这，我平常都是编着玩的，可从来没想过卖钱啊！……

唐晓芝笑了，嫂子，现在是市场经济，做什么都要想着怎么赚钱才行……

何秀兰急了，打断她说，那不中，那不中，摆弄着玩儿的东西，咋能要钱呢？

田明说，咋能不要钱呢？这是你辛辛苦苦换来的啊！

何秀兰说，也没啥辛苦的，就是个玩意儿嘛。再说，谢书记是大好人，唐总是她的亲戚，眼熟面花的，我能要钱吗？我成啥人了？

谢一这才听出来何秀兰误会了，忙说，嫂子，你弄错了，唐总的意思不是给你你送我的那几个柳编的钱，是以后要扩大规模生产，那就要付报酬了。

何秀兰一听愣了愣，马上摇起头来。

唐晓芝的笑容一下僵在脸上，看看何秀兰再看看谢一，不明白这简直是天上掉馅饼的好事她为什么要拒绝呢。

谢一问，咋了？嫂子，是不是有什么难处？

何秀兰说，一下要那么多，我哪编得过来啊？还有，就算编得过来，上哪儿弄恁些柳条啊？

原来何秀兰的问题在这儿，不过这倒是个问题，而且迫在眉睫。这可怎么办？

这好办，刚走进来的赵金海插话说，不就是柳条嘛，咱这儿柳树多得是，买就是了，麻烦的倒是没恁些人会编啊！

谢一立刻说，这不难，让嫂子办个培训班，教大家编就是了。

何秀兰难为情起来，我哪里会办培训班啊，不中，不中，不中！

谢一说，嫂子，培训班没啥难的，就是你跟大家说说怎么编，让大家跟着你学就是了。

哦，这样啊！何秀兰说，我以为叫我当老师给大家上课呢，那我可不会！

你教给大家手艺，就是老师嘛，不过这不是搞学问，就叫你师傅吧。谢一说。

何秀兰不好意思地笑了，咱就是个庄稼人，能当啥师傅啊？

唐晓芝说，行，从这以后就叫你何师傅了。

何师傅，呵呵呵。田明以前叫何秀兰都是军军妈，或者何秀兰，乍一听何师傅觉得怪有趣的，就叫起来。

行了，别忘了当初你田主任你还不好意思哩。赵金海揭短道。

田明一下就想起了自己当初的窘迫，不过内心里却是欢喜不已的，就笑了，对何秀兰说，刚开始没叫过有点别扭，以后叫得多了就好了。

唐晓芝立刻打开手包，拿出一沓钱来，说，好，何师傅，这是一万元定金，一个月后，我要一千个你的原版柳编。

何秀兰一下愣住了，她怎么也没想到唐晓芝会付给她钱，而且现在就付，还是定金，还那么多！

其实不单是何秀兰，就连赵金海、田明都惊呆了，谁也没想到就那么一个不起眼儿的小玩意儿竟然也能挣钱！而且，看唐晓芝的意思才刚刚开始，以后还会买更多，付更多的钱！要真是这样的话，这可真是棵摇钱树了啊！

谢一见何秀兰迟迟不肯接钱，催促道，何师傅，拿着啊！

何秀兰却还是没有动手，太多了。

唐晓芝说，这是定金，等你交货了，还会更多的！不过，到时候你要是交不了货可是要受罚的哦。

啊？！不要说何秀兰就连在场的田明和赵金海都愣住了。

这就是商场，是有商场的规矩的！唐晓芝说。

对，干什么都有规矩，不是说没有规矩不成方圆嘛。谢一赶紧解释说。

可是……何秀兰迟疑着，一时不知道该怎么办了。

没事，接着吧。我会帮你的！谢一把钱接过来塞到了何秀兰的手里。她心里比谁都清楚，如果这个项目做成了，不光何秀兰有了一笔不错的收入，王菜园的老少爷们儿恐怕都会跟着沾光的，这可真是一条不错的致富路子呢。

好，为了庆祝我们合作愉快，我请客！唐晓芝很高兴，大声宣布，在场的领导我都请了！

还不是我替你做农家菜啊？谢一也很高兴，打趣道。

才不是，我再也不会稀罕你们的农家菜了！唐晓芝大声说。

哦，吃够了？谢一问。

不是，上次吃了以后，你们这里有人精明得很，立刻到城里开了个农家菜饭馆，生意好得不得了呢。我什么时候想吃就去那里，别提有多爽了！谢一美滋滋地说，好像开饭馆的是她一样。

大家赶忙互相打听究竟是谁去开了饭馆，谢一把大家打住了，不管是谁，能找到致富的路子，都不简单啊，都是值得庆贺的！

是啊，是啊，不是挣不到钱，是咱们没操挣钱的心，你看看人家，处处留心都能挣钱呢！大家议论了一番得出最终的结论。

可不是嘛，起码何秀兰这个不起眼的柳编就让唐晓芝的客户看到了商机，而其他的人却只是看到个柳编。这给谢一提了个醒儿，以后是得多思考了，非传统的项目只要经过合理的开发照样可以成为很好的致富项目，所谓处处留心皆学问，此言真是不虚啊！

何秀兰很高兴，当即表态要管饭，唐晓芝也不客气，立刻说，那好，我这次可以亲口尝尝正宗的农家菜了。

谢一悄悄把何秀兰拉到一边，说，知道咋做饭吗？

何秀兰说，知道，我马上就去赶集割肉、买酒……当地把买肉叫作割肉。

谢一没等她说完就摇起了头，说，才不要。你以为大鱼大肉唐总稀罕啊？她天天都吃的，早吃腻了，还是按你家平常的饭菜做吧。

何秀兰迟疑道，这样啊，恐怕不好吧。唐总又是第一次到俺家吃饭，还帮了俺恁大的忙，是俺的贵人哩！还有你，谢书记，要不是有你牵线搭桥，我哪来这福分啊？还有咱村的这些领导们，都是第一次到俺家吃饭哩！再咋说，我也是待客的啊，不弄几个像样的菜咋会中？

谢一想了想，说，那就简单点，主要是唐总。

这顿饭大家吃得很高兴，何秀兰也很高兴，但还是有一点美中不足，那就是除了唐总，其余的客人都付了饭钱，就连她最好的伙计田明也一样。何秀兰心里有些过意不去，一直拉着田明要把这些钱退回去。

田明说，你要退回来，该俺们村干部过意不去了。

那咋了？何秀兰听得直发愣。

田明说，谢书记上任的第一天就宣布了一项村干部工作制度，坚决不能占群众的便宜，群众自发赠送的东西也要论质论价给予补偿，要不然就被扣除两倍以上的工资。

呀，还有这规定啊？谢书记这也管得太宽了，自己家的东西能算啥嘛。何秀兰愤愤不平地说，不中，我得找谢书记说说去。

别找了！这都大半年了，一直都是这样执行的，谢书记哪会因为你一句话就说话不算数了啊？别说你是何秀兰，就算你是乡长、县长也不中！田明一把就把何秀兰拉住了。

唉，谢书记帮咱恁大的忙，咱都没啥报答她的，一顿饭不就添双筷子的事儿嘛，还值论恁真啊？何秀兰还是不肯罢休，别人还好点，咱俩都多少年的姊妹了，咋一下子也这样呢？也太薄见了啊！

谢书记说了，她是来帮咱致富的，不是来享福的，等大家都富起来，她比吃老百姓的啥都高兴！田明感叹说，好了，啥也别说了，碰上这样的好书记，咱要不好好干，就对不起她！对了，你要想报答谢书记，最好的办法就是赶紧培训大家，赶紧把唐总的一千个柳编加工出来，保质保量地交货，让大家伙儿都跟着你一起挣钱，发家致富！

这是当然的！谢书记帮咱挣钱，咱还不好好挣钱，还有啥可说的？何秀兰的劲头被田明一激，马上鼓了起来，可到底没正经做过培训和买卖，心里还是没底气，迟疑了一会儿，她试探地问，老伙计，这培训到底咋弄啊？

田明也没做过自然一下也说不上来，想了想，说，找谢书记，听说她在城里就是干这个的，再说唐总是她表姐，具体有啥要求总比你我方便沟通嘛。

沟通？何秀兰没听懂。

就是俩人心里有啥想法好好说道说道。田明自当了妇女主任以来学了不少官面儿上的话，自己不觉得什么，可对何秀兰来说这大半年来田明已经变得太多太多了，真让人不得不刮目相看。

哎呀，我咋把这茬忘了？何秀兰一拍脑门说。

啥？田明问。

谢书记说会帮我哩。何秀兰马上兴冲冲地往外就走。

你干啥去啊？田明追出来问。

我找谢书记去。何秀兰话音没落，人已经走出田明家的院子了。

十六

是人都会有自己的习惯的，谢一也不例外，来到王菜园她又养成了一个新习惯，那就是送走最后一拨村民以后给家里打打电话，然后一边泡脚一边写日记，同时把第二天的工作做个计划。其实，这是谢一多年养成的习惯，只不过多了打电话和做第二天计划的事项。她以前在群艺馆上班的时候虽然也有工作计划，但基本上每天都是差不多的，不需要做大的改动，可村务工作却不是这样，虽然看起来大同小异，但做起来却是千差万别的，任何一项不管有多么微不足道，只要不去做根本就会原地踏步，而村民各方面的素养跟城里人比起来差了很大一截，很多东西都不太懂，就算贴出说明、布告都没用，因为识字的年轻人都外出打工去了，留下的老弱病残不是不识字就是看不清或者搞不懂意思，张三问一遍走了，李四来了还会再问，王五来依然会问上一遍，再加上村里各项村务千头万绪，人口、宅基地、粮补、医保、修路、抗旱、治安、计划生育、教育、党建、廉政、安全生产……而村干部就这么几个人，自然天天忙得不亦乐乎。

这天晚上，谢一像往常一样结束了一天的工作正在写日记，何秀兰来了。

谢一有些意外，一般来说，来访的村民都会在十点前结束，何秀兰这么晚来肯定是有什么要事，忙推开笔记本让何秀兰坐下来。

谢书记，没想到恁晚了，你还没睡啊。何秀兰没想到谢一还在忙，有点不安起来，不免有点紧张。其实，她走到半路上就有点迟疑了，看到谢一的屋子还亮着灯光才来了，又怕耽误谢一休息，可事情太急，耽误不得啊。

没事儿。谢一拿起杯子准备给何秀兰倒水，问，你要菊花吗？经常睡得迟起得早使得谢一睡眠不足有些上火，就经常泡些菊花茶降降火气。

哦，我不喝的。何秀兰说。

喝点吧。谢一还是要倒水。

真的，谢书记，乡下人没有喝茶的习惯。何秀兰慌得赶忙站了起来。

嗯，也好，要是渴了就言语一声，自己倒也行。谢一的住室每天来的人多了，不可能每一个人她都这么客气的，可何秀兰不一样，虽然她还没意识到，但事实上她已经面临将要自主创业带领村民发家致富的现实了。

何秀兰见谢一没再跟她客套，心里一下熨帖多了，说，那我就长话短说吧。

谢一点点头。

何秀兰说，谢书记，我想说的还是唐总说的那个培训的事儿，我没干过，不知道该咋弄。

何秀兰不知道，其实唐晓芝最初还要跟她签订合同的，把双方一切合作的内容都写进去，被谢一拦住了。在大城市里待惯了的谢一深知唐晓芝是对的，条条框框的都白纸黑字的写出来，再盖上章或者按上指押会把没经历过这些的村民吓住的，说不定就会拒绝，那么无论以后多么美好也就无从谈起了。说到底，村民抗风险的能力太弱了，自然一遇到有大风险的事情都会主动放弃。他们宁可无所事事也不敢殊死一搏，这也是农村不如城市的其中一个原因。

很简单啊，就是你一边编着一边跟大家讲着这样编的注意事项，谁要是还不懂，你就手把手地教她。这样有理论，有实践，很快就会带出一大批巧人的。

嗯。何秀兰缓了缓说，谢书记，你看这样中不中——我自己编，保证一个月内把一千个编完，咋样？

谢一吃了一惊，但还是耐着性子问，你为啥这样想呢？

我不会培训，怕到时候被人笑话，那就丢人了。何秀兰说着话难为情把头勾了下去。

不会的，放心吧，我会跟你一起办培训班的。谢一真诚地说，再说一个月一千个，你一个人也编不完啊。退一步说，就算你编得完，那以后两千、三千、四千呢？靠你一个人行吗？

啊？还有恁些啊？何秀兰显然没想到还会有后续，吃了一惊。

肯定会有的。谢一点点头。

真的吗？何秀兰还是有点不敢相信。

唐总是我表姐，也是我闺密，比你跟田明还要亲，她做事我最了解。放心吧，只要你把这批货保质保量做完，后面肯定还会有。谢一认真地说。

要是这样就太好了，不光我一个人能挣钱，村里好多人都能挣钱哩。何秀兰喜滋滋地说。

是啊，这样你就成了咱村的致富带头人哩。谢一充满期待和鼓励地看着何秀兰说，你可得好好干呢。

嗯，我一定好好干。何秀兰坚定地说。

这就对了嘛。谢一开心地说。

第二天早上，王菜园的村民在吃早饭的时候，广播里突然插播了一条快讯：全体村民请注意，下面播出一条重要消息。我村村民何秀兰接到一批柳编工艺品订单，因工期紧，决定上午九点在村委会大院举办柳编培训班，所有优秀学员将共同加工这批订单，按劳取酬，有愿意学习的村民请速到村委会报名。

重要消息播了一次又一次，不消一顿饭工夫，王菜园就尽人皆知了。虽然议论纷纷，但到了时间村委会还是挤满了人。这让何秀兰悬着的一颗心落了地。她起初还担心要是张旌逞能办培训班，结果参加培训的人员却寥寥无几那就不好看了。何秀兰不知道之所以来了这么多人是有原因的，其一重要消息是谢一亲口播出的，书记做广播员在王菜园还是第一次，其二大家都想看看何秀兰和她的柳编到底是啥东西，既然是亲爱的谢书记亲口播出的，那肯定非同一般。柳编虽然被唐晓芝这样看好，在乡下人眼里却是没啥稀奇的。在过去一般的人家都会些手艺，篾匠、瓦匠、泥水匠、石匠、木匠、裁缝、剪纸、劁匠、稳婆……每个家庭总会有人会一样的，到今天无论哪样，能会一星半点的人都属凤毛麟角了，因而何秀兰会柳编虽然很普通却也不是谁随随便便就能做得来的。等到大家看到了才发现不过是普普通通细柳条编织的普普通通的东西，不禁有些失望，但很快一个疑问又在心里升起来，恁普通的东西谢书记为啥会这样不惜血本地吆喝呢？

答案很快就被谢一揭晓了。

经过统计，来报名的村民共有十一个，有男有女，年龄最大的八十三岁，最小的四十七岁，有健全人，也有残疾人。在村民们的眼里，学技术的人一般都是年轻人，而且个个都身强体壮的，可眼前参差不齐的人却让大家像看西洋景一般把村委会临时腾出来的教室围得水泄不通。

一切就绪何秀兰就在谢一和田明的陪同下从谢一的住室里走了出来。三人的身影一出现就像三块巨大的磁铁一样把在场的人牢牢地吸了过去。她们走进教室大家的目光就转到教室，她们走上讲台大家的目光就转到讲台。这情景让平生第一次经历的何秀兰又紧张又害羞低着头躲在一边的角落里不敢动了，她甚至有点后悔不该这样张旌逞能，万一弄不好就丢人现眼了。然而，大家的目光依然被她们吸引着，一会儿看看讲台上的谢一，一会儿再看看角落里被田明陪伴着的何秀兰，好像平常见惯了的她们今天突然变了个人似的，尤其是何秀兰，更让大家觉得特别不同。

谢一一走上讲台，整个教室内外顿时都安静下来，大家都想听听他们的谢书记要讲些什么。谢一看了看全体学员们，又看了看围观的村民，这才不慌不忙地说，乡亲们，咱们的柳编培训班马上就要正式开始了。在这里我想说几句话。可能大家都知道了，我们为什么要办这个培训班，也可能有人认为这个培训班是在帮何秀兰完成订单。我不否认这个培训班在一个方面说就是为了帮何秀兰完成订单，可是从另一个方面说，这也是何秀兰领着大家一起挣钱啊！大家挣了钱就能实现脱贫的目标，实现致富的目标。这就很明白了，我们在帮何秀兰，其实也是在帮自己。年轻人都外出打工去了，剩下我们这些上了年纪的人。那么，我想问一下，年轻人为什么外出打工而不守在家里呢？因为家里穷，家里挣不到钱，对不对？那么，如果我们做得好，把这项手艺发展壮大，就可以做到人人都可以守在家里发家致富！还有，一提到学习技术，大家是不是觉得都是年轻人的事儿？的确如此，因为我听说过咱们这里流行的一句老话，说"人过三十不学艺"，可是我们都五十多岁六十多岁了，最年轻的也四十多岁了，为什么还要学艺呢？一句话，因为我们穷！可是谁想受穷呢？都不想，可还是没有钱。为什么？因为我们都想挣钱，可是没有挣钱的门路。现在好了，我们想挣钱，挣钱的门路也找上咱们的门了。我希望咱们都争一口气，为家人，也为自己！让大家看看，上了年纪怎么了？上了年纪一样不比年轻人差！

哗哗哗，哗哗哗，哗哗哗！谢一的话迎来了一阵阵暴风雨般的掌声，且这掌声不管谢一怎么示意要大家安静都停不下来。这让谢一很无奈，只好在掌声里把何秀兰拉上了讲台，掌声这才停下来。

　　谢一说，这就是咱们的培训师傅——何秀兰，大家可能都认识吧。请她为咱们讲几句，好不好？

　　大家都笑起来，有人起哄有人很想听听平常没大言语的何秀兰会说出些什么来，就一起喊，好！——

　　谢一对何秀兰笑笑，说，何师傅，开始吧。

　　大家平常都是何秀兰或者军军妈的叫惯了，乍听何师傅都觉得很新鲜，再次轻轻地笑起来。

　　田明推了推何秀兰。何秀兰这才反应过来。何秀兰本来不想说什么的，可被谢一特意点了将，不得不凑合几句了。她慢慢抬起头来，看了台下一眼，一下羞得脸都红透了。

　　大家再次笑起来。

　　田明觉得大家在等着看何秀兰的笑话，就凶道，笑啥笑？再笑她也是师傅，连谢书记都叫她师傅的，恁们还笑个啥？

　　谢一怕田明的话让场面冷了，也怕以后会给何秀兰制造不必要的麻烦，又不敢太压抑何秀兰，她知道这个时候的何秀兰是最需要像她这样的人打气的，赶紧站出来说，以后大家都要上台发言的，说说你们学习的感受，还有什么想法，等等，谁也躲不掉的。又说，何师傅，你说吧，都是乡里乡亲的，怕什么？想说什么就说什么，想说几句就说几句。

　　何秀兰这才硬着头皮说，其实，我也没啥好说的，也不敢办啥培训班，是谢书记帮我办的。我没啥说的，就是我知道多少，跟大家说多少，谁不会都可以问我，我保证有一答一有十答十。说完，突然给大家鞠了个躬就慌忙下来了，惹得大家又哄地笑开了。

　　谢一再次走上台伸出两手轻轻往下按了按，示意大家安静，说，何师傅刚才说得很朴素，但是很真诚，让人很感动。我希望大家认真跟她学。下面，我宣布，柳编培训班正式开始。

　　乡下人没有鼓掌的习惯，刚才给谢一的鼓掌确实是发自内心的，现在谢一宣布培训班开始了，大家觉得开始是想当然的，宣布开始不过是不再讲话了罢了，没什么好鼓掌的，就没动静。毕竟当了大半年妇女主任，还是见识多一些，毕竟是一个隆重的事情，哪能像平常那是随随便便说开始就开始，说结束就结束，连个响儿也没有呢？就带头鼓起掌来。田明的掌声一响，大家似乎才想起来是这么回事，就跟着鼓起了掌。于是，培训班的启动仪式十分圆满。

何秀兰的培训班不像谢一群艺馆里的培训班那么多章程，而是有一是一有二是二，当面锣对面鼓，丁是丁卯是卯，实打实地开展起来了。十一个学员手里都跟何秀兰一样拿着细柳条，看一眼何秀兰的动作，手里再跟着做。何秀兰只是告诉大家当时手里用力的轻重和技巧，却并不讲为什么要这样，学员也不会去问为什么，只知道只有这样才能做得好，自然会随着做。当地老话讲，庄稼活儿不用学，人家咋着咱咋着。意思是庄稼活儿简单得很，只要跟着模仿就是了，然后就像另一句老话说的那样一遍生二遍熟，三遍四遍成师傅。在当地，多数只要花费些力气就能做出东西来的技术统统归为庄稼活儿，如篾匠、木匠、石匠等等。然而，何秀兰的柳编却不像看起来那么简单。柳编跟其他的藤条编织品一样，都属于篾匠活儿。篾匠活儿有一个说法，叫作编筐编篓，难在收口。就是说，篾匠活儿编织起来不难，但收口却不那么容易，而收口又是每一件活计必须有的一个部件，不但是最难的，还是最关键的，又是最后的一道程序。这就难了，很多人就是因为这一点导致前功尽弃，从而彻底放弃篾匠手艺的。篾匠活儿难，而何秀兰的篾匠活儿更难了，难就难在太小了，因为它不是实用的物件，而是工艺品。俗话说一寸长一寸强，一寸小一寸巧。难，再加上巧，没有一点灵性加上许多日子的磨炼是根本做不来的。这样，培训班一个上午过去，十一个学员就有五个放弃了，任凭村干部或者谢一怎么做工作也不肯学了。到第二天的时候又有三个放弃了，到第三天，就剩下一个了。另外两个放弃不是没有信心做好，而是觉得挣不了多少钱，却费这么大的劲儿，太不值得了。

这是一个让大家怎么也没想到的学员，因为她就是那个已经八十三岁的老太太。在当地有老话说七十三八十四，阎王不叫自己去，也有说七十三八十四都是榫头，意思是七十三岁和八十四岁都是最脆弱的年龄，稍微有点风吹草动都可能突然之间与世长辞，所以一般来说到了这个年龄都会不再对未来有半点非分之想，好听一点说就是老老实实地安享晚年，难听点说就是不再瞎折腾，一般的说法就是活一天赚一天。而这个学员却不是这样，还想闹出点动静。

何秀兰很感动，谢一更是感动，把她认真学习的劲头都用一张又一张的镜头原封不动地固定了下来。

　　不过，谢一不动声色的举动还是让村民发现了，都很惊奇。大家也忽然发现这两个人都有点不同寻常，那就是都爱闹腾。谢一放着在大城市里好好的工作不干，把好端端的家也扔了，一个人不管不顾风风火火横冲直撞地跑到这兔子都不拉屎的地方，干得居然是图不了名也图不了利的脱贫，还干得津津有味，这倒还罢了，最让大家感到不可思议的是还倒贴钱！这样的人不是疯了就是傻了。不过，实在说，通过大半年的接触和观察，大家发现人家谢书记既不疯也不傻，而且干得确实不错！再看看这个老学员，安分了大半辈子，突然间施腾起来了，说不定是魔怔了！直到大家听了她说的话才明白，她是被谢书记感动的！她说，我是黄土都埋了半截的人了，按说活一天赚一天，老老实实地过就中了。可是你看看人家谢书记，大老远的大蹦子小蹦子地跑到咱这儿帮咱发家致富，跟咱没亲没故的还自掏腰包给大伙儿发钱——这多暖人啊！我就是块石头也不能没有点热乎气了。我老了不假，可我还能动啊！能动就得干，干不动大的就干小的，干不动掏劲的就干轻的，干能干动的。能挣一块就挣一块，能挣一毛就挣一毛，能挣一分就挣一分——反正不能再闲着了！自己明明能动，谢书记又给咱找到了挣钱的门路——饭都送到嘴边了，还懒得张嘴，那不作死吗？坐吃等死还是人吗？

　　这个老学员的话让谢一很感动，拉着何秀兰这个老徒弟的手说，刘大娘，你说得太好了！

　　不错，这个老太太就是刘赵氏。谢一看刘赵氏老眼昏花编织起来很是吃力，悄悄地帮她配了一副老花镜，让刘赵氏既激动又感动，好半天没说出一句话。

　　在刘赵氏的带动下，又有五个老太太和中年妇女加入了进来，同时加入的还有谢一和一众村干部。这样，何秀兰一下就有了十几个学员，按当地的话说，就是十几个徒弟。谢一和田明的加入不但极大地鼓舞了何秀兰，也让其他的徒弟倍感荣耀，让因为各种原因没能加入进来的村民惭愧不已。

　　谢一参加何秀兰的培训除了能学到一门技艺外，更主要的就是为了给大家做出表率、鼓舞大家的信心。她想，当干部就是为村民谋福利的，要是不能让大家发家致富，就是不称职的，就不配坐在这个位置上！只要干部群众心往一处想劲往一处使，就一定能发家致富的！

　　柳编是技术活儿，也是力气活儿，所以并不难，没过几天培训班的学员就完全结业了。

有了会技术的人事情并没有万事大吉，反而是问题跟脚就来了，正应了何秀兰当初的担心——柳编所用的细柳条跟不上了。没有原料，再高的技术也是老水牛掉井里啊！加上培训学员已经耽误了好几天，距离给唐晓芝交货的时间就更少了！

这可怎么办？

谢一说，好办！村里广播，再派出干部往全乡张贴广告，大量收购细柳条！

这主意让大家茅塞顿开，赶紧分头行动。到第二天就开始有人不断地把细柳条送来了，要不了几天收购的柳条就足够使用了。

然而，新的问题还是来了。

那就是柳条不像荆条，又加上是工艺品，就是要求产品的观感度要美，那就必须经过剥皮处理。剥了皮的柳条白花花的十分漂亮，又因为柳条本身具有柔韧性和细如发丝，成品的外观就十分美观。可是柳条要剥皮必须趁着新鲜才行，一旦发干就难了。收购的柳条因为量大，就得及时剥皮，可柳条一旦剥皮加上太过细小，很快就会发干，这时候柳条原有的柔韧性就失去了，会变得异常脆生，而编织的话柳条自然会来来回回不知道多少次的来回往复地绕来绕去，稍不注意就会啪的一下断为两截，再想编织就不可能了。当然，也不是没有办法，比如把柳条泡在水里让其一直保持湿润，从而保持柔韧性，可惜泡水后的柳条颜色会发黄，和直接剥皮的柳条不但会产生色差，而且也不如直接剥皮的柳条观感润泽。唯一的办法就是收购柳条的时候一次不要那么大量，而是需要多少再收购多少。这样当然不错，可是还是有问题，因为工人有限，每天用不了多少柳条，而柳条的货源供应又不是固定的，没有人愿意零零星星地供货，因为用货量太少，零零星星供货不但赚不到多少钱，而且太麻烦。

柳编一下子陷入了两难境地。

谢一和村干部开了多次会研究也没研究出有效的办法来。这可真是个大问题。说它是大问题不单是因为眼下，还因为以后，如果这批货唐晓芝销售得好，就会源源不断地订货，那就需要源源不断地编织，需要源源不断的柳条，如果像现在这样在源头上就被卡住的话，一切就无从谈起了。好不容易找到的再适合不过的致富路就这样刚起步就成了肥皂泡，任谁也是不甘心的。不甘心归不甘心，得有巧妙的解决办法才行啊！

　　唐晓芝听说了，也急了，说，那可不行！我之所以出那么高的价钱就是因为时间要求急，要是晚了就没用了。柳编这东西在国内没人当回事，因为见得多了。这是国外的一个客户偶然看到的，他们国内没有过，所以感觉会有市场，想带回去投放市场试试看。不过，一个月后她就回国了，顺便带着这批货，要是晚了，我赔她违约金事小，以后这个产品也就没机会了。谢一，你明白这批货的意义了吧！所以，你要给你的村民解释清楚，机不可失时不再来啊！

　　谢一虽然没像唐晓芝一样做生意，可这么多年不时听她说起生意上的事也知道个中的道道儿的。唐晓芝说得对，生意场就是这样，很多时候机会稍纵即逝的，要不然怎么说商场如战场呢？可是，碰上拦路虎解决不掉也不行啊！谢一给唐晓芝打电话的本意不是求她宽限，而是让她帮忙想出个解决的办法来，没想到根本不管用。看来，办法还得自己来想。可是，能有什么好办法呢，真是愁人啊！

　　有一天，何秀兰回到家照例照看刚孵出来的小鸡的时候出事了。春天的时候一般人家都会买一窝小鸡养起来，等到长大公的留着杀肉吃或者卖钱，母的留下来媲蛋。期间会有死掉的，最多只有一半的小鸡会真正长大，于是第二年再接着买小鸡。不过当地不把买小鸡说成买小鸡，而是说成打小鸡。小鸡打回来怎么养就不一样了，一般人家随便搞一个筐权作它们的家，小鸡多自然而然会产生一个领头的，领头小鸡怎样其余的小鸡都会紧紧跟随着。到晚上小鸡们也会自觉回到家里，第二天一早再跑出去觅食。讲究的人家会注意原来养的那些鸡，无论是公鸡或者母鸡，一到春天它们就会自觉地开始捞窝，整天整夜地蹲在鸡窝里不肯出来，希望能捞出一窝孩子来。这时候，如果主家并不打算养小鸡，可家里有了捞窝鸡怎么办呢？很简单，赶出去！因为捞窝鸡如果是母鸡一旦捞起窝来就不肯媲蛋了，如果是公鸡虽然没有媲蛋的责任可老是占着窝耽误别的母鸡媲蛋也是不可原谅的。那么，怎么赶出去呢？有的主家会强制性地把捞窝鸡一而再再而三地赶出来，直到捞窝鸡觉得实在没希望或者不耐烦了才扬长而去，不过这需要很长一段时间持续不断的拉锯战，这个过程也会搞得双方筋疲力尽的十分辛苦。有的主家所用的法子就高明多了，他们会找来一根小棍棒和一张红纸做出一个三角形的小红旗，把小红旗绑在捞窝鸡的尾巴上。捞窝鸡冷不丁一回头看到一面鲜红的小红旗会吓一大跳的，屁股后头什么时候突然多了一个这东西啊！怪可怕的！不觉一动，好家伙，发现小红旗居然跟着动！捞窝鸡更害怕了，动作就会大起来，可是小红旗也会跟着大起来。捞窝鸡吓坏了，急忙从鸡窝里跳出来，慌不择路没命地躲藏，从而把捞窝这件事忘掉。在捞窝鸡拼命地东躲西藏的时候尾巴上的小红旗总会磕着碰着什么，不知不觉就毁掉了。捞窝鸡什么时候一回头发现小红旗没有了，也连跑带躲地折腾累了自然会安静下来。这时候，就算它再想捞窝也不敢了，因为它尾巴上突然多出可怕的东西就是因为长久地蹲在鸡窝里不出来造成的，万一再捞窝尾巴上再突然冒出可怕的东西怎么办？自然就把捞窝的念头打消了。而主家如果打算买一些小鸡养，就会趁夜晚把小鸡们放进鸡窝里，就当是这只捞窝鸡一夜之间孵出来的孩子。捞窝鸡要么不明就里稀里糊涂地上当要么就是假戏真做要么就是顺水推舟，反正第二天会毫不客气志得意满地带着一窝孩子们优哉游哉地到处觅食去了，遇到危险自然也会保护它的孩子们。每到春天大多数家庭都会打小鸡，那么多小鸡有时候会跑在一起很容易就弄混了，为了有所区别大家就会给小鸡们打号，会把自己的小鸡们抹上不同的颜色，红的、蓝的、紫的、茶色的、前蓝后红的、前绿后红的、尾巴红的、脑袋绿的……总之，没有重样的。不过，时间长了，颜色会淡下来，又会弄混了，这时候就只有重新打号。

何秀兰就是在给她家的小鸡们重新打号的时候出的事。

打号一般会在早上，因为头天晚上小鸡们都聚集在窝里，只要数一下数对得上就好了，第二天早上天光大亮容易看清东西，而这时候小鸡们都在窝里，不放它们是永远也出不来的。这时候就可以打号了。打好一个放一个，既能点数也能一个不落，免得有所疏忽。那天，何秀兰把颜色调好了，就这样一只接一只地打起号来。一般来说，第一次打号的时候小鸡们都出壳没几天，对于这个世界还懵懵懂懂的，加上也没有反抗的意识，自然任人宰割。可这时候的小鸡们已经不像第一次打号的时候那样弱不禁风，而是有了一些经历，见过一些世面，再不肯逆来顺受了，很不习惯被人生拉硬拽地捉着，头头脑脑地乱抹一气，一个个都愤怒地挣扎着。当然，这都在何秀兰的意料之中，早就做好了防备，使小鸡们难以得逞。可惜百密一疏，其中一只小公鸡也许记住了上次的经历也许看到了刚才同伴们的遭遇，开始假装着百依百顺，趁何秀兰放松警惕的时候冷不防突然一脚蹬翻了颜色碗，嗖的一声远远地逃窜去了，这时颜色碗里大半碗颜色稀里哗啦地乱泼一气，白亮亮的柳编顿时被泼得花花绿绿的了。因为柳编是手工活，是不需要特别的车间的，随时随地都可以，很多人就会把柳条带回家见缝插针地编上一会儿，一来方便，二来也可以打发时间。何秀兰自然也不例外。好端端的柳编一下成了残次品，何秀兰一下呆住了，这样的柳编根本不符合唐晓芝的要求，是难以交货的。何秀兰迟疑了一下慌得急忙把柳编泡到水里，可还是沾上了颜色，只是淡一些罢了。事到如今，何秀兰也没有办法，只好硬着头皮带到了村委会。

通常每天何秀兰都会第一个来到村委会，因为她是师傅，也是主家，大家都看着她呢，可今天她还是比平常晚了一些。何秀兰到的时候大家已经开始编织了，也在猜测着何秀兰怎么了，正要给她打电话，一抬头就见何秀兰慢腾腾地来了，再一看她手里的柳编顿时稀奇地围过来。何秀兰的心情很坏，并没给大家看的机会，就找谢一去了。

谢一也注意到了何秀兰手里的柳编，还以为是她最新的设计，等何秀兰说了才明白过来事情有点严重。因为工期越来越近，大家都在加班加点地赶进度，而何秀兰编织得又是最快的，现在突然染上了色，自然淘汰率也是最大的。

唐晓芝又打电话过来，催问柳编的事。谢一就把情况跟她说了，还把何秀兰的残次品也说了，没想到唐晓芝来了兴趣，非要视频看看。于是电话改微信，谢一把何秀兰的残次品逐一给她看了，希望她能想个什么办法弥补一下。

唐晓芝笑起来，弥补什么？我觉得这也挺好！原来的虽然都保持了柳条的天然本色，可未免太单调了，现在花花绿绿的，好看得很呢！你拍几张照片发过来，我再转发给我的客户看看，说不定她会喜欢呢。

如果真如唐晓芝所说，那就太好了！不但变废为宝，也不耽误工期啊！谢一本来就是摄影好手，立刻就认真拍起照来。

何秀兰看谢一这样那样地一顿猛拍，心里有些过意不去了。她觉得谢一之所以这样那样的费功夫拍照完全是因为她把事情搞砸了，谢一想帮她挽回才这样的。

不是。谢一冲何秀兰笑了笑说，你不懂，咱们现在拍产品可不光是让人家知道有这么个产品，也得让人家觉得这个产品很不错，第一眼看上去就有好感才行，而且根据心理学的规律发现，人们的第一眼往往会对一个事物产生第一印象，而第一印象的好坏直接影响到人们对这个事物的判断，你说第一眼重要不重要？

谢一说得太深奥了，何秀兰根本听不太懂，不过她知道谢书记在为她好，就点了点头。

你没听懂吧？谢一不好意思地笑了笑，我还不太会用咱们王菜园的话说，我的意思就是想让人家看一眼就能喜欢上咱们辛辛苦苦编出来的产品！

我知道你的用心，对不起，谢书记，都怪我太不小心了。何秀兰更难为情了。

嗨，你有啥对不起我的？谢一说，我也是当成作品来拍的。

何秀兰不懂照相有啥作品不作品的，她只是担心唐晓芝那里能不能过得了关，急着听信儿，可谢一这样那样地忙活了半天还是发不出去，又不好催促，让她如同热锅上的蚂蚁坐卧难安。

到了上午，何秀兰正忙着编织的时候，谢一突然走近她，说，何师傅，OK 了！

何秀兰没听懂，吓了一跳，以为搞砸了，但看谢一脸上的表情又不太像，一下有点茫然起来。

谢一赶紧说，唐总回信儿了，说你无心插柳柳成荫，太棒了！方案也随着改了，要求一千个柳编做成本色、红色、蓝色、黄色、绿色、咖啡色、紫色总共七个颜色，以便供不同消费者选择。

何秀兰一扫脸上的愁云，开心地笑起来。其实她不知道谢一不但很认真地拍了各种角度的柳编，也认真甚至别出心裁地做了后期的巧妙处理，使得柳编看起来十分精巧别致，让人一见倾心。

这样，柳条供应的问题也一下迎刃而解了，可以大量收购，立即剥皮，然后泡在水里，等编织完成后再次浸泡在不同的颜色里，就会有不同色彩的柳编出来，真可谓一举数得啊！

不久，第一批柳编顺利交货，何秀兰拿到了可观的十万块钱。参加柳编的人都拿到了可观的报酬，就连刘赵氏也拿到了一千零三十块钱，笑得她满脸的皱纹像菊花一样灿烂地绽放起来了。刘赵氏笑着笑着却哭起来，哽哽咽咽地说，这是她这辈子靠单个人在一个月的时间里挣到的最多的一笔钱，谢书记对我真是太好了！

　　当然，感谢谢一的不止刘赵氏一个，还有何秀兰，还有更多的人……大家纷纷要请谢一喝酒庆祝一下，尤其是何秀兰。

　　谢一没有犹豫，当即就答应了，不过要求由何秀兰办酒席，其余参加柳编的人一起参加，既节省也能有气氛，也可以打气。

　　酒席上，谢一说，我也感谢大家！感谢大家对我的信任，对我和我们村两委工作的支持！我先干了！

　　于是，大家一起举杯。

　　这个庆祝会，谢一第一次喝高了。田明怕谢一出事，晚上陪谢一住了下来，何秀兰也很高兴，随着住下了。这也是自打谢一来到王菜园第一次和人同床而眠。不过，虽然置办这场酒席谢一要求的是何秀兰，但参加的村干部却不能蹭酒，他们编织的柳编一概充公，不能领取报酬权作庆功宴了。

十七

何秀兰！

这个名字是一个女人，这个女人虽然大家以前就认识，可现在还是不同凡响起来，短短的一个月就打干除净地挣到了一万块钱，而且还是坐在家里气定神闲不慌不忙自由自在的，太了不起了！

柳编交货没几天何秀兰的名字就在王菜园甚至王菜园周边的村子里尽人皆知了。有人耐不住好奇专意找上门要看看何秀兰是何方神圣竟然会有这么大的本事，看了有些失望起来，不就是一个普普通通的乡下妇女嘛。何秀兰倒大方起来，说，我确实就是一个普普通通的女人，可运气好，碰上了好书记啊！

大家于是都知道了王菜园有个了不起的第一书记——谢一谢书记！

可惜的是柳编只有一次，没有更多，要不然大家都能跟着沾点光多好，毕竟远亲不如近邻，近邻不如对门嘛。

不过，好消息还是传来了，谢一买的艺术葫芦被唐晓芝的另一个客户看上了，准备定一批货。这消息让王菜园的人又喜又忧——喜的是又要有订单了，忧的是现在是夏天已经过了种葫芦的节令。谢一不懂节气，直问为什么。有人告诉她当地有老话说三月三，倭瓜葫芦地里钻，就是说像倭瓜葫芦这类夏季蔬菜三月份正是下种的时候，过了节令是结不了果的。谢一吐了一下舌头，还有这讲究啊？看来乡下的学问大着呢。好在今年错过了，明年还会有，留心着就是了。

两个月后，好消息再次传来了！

这次还是柳编订单，自然还是唐晓芝的单，而且唐晓芝亲自来了，同时还带来了合同，不过要求更多了，但水涨船高价格也随着更贵了，钱也更多了，五十万！老天爷，一张嘴就是五十万，五十万得有多少钱啊？一尺厚？一丈厚？不敢想，太吓人了啊！

听说要签合同，大家一下懵了。合同大家都听说过，也知道大致的意思，就是契约，上面会写清双方的权利和义务，以及违约的情况和赔偿。不过谁也没有见过，都以为那是干大事才用得着的，比如盖大楼、修铁路、造大桥之类的，是乡下人一辈子都用不着的东西。跟这些比起来，乡下人干的顶多算得上是鸡毛蒜皮，哪里用得着什么合同呢，那也太把自己当根葱了吧。乡下人做事一般都是口头约定的，如果做不到求个情也就算了，就像当地俗话说的那样摸摸鼻凹不算一啥。可如果签了合同那就是大事，当然得郑重其事。这倒没什么，问题是万一做不到就得赔偿，要是硬撑着不还，人家是可以到法院告你的，白纸黑字想抵赖也抵赖不了的！那就毁了，倾家荡产还是小事，搞不好还得坐牢！本来想赚点的，没想到一个搞不好连老本都搭进去了，那也太不值得了。用当地人的话说就是贪心不足，或者没有金刚钻偏揽瓷器活儿，活该！

何秀兰也忐忑起来，看着唐晓芝不知道如何是好，尽管谢一在一边怂恿，何秀兰还是不敢接。

放着白花花现成的银子没人敢挣，确实是一件叫人犯难的事。

其实，也不是没有办法，比如招标就是一个很合适的路子。谢一想了想只有这样了，反正只要是王菜园的村民就行。没想到谢一刚一把主意说出来，一众村干部都不吭声了。谢一很奇怪，看着大家，却没一个人说话。谢一不得已，只好点了田明的名。

田明看了看大家才说，谢书记，你的主意是好，只是……

谢一问，只是什么？

田明说，只是恐怕还是没人敢接……

谢一问，为什么？

田明说，你想想啊，何秀兰一个月一下就挣了一万块，谁不眼红啊？可现在连她都不敢接的活儿，谁还敢接啊？

谢一说，那怎么了？难道是怕不会技术？何师傅不是已经教过大家了吗？我们也都学会了啊。

田明说，谢书记，你咋不明白哩？领头的都不敢干，里头肯定有问题嘛。这问题领头的都解决不了，其他人更别提了，所以才会没人敢接啊。

谢一有点不服气，说，我就不信这个邪！招标！

真像田明说的那样，全王菜园泱泱两千多口人竟然没有一个人出来应标，反而纷纷跑到何秀兰家一问究竟。其实也不是没有应标，只是被唐晓芝否决了，另外的人一看合同就傻眼了。何秀兰上次编织的柳编都是最简单的样式，而这次花样要繁复得多！大家恍然大悟怪不得何秀兰都不敢接呢，根本应付不了啊！既然连何师傅都无能为力，其他人谁还敢鸡蛋碰石头呢？

谢一有些生气，何秀兰这是什么意思？烂泥扶不上墙啊！要是实在不行，就在全高朗乡招标，如果再不行的话就在全大康县招标，还不行就在全周口市招标，不信死了张屠户就得吃混毛猪！

然而，唐晓芝的要求却像火上浇油，如果在王菜园非何秀兰不可！如果何秀兰不干，她就另请高明！这就是说，如果何秀兰不做，王菜园的人就算想做也没戏了。看来，没有何秀兰真的不行了。可是，何秀兰就像跟谁较上了劲，死活都不同意。

这可咋办？

谢一到何秀兰家去了好几趟，何秀兰都不为所动，甚至要把原来挣的一万块钱退回来。看来，何秀兰被逼急了。俗话说兔子急了也咬人，何秀兰虽然不是兔子，但要是被逼急了说不定会干出什么事来呢。让谢一百思不得其解的是何秀兰为什么忽然间判若两人了？

其实，上次虽然一下挣了一万块，何秀兰心里还是忐忐忑忑的，总觉得像做梦一样，好多天心里都不踏实。何秀兰的不踏实不是因为一下挣得太多了，而是觉得这钱来得太容易了，像坑了唐晓芝似的。她就想如果有机会一定好好补偿唐晓芝，这次本来也是想补偿的，没想到钱多得太吓人了，有人偷偷劝她千万不要接，就算谢书记担保也不能接，说不定上次给恁多钱就是编个圈叫你下次心甘情愿地往里跳，等你跳下去了才发现上当了，只是那时候已经太晚了。这样说的理由是上次轻轻松松就赚到了一万块，那么容易赚钱却没有提到合同，这次按说更容易为什么就提合同了呢？明显就是下好套儿等着坑人呢！不过，也有人不服，说不是有谢书记担保的吗？劝的人就说，谢书记？谢书记是谁啊？是唐总的亲表妹，没事就没事，真有事了人家胳臂拐子会向外拐吗？啥叫有亲三分向没亲都一样啊？啥叫姑舅亲，辈辈亲，打断骨头连着筋啊？啥叫闭眼难见三春景，出水才看两腿泥啊？这就是！真出了事，谢书记毕竟是外乡人，说不定早就鞋底抹油溜了，找谁评理去啊？当然，也不是没人撺掇何秀兰接单的，除了谢一和村干部还有许多村民，他们的说辞只有一样，何秀兰赚大头，他们赚个零花钱就好。这里面暗含的意思何秀兰也懂，那就是出了事他们最多零花钱不要了，何秀兰可就得吃不了兜着走了，这叫树大招风，出头的橡子先烂，枪打出头鸟……

何秀兰想来想去还真是这个理儿，更不敢接了，就算老伙计田明劝说，亲爱的谢书记一而再再而三地邀请也不行，毕竟就挣了一万块，要是赔了那就不止一万块了，十万八万都难说，谁赔得起啊？

这话何秀兰不好跟谢一说，毕竟谢一开始帮助她不到一个月就挣了一万块，说是她的恩人有点大，但是贵人却恰如其分。人家诚心诚意帮你，你还横挑鼻子竖挑眼的，太不够意思了吧？可她不说谢一不知道，就像俗话说的，木不钻不透，灯不挑不明，话不说不知。何秀兰想来想去只好跟田明说自己的担心。

从谢一第一天住进田明的家里，俩人就说对了脾气，按田明的话说就是亲得跟姊妹俩样。田明的脾气只要对劲了，裤子都能脱给你，自然转脸就跟谢一说了，同时加上自己的判断说何秀兰的担心也不是没有道理。

谢一听了愣了半晌，她怎么也没想到何秀兰会是这样想的！何秀兰是一个多么善良的女人啊，从来不会把人往坏里想，竟然还有这样的担心。看来，群众工作并不像想的那么简单，就算给他糖吃，他也会疑神疑鬼的。这倒不是说村民刁钻古怪，而是他们实在是抗风险能力太差了，经不起大风大浪的折腾啊！

了解了何秀兰的心思，谢一以为自己拿到了打开何秀兰心门的钥匙，再次登门的时候诚恳地说，何师傅，你要是还有疑虑的话，我可以和你签个合同，和你一起共担风险，一人一半，你看咋样？

何秀兰笑了，摇了摇头。

咋了？谢一见何秀兰摇头，脑海中打出一个大大的问号，难道还有啥困难吗？

何秀兰却只是笑，只是摇头，什么也不说。

何师傅，求求你，有什么事就直接跟我说吧，我会尽力帮你解决的，因为我来咱村的主要任务就是扶贫！谢一拉着何秀兰的手哀求道。

谢书记，我知道你对我、对咱大队的人没说的，可我……仨瓜俩枣还中，叫我挑大梁……我还真没恁大的本事啊！过去的乡叫公社，行政村叫大队，大家叫习惯了就顺着叫下来了。

谢一无奈，只好找了田明，要她探明何秀兰的真实意思，尽快把合同签下来。

不久，田明的电话打了过来，把何秀兰的意思说了。何秀兰知道谢一是真心实意地想帮大家发家致富，可总得落到具体的点上，现在这个点就是她何秀兰。何秀兰现在的情况是原来的担心没去掉，新的担心又产生了。这就是谢一把她看得太重了，万一她弄不好不但自己毁了，也连累了乡亲们，尤其会让好书记谢一脸上挂不住，与其这样，还不如不做。

谢一想想是这么回事，但还是不明白，为什么自己替她担保，她还那么担心呢？

田明也探明了。何秀兰说谢书记是好人，要是让她替自己担保那就是不相信谢书记，不相信一个好人，那何秀兰成了什么人？

谢一听了简直哭笑不得，怎么会这样呢？这是什么逻辑嘛！可何秀兰就是这么想的，也奈何她不得。不过，另一个方面也说明何秀兰是一个很重情义的人。对于这样的人激将是没有用的，硬逼可能适得其反。

可是，一直这样僵持下去也不是办法啊！

没办法，谢一把情况原原本本地跟老万做了汇报。老万直埋怨，哎呀，小谢呀，不是我说你，这么简单的事怎么就难住你了呢？你可以成立公司，聘请何秀兰当技术员嘛。

老万的建议真如醍醐灌顶，让谢一一下恍然大悟过来。立刻召开村民大会，宣布成立股份公司的事，只要是王菜园的村民人人都可参股，愿意参股多少就参股多少，赢利以后按比例分红。

这倒是个新鲜事儿，王菜园一下热闹起来，人们见面说不了三句话就会扯到参股上来。外村有人听说了也跑来打听，也有懂行的人分外上心，问外村人可不可以参股，然后就失望地走开了。甚至有的外村人委托要本村的亲戚以自己的名义参股，都被排除在外了。王菜园的人渐渐弄懂了，所谓参股就是入份子，入的份子多自然分红就多，入的份子少自然分红就少，完全合情合理，而且也十分灵活自如。可是尽管这样，大家还是有点忐忑，万一到分红的时候找不到人怎么办？万一赔了呢？多少年的辛苦钱可就白搭了。然而，外村人的掺和还是让大家看到了一丝希望。人家想参股还没资格，自己能参股却这这那那的，真是不识抬举！要是不行，外村人会恁积极吗？要不然先参点股试试，行了就多入点，不行就退，不是说入股自愿，退股自由吗？那就试试。

让谢一意外的是虽然参股的事闹得满村风雨，可两天过去还是一分钱也没收到。

这是怎么回事？到底哪里出了问题呢？

仔细一打听才明白，真像俗话说的那样，火车跑得快，全靠车头带，干部带了头，群众有劲头。干部都不干，明摆着就是有风险，就是可着群众往前冲，万一有什么风吹草动的先倒霉的肯定是冲在最前头的群众！怪不得老话说是官刁死民呢，可不是嘛？眼前这就是活生生的例子啊！

谢一当即要求村干部都要入股，而且决定带头参股，而且要拿最大的那一份，不过，这得通知老公宋心之，一是征得他的同意，二是也得老公掏腰包。为此，谢一特意回了一趟家。

怎么这时候回来了？宋心之满腹狐疑，不过，老婆能回到身边来，还是一件很幸福的事儿，一下就把她美美地抱在了怀里。

人家想你了嘛。谢一对宋心之抛了个媚眼儿道。

呀，什么时候变得这么乖了？宋心之开心地亲吻着娇妻。

你不喜欢啊？谢一噘着嘴道。

当然喜欢，求之不得啊。宋心之说。

那就是了嘛。谢一像是突然想起什么来，说，对了，我还给你带了王菜园的土菜，马上做给你吃，好不好？

你不是不会做饭吗？宋心之愣了半天才反应过来。

等着吧，老婆马上就给你露一手。谢一对老公眨了眨眼，马上系上围裙到厨房去了。

哎哟，我的老婆大人哎，真是难为你了。宋心之欢喜不已，跟着也进了厨房。

夫妻二人一同下厨在宋家不是没有过，可都得赶上什么节日才行，如结婚纪念日、第一次见面纪念日、情人节，要么就是有了喜事，比如宋心之又做成了一笔买卖，或者谢一又获了奖，或者女儿乐乐被评为三好学生、优秀学生什么，像这样无缘无故还是头一次，把宋心之高兴得像个孩子一样，一直追着谢一像个尾巴一样。连乐乐都看出来了，悄悄地问爸爸妈妈是不是有什么事啊？弄得宋心之顿时狐疑起来，不过好半天也没看出什么来。此情此景让谢一心里痒痒的，真想就此不走了，留下来好好陪着心爱的人儿。

第二天，宋心之死活都要拉着谢一去医院检查，他想了一夜还是放心不下来。

谢一看着宋心之好半天才问，真的那么在乎我？

肯定，你是我的一半啊！宋心之急坏了，但还是小心翼翼地说。

那我跟你商量个事。谢一这才慢慢地说，不过，不许你急。

你说吧。宋心之说。

你先答应我，不许急！谢一说。

嗯，我答应你。宋心之说，你快说吧。

那好，我遇到难事了，你只当我得了重病，帮我一把吧！谢一满含希望地说。

什么事啊？宋心之吓了一跳，不知道谢一到底怎么回事，但看谢一一脸的严肃，隐约觉得肯定是大事，因为谢一还从来没有这么严肃过。

你老婆要入股，求你支持她！谢一依然认真地说。

入什么股？怎么回事？宋心之懵了，在他的印象里谢一从来对钱都不当回事的，怎么今天突然要入股了？太反常了！

我们村要筹备成立公司，我是第一书记，什么都得第一。我得带头，我得拿最大的股份，我得有决定权，我得……谢一滔滔不绝地说。

什么？老公宋心之一听就不乐意了，你打算在农村干一辈子啊？你要是个局长还可以考虑，一个破村干部有什么干头儿啊？居然还倒贴？倒贴就算了，一下就是一万，你当咱家的钱是大风刮来的啊？一次倒贴就算了，还上瘾了，还入股。我不同意！

好老公，求求你，帮帮人家嘛。谢一嗲声嗲气地哀求，说不定给你赚上一大笔呢。

赚钱就免了，别给我赔钱就行！宋心之一毛不拔。

你别门缝里看人好不好？我已经帮别人一个月赚到了十万元！谢一信心十足。

那是侥幸。宋心之语重心长地说，别拿偶然当必然，你没做过生意，哪会知道生意场上的凶险啊！

不会的，你知道对方是谁吗？我表姐唐晓芝。谢一说，她是我闺密，还是咱俩的介绍人呢，能坑我吗？

你听说过赌场无父子这句话吗？宋心之说，事实上生意场上何尝不是这样呢？我一直希望你在家开开心心地上你的班，做你的艺术，做好做坏都行，只要你开心就好。我呢，负责挣钱让你和乐乐衣食无忧——这多好啊！偏偏你非要去做什么扶贫，一去就是好几百里，想见你一面都难。好在两年期满就可以结束了，一家人又可以热热乎乎地在一起了，我熬得住。可你，现在……你想干什么啊？谢书记！

我不想干什么，我只想让那里的村民的日子好过一点！谢一动情地说，你知道那里的村民过的是什么日子吗？

知道，不就是穷嘛。宋心之有些不耐烦了。谢一原来跟宋心之打电话或者聊天的时候时不时地会提到王菜园的情况，也会把自己拍的图片发给他看，摄影宋心之还是了解一些的。实在说宋心之看到那些破旧的景象也是唏嘘不已的，一下就原谅了谢一自作主张把一万元捐出去的冲动。可谢一现在居然还要投资进去，那就不行了，俗话说救急不救穷嘛，再说，就算救穷，指望他宋家一家之力救助王菜园两千多口人几百个家庭也是不可能的啊！

可你知道他们穷成什么样吗？谢一心酸地说，李群杰三兄弟多少年了，连一件像样的衣服都没有！我们天天大鱼大肉，可他们却连青菜都吃不起，更别提菜里放油了！有一次我去刘赵氏家家访，你知道我看到什么了吗？我看到刘赵氏在吃东西，问她吃的什么，她说吃的药。我问她哪里不舒服，她说没有哪里不舒服，还是几个月前发烧包的药，听说再不吃就过期了，就得扔了，怪可惜的，就吃了……我听了半天都说不出一句话来。你想想，他们该有多穷困啊！连过期的药都舍不得扔掉啊！幸亏是发烧的药，要是别的药，万一吃出病来怎么办？唉——谢一摇摇头，这些我都不敢想，太可怜了啊！我怎么也没想到到了二十一世纪了，咱们国家就快进入小康社会了，竟然还会有这样穷苦的人，也一下明白了国家为什么要搞扶贫，而且力度还这么大！不帮他们不行啊！

那好吧。宋心之终于吐口了，不过最多不能超过五万！

我替王菜园的乡亲们谢谢你了，老公！谢一很感动，猛然搂住宋心之在他脸上狠狠地亲了一口，不过，还有一件事你还得帮我！

还有事？你不是说就一件事吗？宋心之不高兴地说。

是同一件事，不过这件事和刚才那件是连在一起的。谢一说。

哦。宋心之道。

入这股，你得出面。谢一说。

为什么要扯上我？宋心之问。

因为组织有规定，在职干部不允许经商，所以只好拜托你了，老公，帮帮老婆吧！谢一满怀期待地说。

好吧。我就好人做到底，送佛送上天。宋心之想了想说，谁让你是我老婆呢。

谢一没想到宋心之会这么快答应她，自然欢天喜地的，第二天就马不停蹄地赶回了王菜园，刚一走进村委会大院就把五万元一分不少地交给了会计赵金海。

那时候，其实一众村干部也在犹犹豫豫的，毕竟谁家的钱也不是大风刮来的，都是一滴汗水摔八瓣辛辛苦苦挣来的，就算不投那么多，但也总得比一般村民多吧，这样算起来就是一笔不小的数目，关键是谁也不知道投进去会怎么样，赚了当然好，万一赔了呢？

现在大家见谢一投了，顿时松了一口气，不过并没有轻松起来。谢一刚到时连眼都不眨一下就捐出一万元的气魄让大家误以为她是腰缠万贯的富豪，那点钱对她不过是毛毛雨，五万元对她也不过是仨瓜俩枣，就算赔了也不会伤筋动骨，可他们就不一样了，那会塌了天的！不过，既然那么好的谢书记都带了头，自己再不表示一下是无论如何也说不过去的。

整个村委会领导班子都带了头，群众的积极性高涨起来，这家两千，那家三千，何秀兰不但把原来挣的一万块钱拿了出来，还另外加了一万，就连刘赵氏都把前些日子做柳编挣的一千多块钱都拿了出来，还有李群杰三兄弟尽管那么艰难还是拿出了好不容易积攒的五百块钱，老书记彭青锋也跟人借了三百元……加上柳编根本需要不了多少本钱，所以要不了几天筹到的资金就足够使用了。

有了资金才是第一步，不过第一步能走得开，接下来就能按部就班一二三地接着干下去了。

筹集到资金，按程序申报完以后，接下来就可以挂牌成立公司了，可像人一样公司也都会有个属于自己特有的名字的，叫什么名字呢？谢一召开了村两委班子会议专门讨论了这个问题，当然大家也拟定了许多个参考名字，甚至还公开征集。王菜园工艺品公司、柳编工艺品公司、群众工艺品公司、我们工艺品公司、杨柳公司、麦田股份有限公司……甚至有人建议叫谢一工艺品公司，尽管有点不伦不类，但还是被许多人叫好。谢一知道这是大家在心里感激她，而她又不图回报，大家无以为报只好以这种形式来回报她。老话说受人滴水之恩，定当涌泉相报，话是这样说，真正能做到的能有几人呢？可王菜园的乡亲们个个都能做到，这是一群多好的乡亲啊！好多次她都想把这种感受跟宋心之、母亲、乐乐、老万……好好地说一说，可惜每次要么是匆匆忙忙的，要么一时纷纷扰扰不知道该从哪里谈起，要么就是被其他杂七杂八的事情打乱了……事实上，谢一已经说了很多了，只不过都是星星点点的，没有集中在一起，看起来似乎不够分量罢了。现在，大家伙儿一个谢一工艺品公司让谢一心里顿时暖洋洋的，尽管通过率超过一半，谢一还是把这个名字否决了。

谢一动情地说，乡亲们，我知道大家对我的好，但是企业的名字是一个企业的标签，是不能随心所欲的，就像人的名字，叫阿猫阿狗还是梅兰竹菊或者喜大普奔味道都是不一样的。而且，名字会跟随这个企业一辈子，是不能太随意的，必须有内涵又有行业特性还要能表达企业的愿景。所以，希望大家慎重再慎重。

大家听了，都不吭声了，只是眼巴巴地看着谢一，显然把希望都寄托在了谢一身上。然而，谢一也拟不出更满意的名字来，不得已只好打电话给栾明义、郑海河和老万。

过了几天，一串名字送了过来，希望、田野、泥土、芬芳、南瓜、北瓜、阳光、彩虹、大地、黄土地、大柳树……

大家看了，有人觉得有味道，有人觉得没啥稀罕的，有人觉得太土了，总之莫衷一是，还是定不下来。最后，还是落到了谢一身上。

谢一想了想，说，就叫七彩阳光吧——这个名字听起来就充满了艺术气息，而我们公司做的就是艺术品嘛，还有七彩寓意我们以后可能会碰到各种各样的困难，但我们百折不挠，勇于探索，开发出更多受消费者欢迎、同时又富有我们地方特色的产品，阳光是让我们看到希望、满怀希望，同时阳光也是温暖的，能给万物生长以能量的，而我们要办的企业就是我们的阳光啊！

哗哗哗，哗哗哗，哗哗哗，掌声暴风雨般地响起来。

于是，全体一致通过——七彩阳光股份有限公司。

开业那天乡党委书记栾明义和乡长郑海河都来了，他们很高兴，因为这是高朗乡自开展扶贫工作以来第一个由农民成立的公司，也是高朗乡有史以来第一家村办企业。公司的成立不仅标志着农民有了土地和打工以外自己的饭碗，还预示着将有长远的发展前景。

栾明义和郑海河都做了热情洋溢的发言，连唐晓芝也到场祝贺来了。

庆典现场更是被围得里三层外三层的，整个王菜园家家户户几乎都是倾巢而出，毕竟现在成立的这家公司他们家家户户都有一分子，换句话说，这个公司是大家的，也是他们每一家的啊！这是各家各户多少辈子或者说自打有自家这个姓氏开始以来都没有过的事情，哪能不叫人激动，想多看一眼呢？不，不要说看一眼，哪怕看上一天、一个月、一年……都看不够！事实上，就连外村的村民也来了不少，毕竟这是多少年里土生土长的老百姓自己办的第一家厂子啊！要是王菜园能够办得成，他们为什么不可比照着也办一家呢？说到底王菜园除了叫王菜园之外，别的都跟他们一模一样的嘛，王菜园人可以办，他们照样可以办！

这一天，所有的人都很高兴，按他们的话说就是比过年还高兴——年年年都有，不管你愿意还是不愿意，都能过，都得过，想赖也赖不掉，可成立自己的公司就不一样了，不要说多少年没有过，多少代人也没有过，这片土地自打盘古开天地也没有过啊！

看哪，村民自发组织的腰鼓队来了，锣鼓队来了，舞龙舞狮队来了……

听啊，省城群艺馆的军乐队来了，合唱团来了，曲艺表演队来了……

闻一闻吧，空气中满是庄稼的清香、欢乐的味道、香槟酒的气息……

跳吧，今天就是庆贺的时光！

唱吧，今天是属于王菜园人自己的节日！

笑吧，今天是属于这片黄土地永远值得铭记的日子！

……

十八

就像公司的名字一样，七彩阳光真的遇到了难题，客户预定的产品远远超出了他们以前的认识，就连技术员何秀兰都懵了。

原来的产品都是按照何秀兰过去编出来的样式重复生产就行了，现在唐晓芝这批数量非常可观的订单完全推翻了此前的样式，不再是方形或者圆形的日常用品，如小筐小篓什么的，而是动物，天鹅啦，兔子啦，鲸鱼啦，还有汽车、小房子，甚至还有卡通人物。这些都是以前柳编从来没有编织过的东西，该怎么编，谁也不知道。其实就算知道了，也编不了，因为工艺太复杂了，就拿动物来说吧，大大的肚子好编，小巧的尾巴和嘴巴也好编，可把二者连在一起编就难了。柳编不像木工或者铁匠，先把各部件制作出来，最后一连接就好了；也不像捏泥人随时可添加或者去掉泥巴，也不像刻工，只要预先算好要留出来的部分，把不需要的部分剔除，然后再仔仔细细地打磨就好了。柳编是一个整体，必须一气呵成，只能预先算好需要用多少根经线和纬线，中间只能减掉不能添加，要不然就会鼓起来，影响美观，那就前功尽弃了。现在的问题是先从小巧的头部编或者膨大的肚子编起都面临先小后大或者先大后小难以统一的问题。当然，柳编整体上宽度先后不完全统一也是有的，不过都相差不大，至少从外观上看是比较均匀的，而现在却是突然大或者突然小，相差太大了。这样，纬线没什么，随时可加可减，但经线怎么办呢？总不能突然增加或者减少吧，就算能突然增加或者减少，那怎么保持外观的流线型呢？工艺品卖的就是外观，外观不好看一切都白搭了。

唉，好愁人啊！……

这天晚上，谢一写完日记就要睡的时候习惯性地看了看天气预报，说是夜里将有持续强降雨，不经意地向窗口扫了一眼，才发现外面已经起风了，还伴随着闪电，不过没有雷鸣。谢一暗叫一声不好，拿起雨伞往外就走。

谢一本想叫个谁跟她一起去的，想了想大半夜的会影响到别人，再说路又不远，也是她走熟走惯了的，就一个人去了。她不担心别的，就是担心那些年老体弱的贫困户们，尤其像刘赵氏。刘赵氏的房子年久失修，到处漏水，可没有钱维修，就在外面盖了一块塑料布暂时遮挡一下。谢一帮她申请了危房改造，估计这几天就会批下来，没想到就赶上了这场大风大雨。如果塑料布被大风刮走或者刮破了，刘赵氏这一宿就别想睡了——不光是漏水无法入睡，也会担心漏水过多会把房子冲垮。

从村委会所在的李楼村到刘赵氏所在的王菜园村约有三里多路，是谢一走熟的，哪里有个疙瘩，哪里有个小坑，今天这里多了一堆土，明天那里栽了一棵树，她都一清二楚的。乡下不像城里，走到哪里都有路灯照明，而是黑灯瞎火的，真正的两眼一抹黑。谢一就开了手机上的照明灯，慢慢向前走去。其实，就算不开灯谢一一样能顺顺畅畅地走到刘赵氏家，毕竟这条路对她来说是真正的轻车熟路啊！谢一开灯的目的是怕路上遇到别的人，风雨夜都会走得匆匆忙忙的，难免会撞上，如果有亮光就容易避开了。

谢一出门的时候风和闪电还像大喘气的病人一样，刮一下闪一下，等她走到李楼村时已经狂风大作，闪电伴随着雷鸣，细小的雨点也跟着飘落下来。手里的雨伞根本就像纸糊的一样，要么打不开要么被风吹得翻了个个儿。后来，谢一索性合上雨伞，顶着大风冒着大雨摸着黑向前走去。等她走到两个村中间的时候风住了，雷暴大雨瓢泼般地倾泻下来了，一下就把她浑身浇透了。虽然是夏天，但雨水仍然很凉，冰得谢一一个激灵接着一个激灵，很快上下牙齿就咯咯地打起架来。谢一知道不能再继续了，要不然她会病倒的。

直到这个时候谢一才想起来，这几天她的身体正处于特殊时期，是不能被冷水激着的。要是能到哪里躲一躲该有多好啊！谢一忽然想起来路下面是有一座小桥的，那就先到下面躲一躲吧。刚才的雨水让她的手机进水了，开着的灯自然一下熄灭了。这会儿连闪电也不再有了，只能摸着黑往桥下去了。

雨水很大，浇得谢一浑身冰凉不说，还让她睁不开眼，估摸着快到小桥边了，谢一停下来使劲擦了一把脸，想擦去雨水，看一下情况，不料模糊中靠河岸太近了，身体刚往前一探，脚下一滑刺溜一下连滚带翻地滑到下面去了。谢一知道小河没什么了不起，不过有一些浅水而已，可她忘了现在正在下雨，河水上涨得十分迅速，自然一下跌倒在河水里。所幸的是河水虽然在上涨，可毕竟大暴雨刚刚开始，还不至于涨满河面，所以河水只到大腿深。

已经在黑暗中走了许多路的谢一这时候已经完全适应了黑暗，虽然看不大清，但还是能模模糊糊地看到小桥的轮廓。谢一赶紧爬上来，摸索着向桥下走去。

啊！谢一刚走到小桥边冷不丁就被什么不停地胡乱撞上来，吓得她失声尖叫起来。谢一生在城里长在城里，即便是知道一些鬼故事也都是从书上或者影视剧里获取的，知道那是文学艺术表现的需要而人为加工的，可来到王菜园就不一样了，各种传说有鼻子有眼的，让人不得全信可也不得不信，特别是晚上在偏僻的地方想起来就会让人的头发一支棱一支棱的，马上就会起一层鸡皮疙瘩。忙起来会把这些忘掉，可一旦身处僻静还是不由会浮上脑海。谢一刚才只顾着赶路和避雨把这些都忘了，现在被什么东西乱碰到忽然就想起来了。不过，想起来也没什么好办法，当下唯一能做的也是最好的办法还是冷静冷静再冷静。想到这里，谢一赶紧闭上了嘴，小心翼翼地观察着四周，发现除了雨声和流水的声音再没有别的声音了。

谢一停了好一会儿都是这样。这会儿，谢一发现河水比原来大多了，上涨的速度也快起来。看起来，桥底下也不是久留之地啊！

哗哗哗，哗哗哗，哗哗哗，外面的雨依然没有减弱的迹象。

谢一想了想，还是得走，反正已经浑身湿透了，再躲避也不过如此。想到这儿，谢一慢慢向外面走去，刚一动，又有什么东西往她身上撞了几下，随即扑通扑通地响起什么东西落入水里的声音来。谢一停了一下才想起来，是青蛙或者蟾蜍。对了，怎么一直没听到它们的鸣叫声呢？这给了谢一一个印象，那就是青蛙不像书上说的那样老待在水里，而是喜欢待在岸边的，而且下雨天青蛙也是不叫唤的。古人说尽信书不如无书，村民说经验大死学问，当真是这样啊！

不过，没什么邪乎的就好。谢一松了一口气，接着往岸上爬去。事实上，她不离开已是不可能了，河水上涨的速度很快，刚才还没水的地方现在已经水汪汪的了，如果再待下去会被大水吞没也说不定。

谢一刚往上爬了几步就刺溜一下滑了下来，再爬，再滑下来，如此反复了好几次都是这样。长这么大，谢一从来没在泥水里待过，怎么也想象不到平常干松的泥土一旦湿透了水马上变得油一般地滑溜。这又给了谢一一个启发，乡下不为人知的事情多着呢。

缓了缓，谢一又开始往上爬了。不过，这次她改变了办法，不再直接往上爬，而是斜着，同时两手尽可能地抓住河坡里的草，两脚也同样尽可能地蹬在草上。谢一到过内蒙古大草原，在那里玩过骑马，也玩过滑草，那让她以为草是很滑溜的，可是她刚才滑下来的时候偶然发现湿了水的草根本不滑溜，反而十分粗涩，手抓或者脚踩不但不再滑溜反而都能很便宜地使得上力，自然很快就爬了上去。

那会儿刘赵氏家里已经乱成了一锅粥，整间房子已经没有一处干地方了，不是这里漏水，就是那里漏泥。刘赵氏一辈子俭省惯了，灯泡用的都是最小的，暗红色的光晕让房子里的一切看起来都朦朦胧胧的。刘赵氏也闹不清哪里漏水，端着洗脸盆东边接一下，西边再接一下，累得气喘吁吁的还是不行，嘴里不住地念叨着谢书记快来帮帮我吧！就是这个时候谢书记真的来了，把刘赵氏惊喜得简直都要哭了。

谢一扫了一眼就明白过来，肯定是房顶的塑料布被风吹翻了，要不然顶多有一两处漏雨，哪会七漏八淌呢？这情形唯一的办法就是爬上房，把塑料布重新盖好。刘赵氏的房子不高，可对于从没干过农活儿的谢一来说还是过于艰巨了，再说外面又漆黑一片，还刮着风下着雷暴大雨呢。谢一本来就是因为担心刘赵氏家的房子漏水才来的，来了居然帮不上忙，那心情要多难受有多难受。当然，她可以打电话让别的村干部帮一把，然而刚才被风吹雨打了一路，手机不但不再能用，反倒在忙乱中根本不知道丢到哪里去了。

这可如何是好呢？

正当谢一和刘赵氏手足无措的时候，会计赵金海来了。赵金海睡得正香被电闪雷鸣惊醒了，睁眼看了窗户外面一眼，翻了个身就接着睡了。当地人因为家境不一样，房子分成了三种，有钱的人家盖的是小洋楼，差一点的是平房，最差的就是瓦房，当然刘赵氏家这种比一般瓦房还差的房子是不能算上的，因为这类房子极少，在政府眼里是危房，在老百姓眼里就叫趴趴屋，因为太矮了，好像趴在地上似的。赵金海家的房子是现浇顶的小洋楼，任凭多大的风雨都会安然无恙的。然而，赵金海很快就坐了起来，他一下想到了刘赵氏家的趴趴屋。实在说，如果像以往那样赵金海是不会关心这些，政府给予村民的各项救济村里都一分不少地发放了下去，各项政策也原封不动地传达了下去，村民的各类申请该上报的也都上报了，能批的也批了，剩下的就是村民自己的事了，一概与村里无关。可自从谢一来了村干部就变得不一样了。他们忽然才发现村干部不光是把各项事务按照程序挨个儿在村民和乡政府之间履行完就算完事的，还应该做些什么，就像戏文里唱的那样，在古代官员被老百姓称为父母官，当今则被叫作人民公仆。不管父母官也好，人民公仆也罢，只是叫法不一样，其所担负的责任和义务则是完全相同的，那就是替老百姓办事，怎么能仅仅作为一个跑腿的来来回回传达传达信息就完了呢？其实，他是有经历的。他小的时候每逢刮风下雨各级干部都会到老百姓家看望一下的，不知道从什么时候起干部再也不来了。别的干部不看望村民就罢了，他作为一个老干部却不能不去，因为身边就有一个活生生的例子——谢一谢书记啊！人家大老远地从大城市来到咱这兔子都不拉屎的乡坡子里还对大家伙儿亲得什么似的。一个外地人就能这样，自己一个本乡本土的人为什么就不能向她看齐呢？于是，赵金海披上雨披拿着手电拉开门就朝刘赵氏家跑去了。两家同在王菜园，自然是要不了多少时间的。

赵金海拿起手电照了照，发现当真是房顶的塑料布被风吹翻了，都卷到一边去了，要想重新盖好就得有人爬到房顶上去。可虽然是趴趴屋，如果想到房顶上去，没有梯子还是不行的。在乡下爬高上低是难免的，可尽管如此也许因为是大平原的缘故，有梯子的人家还是不多的，平常遇到需要爬高的时候大家一般都是用耙。耙像犁一样，都是一种耕地使用的农具，所不同的是犁是用来翻土的，耙是用来碎土平土的。犁地与耙地是耕作时的两道工序，一般都是先把地犁一遍，而后用耙反反复复地把翻出来的土块耙得细碎而又平整方便下一步的播种。耙像梯子，只是比梯子粗大得多，而且两根主要的大框上订满了一搾长手指粗细的钉子，因而既笨重又有一定的危险，稍不留心就会被钉子划伤，好在爬高上低的机会不多，因而即使用耙伤到人的事也是少而又少的。后来，村子里开始有人家盖起平房，发现在平房上晾晒粮食、棉花、芝麻什么的比在平地得劲多了，既干净平整，又不用担心牛羊猪鸡什么的来祸害，实在便宜多了，唯一的麻烦就是上上下下，老是用耙就太不合适了，于是就备了一架梯子。赵金海家是平房，自然家里是有梯子的。立刻一溜烟地回去扛梯子去了。

赵金海还没有回来，村主任李树全来了，到屋子里看了一下就跑出来看房顶。谢一和刘赵氏都告诉他赵金海刚才已经来过也看过了，回家扛梯子马上就到，可李树全还是耐不住，围着房子查看了一圈。

李树全刚看完，赵金海扛着梯子来了。两人互相配合，加上谢一在一边给他们照着明并做着指挥，很快就把塑料布重新盖好了。

几个人在屋子里待了一会儿，看到确实不再漏雨了，赵金海和李树全才放下心来，也是直到这个时候他们才想起来浑身湿透的谢一。刘赵氏赶紧找出自己的衣裳让谢一先换上。谢一没有推辞，立刻接了，她的肚子隐隐地疼起来，确实不能再耽搁了。可是，刘赵氏的房子虽然有两间，却是相通的，中间没有任何遮挡，又有两个大男人，实在不方便。赵金海和李树全会意，赶紧躲了出去。等谢一让他们进去的时候才重新进了屋，看到谢一和平日大相径庭的打扮忍不住笑了起来，笑得刘赵氏不好意思了。

谢一打趣说，这回我可是正宗的农妇了。逗得大家哈哈大笑起来。

这时，谢一发现哪里有些不对劲，低头一看才明白地上竟然水汪汪的，而且不是一个地方，而且整个屋子里都是明晃晃的水——屋子里进水了！

屋子里怎么会进水呢？

当然会进水！李树全和赵金海异口同声地说，屋子里太凹了嘛。

谢一仔细一看，可不是？屋子里明显比外面低了许多。

当地过去的屋子里面都比外面低的，这有一个说法，说是屋子低容易聚财。为什么呢？俗话说人往高处走水往低处流，水又为财，这样财也是会往低处去的。然而，事实证明这种说法没有任何道理，反而让低洼的屋子下雨时容易进水，平常又容易泛潮，最终是有百弊而无一利，所以现在的人家只要盖房子都会反过来，把屋子里的地面建得比外面高。刘赵氏却不以为然，总认为老话传了多少年了，总会有些道理的，她甚至把上次做柳编赚了一千多块钱也归为屋子里地势低洼的功劳。不过，现在不是争论屋子里地势高低利弊的时候，眼下最当紧的就是赶紧堵住漏洞，以防再有水灌进来。

李树全看着地上明溜溜的水判断肯定是屋根脚被老鼠打了洞，要不然顶多潮气大一点，不至于灌水的。那么，现在最要紧的就是得赶紧找到鼠洞，并把它结结实实地堵上才行。他刚才围着屋子转了一圈，却只顾着看房顶，忘了检查屋根脚，现在房顶没事了，再围着屋子转自然把注意力全都集中到了下面，加上屋子里谢一也跟着检查，里应外合很快就找到了鼠洞，居然有三四个之多。李树全赶紧拿锨刨些泥堵上，再使劲踩了踩，确认踩结实了才算罢休。

一切收拾停当，大家就要离开让刘赵氏休息了。

李树全说，谢书记，咱们走吧。

赵金海忙说，没看都多晚了，还走啥走？都到我家睡吧，我家房子宽敞哩。

谢一说，你们回吧，我不走了，就陪着大娘，万一夜里再有什么意外也好有个照应。

赵金海还想说什么，被李树全拦住了，这样也好，三更半夜的，雨又这么大，还是住下来，等天亮了再走吧。赵会计，咱走吧。

二人走后，谢一终于忍不住地捂住了肚子。刘赵氏吓了一跳，忙过来问，谢书记，你咋了？哪里不得劲啊？

谢一说，我身上来了，可能被雨水激住了，现在肚子有点疼。对了，你家有卫生纸吗？

卫生纸没什么稀奇的，可惜刘赵氏家里根本不用。

要不，我给你弄点灰吧？刘赵氏试探地说。

灰？什么灰？谢一一时没听明白。

谢一当然听不明白，她从来没想过现在的女人来了例假可以用卫生巾、卫生棉条，也可以用卫生纸、卫生带，古时候没有这些东西怎么办呢？刘赵氏说的灰就是烧锅做饭用的草木灰，去除土块、杂草末子等杂质，再装进缝好的布袋里就可以用了。布袋一定要做得又细又长，方便使用。草木灰不但能很快洇干水分，还有杀菌消炎的作用。不过，这样的卫生袋不太顶事，用不了几个时辰就要换洗一次，用起来非常麻烦。刘赵氏是过来人，自然知道过去的一些事情，现在的事情反而不大懂了。

尽管刘赵氏讲得贴心贴肺，可谢一还是有些膈应，她无法想象草木灰居然能和人体如此私密的器官联系在一起，虽然到了关键时候还是有些打怵。可是，能怎么办呢？这不同于别的，不能硬撑的，也不是硬撑的事儿，否则就太尴尬了。

刘赵氏忽然说，要不，我去田明家买去吧。刘赵氏很少买东西，能俭省就俭省，实在俭省不掉的就自己做，实在自己做不来的才会去买——买就得花钱啊！所以，她很少买东西，还不知道田明早已把小卖部兑出去了。乡下人一般不习惯叫人的名字的，尤其是女人的名字，觉得直呼其名就太不尊重人家了——除非他是晚辈，而且尚未成年。既然人名是忌讳，那么，遇到人怎么称呼呢？长辈就不用说了，平辈中年长的也不用说了，一旦是比自己年龄小的都会依孩子来叫，而且依对方的第一个孩子或者较为出名的孩子叫，如果是晚辈有孩子也依着孩子叫，如果还没有结婚就依自己的孩子叫，叫对方自己孩子的哥哥或者姐姐。田明却不同，她一向大大咧咧的惯了，别人叫她什么她都答应，按她的话说就是只要不是骂我、笑话我，叫我啥都行，狗屎也行。乡下过去确实有人的小名叫狗屎的，是遵循贱命好养活的说法，不过取这样贱名的无一例外都是男孩，如果是女孩取贱名则要轻一些，会叫她狗妮什么的。因而，村里无论男女老少都叫她田明，她一概都答应。可自从田明当了妇女主任直呼她名的人就少起来，都改叫她田主任了。田明初时很不习惯，可拗不过大家都这样叫她，又有些抬举她的意思，也就习以为常了。刘赵氏把田明叫惯了就一直叫下来了。

一听刘赵氏提起田明，谢一想起来了，田明家的小卖部虽然兑出去了，可就在她家隔壁，跟她家也差不多，马上说，还是我去吧。

谢一刚要往外走，田明撑着伞来了，可能看到屋子里亮着灯光，人还没到就大声嚷嚷上了，嫂子，是不是房子漏水了啊？

是，不过谢书记来了，还有赵会计、李主任，都来了，已经弄好了。刘赵氏很开心。

我就猜着谢书记会来的，还想着我会比她来得早呢，还是来晚了啊。田明说着话径直闯了进来，赶紧把水淋淋的雨伞收起来竖到门后。

也不晚，谢书记正要去找你哩。刘赵氏接口说。

找我？有啥事吗？田明说到这忽然想起来，哦，对了，去我家睡吧，雨太大了，就别回去了。咱姊妹俩也好长时间没在一起住了，这场雨是给咱一个机会啊！——今儿黑了就睡一个床好好拉呱拉呱呗。

刘赵氏没想到田明请谢书记去她家住，既然她盛情邀请了，也是好事，自家的房子又是这样的一团糟就顺水推舟吧，不过谢书记的事就不能含糊了，于是说，也不单是这个，还有。

啥？田明一愣。

谢书记身上不得劲哩。刘赵氏说着想起来，拍了一下脑门，瞧我这脑子，真是不中用了。早就该给你熬碗红糖茶的。说着就要到灶下生火。

没等谢一开口，田明一把就把她拉住了，好了，嫂子，你别施腾了，谢书记到俺家我一样会给她熬，姜汤红糖茶！

刘赵氏有点遗憾，那好吧。俺家确实不胜恁家。对不起了，谢书记，叫恁操心了，还忙了大半夜，连一碗水都喝不上俺的……

大娘，别那样说。照顾不好村民，我心里也有愧呢。谢一看了看刘赵氏，又环视了一下屋子，问，大娘，这里还能住吗？

这有啥不能住的啊？我年轻的时候，那房子比这差远了，还不照样住了半辈子？恁俩去吧，我自己能行的。刘赵氏摆了摆手，让她俩赶快走，同为女人她知道这种时候越是熬越难受。

田明说，谢书记，那咱走吧。

谢一和田明走到门口又回过头来，大娘，你还是跟我们一起走吧。

没事的。刘赵氏不以为然地说，恁赶紧走吧，太晚了。

你在这，我放心不下啊！谢一隐约觉得房子说不定会垮塌掉，但话到嘴边还是改了口，不过也是实情。

真的没事的。这房子都十几年了，大雨，大风，大雪都遭过，都没事。刘赵氏仍然说。其实，她是有些恋旧。

你还是跟我们一起走吧，要不然我真不放心。谢一还是说。

嫂子，你就跟着一起走吧，反正就一夜，也不远，说句不客气的话，你家也没啥值钱的东西嘛。田明看刘赵氏一直磨磨唧唧的，有点不耐烦了，谢书记对你恁好，你咋能叫她睡不好一个囫囵觉哩？你忍心吗？

田明话里话外都有些责怪的意思，当然也是替她着想的，刘赵氏当然能够听出来，想了想，只好说，那好吧。摸索着找出一大块塑料布来往身上一披，说，好了，走吧。

谢一还是头一次见有人竟然披块塑料布就敢在大风大雨里到处乱走，而且还是个上了年纪的老太太，惊讶道，这怎么行？

有啥不中的？我从来没打过伞，都是这样的，没事的。刘赵氏笑笑说。

什么？你从来没打过伞？谢一简直有点不敢相信自己的耳朵，这都什么年代了，居然还有人从没打过伞！难道伞是很贵、很稀有的东西吗？

这有什么啊，反正我又不咋出门，用啥都行，不就隔个雨嘛。刘赵氏还是满不在乎。

这比伞还好用哩。刘赵氏说着，把塑料布严严实实地裹到了身上，头上再戴上一顶草帽，真个密不透风了，只是塑料布是刘赵氏不知从哪儿捡来的广告，裹在她苍老的身上花花绿绿的，乍看上去像童话里的一棵大蘑菇，样子十分俏皮。

哎！谢一佩服地感叹。其实她不知道塑料布刚开始兴起的时候在当地是叫作雨布的，因为它唯一的作用就是隔雨，样子又像布匹。不过，谢一还是摇了摇头，她现在不担心刘赵氏会淋雨了，反而担心天黑路滑会摔到老人家，到了刘赵氏这个年龄的人身体是没什么筋骨的，稍不留意就会摔倒，而一旦摔倒轻则没有十天半月起不来，重则可能永远起不来了。她姥姥和姥爷都是因为摔倒很快就去世的，给了她很深的印象。

要不这样吧，我背着她，你打着伞在前头照着亮开路。田明不由分说把手机的电灯揿亮，递给谢一。

谢一吃了亏，再不敢大意，何况还有别人，而且其中一个还是上了年纪的老太太，就把手机放在靠近雨伞顶部的地方，从肩膀上背过去照着路。

三个人一路踏着泥水深一脚浅一脚地向田明家去了。

到了田明家，谢一赶紧靠过去换扶着刘赵氏，生怕田明累坏了一个不小心把她磕着碰着了。常言路远没轻重，刘赵氏虽然十分瘦小，可踩着泥水一路走下来就没那么轻松了。田明呼哧呼哧地喘了一会儿才安排了床铺，要刘赵氏去睡。刘赵氏却不肯，非要给谢一烧一碗红糖茶不可。

田明笑了，说，那也用不着你，俺家有电磁炉，一插电就好了，根本不用烧柴火的。

刘赵氏说，那我就看着，等水开了我再起出来。

田明知道她心里过意不去，非要做点什么才会心安，就说，那中，你是过来人，经验大，好好看着谢书记吧。

我就是这样意思。刘赵氏立刻开心地笑了。

姜汤红糖茶很快就烧上了，刘赵氏忽然想起来，问，田明，给谢书记炒点盐熥熥肚子吧。

那会有用？田明头一次听说，有点不信。

有用的。刘赵氏说，过去都是用紫花头大粒子盐哩，可惜现在再也买不着了，都是精盐，吃起来倒是省劲儿了，可想用就难了。不过，只能这样凑合了。

谢一喝了一碗热乎乎的姜汤红糖茶，又用热盐熥了肚子，果然好多了。

第二天雨停了，只是天还阴沉着，谢一醒来的时候感觉肚子舒服多了，心里顿时熨帖得不得了。她听母亲说起过，特殊时期的女人如果不注意就可能会落下终身的病根，可那时候一着急就什么都忘了，现在想起来昨晚不禁有些后怕。如果在城里她会吃药的，可在乡下条件不允许，只能按刘赵氏和田明出的土法子用一下，死马就当活马医吧，没想到挺管用，而且还不会有副作用，怪不得这里的老话说土法治大病，看来真是有道理啊。

田明已经把热腾腾的饭菜做好了——凉拌苦瓜，炒鸡蛋，蒜汁红薯叶，虎皮辣椒，馍，红枣小米粥。四个菜都十分爽口，只有苦瓜太凉了，谢一在特殊时期不能吃。刘赵氏平常只在逢年过节才会正儿八经地做菜吃，不过即便做了菜也是随随便便的，因为没有客人，既做不多，也不会那么讲究，现在看到田明做的菜，样样都很精致，不觉胃口大开，吃得十分香甜，连夸田明好茶饭。

田明说，好吃就别走了，我天天做给你吃。

刘赵氏笑了，可是我舍不了我的窝啊。

田明说，你那窝有啥好的？胜得过俺这高门大户的？

刘赵氏道，要不咋说金窝银窝不胜自家的狗窝哩。我就这命啊。

吃完饭，田明刷锅，谢一去看望老书记彭青锋，刘赵氏赶忙回家去了，一夜没在家，她都担心坏了呢。

谢一看望老书记还没回来，刘赵氏的哭声就凄厉地传了过来——她家的趴趴屋真的趴地上了。

田明慌得丢了手头的东西就往刘赵氏家跑，到地方的时候趴趴屋边上已经围了不少的人，一边看着一边小声地议论着，赵金海组织的人在废墟里扒拉着，看什么东西还能用尽可能地收拾出来，刘赵氏已经哭得上气不接下气了。虽然趴趴屋里没有什么值钱的东西，可到底是刘赵氏一辈子安身立命的根本啊！换了是谁还不一样难受啊？

邻居已经在劝她了，别哭了，亏着田主任把你背回她家住了，要不然还不连你一起砸里头了啊？这就白捡了一条命哩，已经赚大了，该高兴才是啊！

刘赵氏大概觉得是这么回事，停了一下，又哀哀地哭起来，不过声音已经低下去了。

不久，谢一也闻讯赶了过来。刘赵氏本来已经不怎么哭了，忽然看见谢书记就像撒娇的孩子看到了亲人一般，又呜呜地大哭起来，嘴里还絮絮叨叨地念叨着，谢书记，我可咋办啊？呜呜呜，我可没家了啊，呜呜呜，呜呜呜……

不会的，大娘！我保证在咱们王菜园谁家都是你家，你愿意住谁家都可以，只要你点头，马上就能住！谢一的声音很大，既是对刘赵氏说的，也是对王菜园全体村民说的。

刘赵氏的声音马上就小了下去，她知道这个谢书记只要说得出就一定做得到的。

果然，谢一转头就对田明说，田主任，大娘就暂时先住在你家，一切费用由村里出！然后对着村民说，大家如果谁愿意收留大娘，费用也一样由村里出！可有一样，必须照顾好大娘！

哗哗哗，哗哗哗，哗哗哗！……不等谢一的话音落地，围观的群众就鼓起掌来。就如同当地乡下人不怎么说谢谢一样，也是不怎么鼓掌的，可谢一短短的几句话还是让掌声响了起来。

谢一又对赵金海说，赵会计，东西收拾出来，暂时先放你家，要保管好，等大娘的新房子修好了再搬过去。

赵金海应道，我也是这样想的，我家宽敞嘛。

谢一问刘赵氏，大娘，这样安排你看行吗？

刘赵氏点头道，谢谢谢书记，要不是你，我可真没法活了哩。

放心吧，大娘，只要有我谢一在，就不会让你无家可归的！谢一说着看了看阴沉沉的天，得抓紧点清理了，赶在雨前一定要把所有东西清点完！又招呼围观的人，大家伙儿，都一起来吧。

围观的人见大家敬爱的谢书记都动起手来，马上呼呼隆隆地围拢过来了。常言人多力量大，加上刘赵氏的东西本来就不多，要不了一袋烟的功夫就把瓶瓶罐罐针头线脑鸡毛蒜皮清理出来了。

安置好刘赵氏，谢一担心李楼和郎庙的贫困户会不会出现像刘赵氏家一样的情况，就急忙往村委会去了。

下了一夜的暴雨，河水暴涨得很厉害，原本六七米宽的河面现在已经扩展到五六十米了，浑浊的河水不停地翻滚着汹涌而下，旋起一个又一个旋涡，不时有杂草、木棍、西瓜什么的从上游飘过来又很快朝下游飘了过去。对岸靠近河道的庄稼地成了沼泽，那些长势喜人碧波翻滚丰收在望的芝麻、大豆、花生、玉米全都泡在了水里，有的完全被灭顶，有的极力伸展出枝叶苦苦挣扎着，有的使劲拨动着深及半腰的河水，希望能把水排出去，可怎么也料想不到前面的刚拨出去后面的瞬间又充满了，这样一直努力地拨着却一直都是满满的，让外人觉得徒费力气，可它们怎么也不甘心毅然决然地拨着，一下，一下，又一下……

谢一昨晚跌下去的小桥快要被大水漫过了，道路最浅的地方已经有薄薄的水迹，小桥一尺来高的水泥护栏黑黢黢地越发突兀起来。三两个人慢悠悠地在小桥上站着，他们要么披着塑料布，要么披着蓑衣。塑料布原来是透明的，经过许多时日的磨洗已经变为白糊糊的，蓑衣的棕榈明显有些年头了，泛出一股久远的味道来，远远看去像是巨大的白菜和衣不卸甲随时准备战斗的古代武士。

等谢一走近了才发现白菜和武士居然是李群杰三兄弟，他们在罾鱼。抓鱼有很多种方法，最笨的办法是把一段水拦下来抽干，那些无路可逃的鱼鳖虾蟹不管是男男女女还是子子孙孙抑或枝枝丫丫自然都会被一扫而光，乡下把这种抓鱼方法叫作逮绝户鱼。逮绝户鱼只有水少才行，像现在这样大的水是绝对不可能的。当然，不把水抽干也行，那就是摸鱼。水是鱼的天下，就像天空是鸟的天下一样——要不怎么会有成语说如鱼得水呢？因而要想赤手空拳在水里逮住鱼还是不容易的，那怎么办呢？好办，把水弄混就是了。水是鱼的天下不错，可那是清水才行，如果水十分浑浊，鱼也会寸步难行的，就像大雾天鸟儿同样惊慌失措，这时候再摸鱼就能唾手可得——这同样有个成语说明这一情况，就叫浑水摸鱼。如果不想摸还可以用另外一种办法，就是用鱼罩罩鱼。鱼罩是用手指粗细的竹子或者树枝编成的喇叭一样形状，然后倒扣过来，让大口朝下，小口朝上，发现哪里有鱼就猛然罩过去，再把胳臂从小口伸过去摸。罩鱼必须要下到水里才行，又因为鱼罩的缝隙比较大，所以只能逮比较大的鱼。罩鱼对李群杰三兄弟来说显然是不合适的。那就只能采取另外一种方法了，就是抬鱼。抬鱼和逮绝户鱼差不多，都是水小才行，只不过抬鱼不需要把水抽干，只需把床单一样的渔网两边各装上一根竹竿或者木棍，两个人撑开一路快速地往前赶过去就是了。抬鱼的优点是不需要很大的网，随时都能下网，缺点却也显而易见，就是人在和鱼赛跑，自然会落下风，鱼获当然就会寥寥无几。这种法子自然也不适合李群杰三兄弟。再有就是下粘网。粘网的网眼有大有小，不过都只有一尺来宽，一边有浮漂，另一边有铅坠，下到水里就会自然地竖在水面上，往来的鱼儿猝不及防一下就顶到网眼里去了，发现中了埋伏再挣扎就悔之晚矣。粘网一般都下到深水里，那就需要有船才行。李群杰家没船，下粘网显然是不行的。撒网呢？这是最常见的渔网，无论在岸上还是在船上都可以。撒网分为两部分，一是网面，一是网纲。网面是漏斗状的，下面是长短和粗细都像手指那样的铅坠，便于撒网快速沉到水里，上面则系上一根筷子粗细的绳子当作网纲。撒网的时候把网纲在手脖子上系好，防止网撒出去的时候脱手，再把网一节节的拾好，然后扭转腰身，猛地转回身，同时把手里的网往水面上一撒，原本还合在一起的网顿时像中了魔法一样呼呼地飞着，迅速地打开一个圆圆的大口，忽地落进水里，把来不及逃跑的鱼呀虾呀蟹呀蛤蜊呀老鳖呀尽收网里。如果到了冬天河水很浅，那就改为扒鱼。把两根钢筋或者擀面杖一般粗细的树枝弯成 U 型做梁，空出来的那一面就用一根细钢筋把两端连接起来做底，再把网穿在其中一根梁和底上，然后把一根长长的竹竿大的那一头固定住两根分开成锐角的梁上，鱼扒子就做好了。扒鱼的时候只要把鱼扒子扔进水里，把竹竿架在肩膀上快速地拉回岸上就行了。如果水很大，就吊网罾鱼。把一片网片的四个角用两根粗一些的树枝做梁十字交叉吊起来，再在梁的中心点连上一根又粗又长的大梁，大梁连接中心点的地方用一根穿过岸边大树的绳子拴起来，另一头就固定在岸边，把网里放上诱饵，沉入水里，过一阵估摸着有鱼来了，猛地拉起绳子就可以了。如果在流速很快的河道里，那就更方便了，找一眼桥洞把网放下去就好了，因为桥洞是水流的必经之地，自然也是鱼鳖虾蟹的必经之地，在这里下网再合适不过了，可以守株待兔地一网打尽嘛。抬网、鱼罩、撒网、扒鱼、吊网——捉鱼的方法不一样，逮到的鱼就不一样。罩鱼逮到的鱼一般来说都比较大，抬网什么都可能抬到，但多数时候都会一无所获，水里有什么撒网都能撒上来，扒鱼通常只能扒一些碎鱼小虾，吊网一般能吊一些半大不大的鱼。所有这些捉鱼的方法只有用吊网罾鱼最对李群杰兄弟的路，现在水又那么大，自然是千载难逢的好机会，是无论如何都不可能放过去的。事实上，头天晚上雨开始下起来的时候李群杰就开始盘算上了，立刻让二弟李坤书、三弟李铁锤把吊网找出来做好准备，地方他也选好了，就是这座小桥。其实地方没什么好选的，多年来他们兄弟从没放掉过任何一次罾鱼的机会，自然都是在这里，所以天麻麻亮的时候三兄弟就争先恐后地来了。

看到谢一，李群杰赶紧打招呼，离着老远就叫嚷道，谢书记，小心点啊。

谢一没见过罾鱼，好奇道，干啥哩？

李群杰道，罾鱼哩。

罾鱼？谢一更惊奇了，不觉步子迈得就大起来，路上薄薄的水被她踩出一个个碗大的水花来。谢一昨晚来的时候穿的是凉鞋，后来不知什么时候不见了，田明就给她找了双胶鞋穿上了。胶鞋的腰子并不深，只到脚踝骨上面一搾，踏踏泥、趟趟浅水绝对没什么问题的，可要大踏步地走，那就不行了，溅起的水花会一而再再而三不折不扣不偏不倚地崩进腿上和胶鞋里，时间一久胶鞋就挡不了泥水变成水鞋了。

李群杰看得揪心，就提醒说，谢书记，慢着点啊。

谢一微笑着点点头，依然我行我素，直到走近了才不得不慢下来，因为她发现溅起的水花不但崩了自己的腿和胶鞋，还崩到了李群杰三兄弟。

李群杰热情地迎上来，把鱼篓递到谢一跟前说，谢书记，你拿回去喝鱼汤吧。当地吃鱼的方法通常是熬鱼汤，久而久之就把吃鱼统统说成了熬鱼汤。

谢一往鱼篓里看了看，鱼有大有小，不过并没有多少，就说，辛苦了。

乡下人干活儿干惯了，谁都觉得这是天经地义的事儿，并没觉得有什么辛苦，就算辛苦也都是为自己干的，没什么可抱怨的，更没有谁向谁道辛苦。听谢书记向他道辛苦，李群杰心里顿时暖烘烘的，一下不知道该怎么回答了，只好讪讪地笑着，再次让道，谢书记，拿着吧，别嫌少，这才开始，到晌午头儿，肯定还会多，我再给你送去。

谢一这才明白李群杰误会自己了，忙说，不不不，还是你们留着好好改善改善生活吧。

谢书记，你要不收……李群杰很难过，再也说不下去了。

李大哥，你不知道，我不爱吃鱼的。谢一说的是实话，她真的不怎么喜欢吃鱼，加上她对自己和村干部有过严格的规定，不许占老百姓一分钱的便宜，尽管知道李群杰是真诚的，还是坚决拒绝了。

谢书记……李群杰的眼圈红了。

谢一明白如果不让李群杰对她付出点什么，他会一直难过下去的，而如果让他对自己付出点什么的话又与自己的规定相矛盾，这可怎么办呢？谢一看着李群杰双手擎到自己面前的鱼篓，突然一下子被吸引住了。竹子编织的鱼篓有些发红，显然有些年头了，这都没什么，让谢一眼睛一亮的是这个鱼篓的造型很别致，上宽下窄又扁扁的，加上中间一个比拳头稍大的口儿，使整个外观看起来像一个戴了维吾尔族小花帽的金元宝。谢一不知道，其实在当地所有的鱼篓都是这种造型。这种造型有个优点，就是既方便系在腰间，又不耽误打鱼。

李群杰已经注意到了谢一的神情，有些莫名其妙，不禁呆呆地看着她。

谢一说，你打完鱼，这个能给我看看吗？

能啊，能啊！咋不能哩？谢书记，你现在就能拿去哩！给！谢书记，你拿去吧！李群杰一见谢一这么稀罕他的鱼篓，顿时受宠若惊话也说得语无伦次起来。

不不不，我不急，等你打完鱼也不迟。谢一连忙说。

你拿着吧，拿着吧，谢书记，拿着吧！李群杰欢喜不已地推让着。

我就想看看这个，看完就会还给你的。谢一怕他误会，赶紧挑明说。

好好好，好好好，拿着就好！李群杰忙不迭地说，好像万一迟缓了生怕谢一就要变卦似的。

现在不行，你们还在用！等你们不用的时候给我看看就好了。谢一说着拔腿要走。

好好好，谢书记，你别走啊，我现在就给你腾出来！李群杰急得团团乱转，把四周看了一圈，除了浑浊的河水并没什么可用的，忽然看到李坤书，忙推了他一把，大声道，老二，快把雨布解下来！

李坤书看了看他，一脸的茫然。

李群杰看着越走越远的谢一，急得大叫道，老三，快把老二的雨布解下来。

老三李铁锤正撑着吊网，听大哥急切的叫嚷，忙走道李坤书跟前，不由分说动起手来。

李坤书却怎么也不让，死死地护着。

老二，听话！李群杰厉声喝道。

李坤书这才不情愿地不动了。在李铁锤开始解李坤书身上塑料布的当儿，李群杰猛然发现他自己身上也披着同样的塑料布！不解自己的，却要解别人的，怪不得李坤书不情不愿呢！真是急昏头了！李群杰暗骂自己一声，狠狠地扇了自己一个耳巴子，恨道，算了！就把自己身上的塑料布解了下来，再两手抻开，对李坤书说，老二，叫鱼倒这儿！

李坤书抓起鱼篓掀了个底朝天，对着李群杰抻开的塑料布，呼啦一下倒了个精光。

快，给谢书记送去！李群杰看着李坤书，对着远去的谢一一歪头。

李坤书立刻飞一般地朝谢一跑过去。啪啪啪，啪啪啪，随着响声，他的脚下一个接一个盆大的水花白花花地次第怒放起来。

谢一听到响声，刚要扭头，李坤书已经追过来了，溅起的水花把她的衣服都弄打湿了。

李坤书把鱼篓往谢一怀里一塞，拔腿像来时一样大踏步地转了回去。

谢一看看手里的鱼篓，再看看远去的李坤书和李群杰三兄弟，也不知道说什么好了。她忽然决定找何秀兰去，把这个鱼篓给她看看，说不定就能把柳编的难题解决掉哩。想到这儿，谢一立刻转了回去。

谢书记，你咋回来了？李群杰正盯着李铁锤吊网，冷不丁地一抬头看到谢一吃了一惊。

哦，我想把这个给何师傅看看。谢一把鱼篓在他面前晃了晃，谢谢你啊，李大哥。

嘿嘿嘿，不就一个破鱼篓嘛，谢啥哩，不谢，不谢。李群杰高兴得脸都红了。

谢一马不停蹄一直往何秀兰家去了。

何秀兰从谢一手里接过鱼篓看了看，马上说，我知道该咋弄了。

可以解决咱们的问题吗？谢一还是不放心。

没问题。其实这就是一层窗户纸，一捅就破了，只是原来没想到这点。何秀兰有些不好意思地低下了头。

那好，你赶快教给大家！现在是农闲，又是雨天，大家都闲着没事干，正好组织生产哩！谢一说着拔腿就走。

过不了一会儿，村广播就响了起来，全体村民请注意，请立刻到村委会集合，集中学习最新柳编技术，由何秀兰师傅教给大家。等大家学会以后，立即组织生产！这是咱们村办公司第一笔订单，请大家务必认真对待！

听到广播，整个王菜园热闹起来，那些闲在家里的村民马上从家里走出来，朝村委会集中过来了。所有人心里都清楚，这次和上次不一样，上次是替何秀兰打工，现在却是给自己打工，这个公司的成立让大家既是工人，也是老板哩！因而，积极性空前高涨，就连养老院里那些年迈体弱的老人也十分踊跃地报名来了。

第一笔订单如期顺利完成，大家如期都拿到了自己应得的报酬，那天恰好是谢一来王菜园报到的日子。一年前，王菜园的道路还是坑坑洼洼的泥水路，一年后同样的道路则变成了宽展硬实的水泥路；一年前王菜园的夜晚还漆黑一片，一年后同样的地方同样的夜晚却亮起了白晃晃的电灯；一年前王菜园除了三个自然村就是一所小学，一年后七彩阳光股份有限公司就横空出世了；一年前那些留守老人还无依无靠，一年后养老院就成了他们的家；一年前刘赵氏还住着十几年前的趴趴屋，一年后却住进了亮堂堂的大瓦房；一年前李群杰三兄弟还在为明天怎么过苦兮兮的，一年后就已经衣食无忧了；一年前老书记彭青锋病恹恹的还在为每一分药费发愁，一年后已经能够身体力行地做些事情了……

如果说那些都是摸得着、看得见的话，还有许多根本看不见、摸不着的——无所事事的人少了，助人为乐的人多了；幸灾乐祸的人少了，急他人之所急的人多了；各顾各的人少了，互相帮助的人多了；大事小情只想自己的人少了，凡事为别人着想的多了……

一年，十二个月，三百六十天，王菜园发生了多么大的变化啊！说是天翻地覆有些夸张，要说是焕然一新一点也不过分，就连空气里都充满了喜悦的气氛……

　　为什么会这样呢？俗话说顺藤摸瓜，只要把这一年林林总总的变化梳理一遍就会发现每一样的变化都会指向一个人——谢一谢书记！对了，就是谢书记来了王菜园才变了，谢书记来了王菜园才有希望了，谢书记来了王菜园才更有奔头了！

　　谢书记，你是我们的好书记！

　　谢书记，你是共产党的好干部！

　　谢书记，你是王菜园人的保护神！

　　谢书记，我们敬爱您！

　　谢书记……

十九

想到的事千盼万盼不一定发生，想不到的事却常常防不胜防地不请自来。

公司成立了，技术过关了，产品质量有保证了，订单也有了（现在的订单不再是唐晓芝一个人的，而是全国各地的），按说一切都顺风顺水的，应该是十分OK的了，可意外还是不期而至地降临了。

这个意外真的很意外，因为是大家再怎么想都想不到的，想不到是因为这个问题太过于简单了——柳编的原材料柳条供应不上了！常言道巧媳妇难为无米之炊，没有原料任你有多高的手艺也只能左顾右盼抓耳挠腮望洋兴叹。

不是打出广告大量收购柳条了吗？咋还会出现断供的事情啊？李树全大声质问负责采购的副主任柴福山。

是啊，咱们村能有几棵柳树啊，早就不够用了，一直都是从外面大量收购柳条的，可不知道咋回事，突然就收不上来了。小个子的柴福山十分无奈地说。

那不中啊，得知道咋回事才中嘛。知道了咋回事，咱就能对症下药，问题就解决了嘛。李树全一针见血地说。

我也是这样想的啊，可在收购点都打听过了，根本打听不出来啊。柴福山觉得很委屈，当然也觉得有点窝囊，都说有钱能使鬼推磨，可到了这节骨眼上竟然会出现拿着钱也买不到的东西的情况，这不是太奇怪了吗？不是说金钱不是万能的，没有金钱是万万不能的吗？现在的人除了三岁孩子，见面三句话没有不谈钱的。想想也是啊，没有钱你能有什么呢？就算是疼爱孩子，没有钱能给他们买来衣服买来糖块买来玩具吗？就算是真挚的朋友，没有钱能喝到一杯热腾腾的茶水吗？就算是矢志不渝的爱情，没有钱能送上一支表达爱意的玫瑰吗？一句话，离了钱根本不行！那么，谁会跟钱有仇呢？可事实就是这么奇怪，就是拿钱也买不到东西了，还是在乡下最最普通最最不值钱最最没人看得起的柳条子！

那你赶紧打听去啊！李树全大声说，也不看看都啥时候了，咋恁不上心哩？

啥时候了？柴福山有些生气地反问。

火上房了啊！李树全说，没有柳条怎么完成这一批订单？完不成订单……

你说的这些难道我不知道？难道我不着急？难道我没想办法？柴福山越说越生气，声音不觉就大起来。

你这是啥态度？李树全的声音也大起来，你负责的事情出了问题，不首先从自身查找问题，在这儿叫起屈来？在这儿叫屈能解决问题吗？李树全不觉火冒三丈。

我负责的问题咋了？我愿意出问题吗？柴福山也火了。

正副村主任的争吵自然惊动了前来领料的群众，很快就在村委会外面围满了。

谢一刚开完会从乡里回来，她骑着电动车离着老远就看到了，暗叫一声不好，急忙冲过来，把车子随便一扎就走了过来，咋了？

大家一看是谢书记忙散开了。

这会儿，李树全和柴福山正你一句我一句地吵得不可开交，谢一忙一边往屋子里走，一边说，别吵了。

两人一听是谢书记的声音，都不吭声了。

你看看你们，身为村干部，竟然在办公室里大吵大闹，什么形象？老百姓会怎么看我们啊？谢一看看这个再看看那个，声音不高，却让两个人都自惭形秽地低下头来。

是为柳条的事儿吗？谢一问。

就是为柳条的事儿。两人都抢着说。

办法我都想过了，可还是找不出断供的原因……柴福山看看谢一，声音小了下去。

我打听过了……谢一刚一张口就被两人打断了。

咋回事啊？两人又抢着说。看得出来，他们真的很心焦。

有人觉得只卖柳条给咱们太吃亏了……谢一慢慢地说。

吃亏？两人你看看我我看看你，不知道这话从何说起。不过，柳条这东西自古以来还真没有人收购过，谁也说不准什么价才合适，不过，他们的收购价是按照柳编的价格核算的，应该不算太压价。

其实，这只是幌子，他们真实的意图是想加入我们……谢一接着说。

那不行！两人又异口同声地拒绝道。

为什么？谢一问。

咱好不容易才找到一条致富的门路，还没怎么赚钱的就开始跟他们分，咱才是真亏哩。李树全迫不及待地说，坚决不行！

对，坚决不行！柴福山也不假思索地说。

我看倒行。谢一说，这样咱们虽然少赚了柳编的工钱，另一边却赚了柳编的利润，同时，咱们还带动了他们发家致富。有钱大家一起赚，心就会往一处想，劲儿就会往一处使，肯定会更有力量的！

李树全看看柴福山，忽然茅塞顿开起来。谢书记说的在理，可还有一样更划算，那就是赚利润肯定比赚工钱舒服，而且还不用那么辛苦，利润也比工钱多得多，又落个帮扶别人的好名声，真是要多好有多好！

谢一立刻让柴福山把消息放出去，七彩阳光股份有限公司的大门向任何一个愿意合作的单位和个人敞开，随时来随时欢迎！

消息一出，王菜园立刻热闹起来，附近的人们不管是老百姓还是村干部或者别的扶贫干部等纷纷涌来，打听合作的条件、事项等等。

经过筛选有六个村和七彩阳光股份有限公司签订了合作协议，不过他们并没有柳编技术，必须来王菜园统一进行培训才行。经过培训的学员必须考试通过才能算合格，然后编织的柳编才会被公司认可，否则是绝对不会通融的。他们开始并不当回事，篾匠这活儿在过去虽然算不上上九流，可也绝对是上不得台面的活儿，有什么了不起？还不是自己抬举自己，哼！因而，他们学得并不认真，嘻嘻哈哈马马虎虎毛毛糙糙晕晕乎乎地熬过了一天又一天。

结业那天，何秀兰给大家都发了一些细柳条，要大家只要能编出最普通的小筐子就算及格，没想到竟然有一半人没能过关。何秀兰立刻叫人把过关的人员一一做了登记，只有这些人的柳编产品才可以收购，其他的都将被排除在外。可是，即便这样他们也没当回事，仍然打着哈哈说，又不是考大学，用得着恁严格嘛。不合格的学员没有再留下来继续培训，跟着合格的学员轰轰隆隆地回去了。

当然，这也是没有办法的事，人家不愿意学了，你又能奈何呢？

　　培训了新的学员，能做柳编的人当然更多了，柳编的数量自然比以前多了许多。王菜园人看着每天都有新的柳编从外面源源不断地运来，被验收、整理、包装，再发出去，自然都很高兴——这些柳编倒来倒去给大家倒出来可是白花花的银子哩！

　　然而，这天从外面运过来的柳编却让所有人都高兴不起来了，因为那不是交过来的货，而是被客户退回来的货！自打开始开发柳编工艺品以来，这还是第一次被退货。

　　啥？退货？

　　开玩笑，一直都很好的，咋可能有退货？

　　是不是弄错了？

　　……

　　柴福山和几个人满头大汗地检查了一遍又一遍，确确实实是他们发出去的货，确确实实是被退回来的货，确确实实是不合格的货！

　　什么？

　　不合格？

　　咋会不合格哩？

　　现在发货和过去不同，根本不需要有人押送，只要几个电话，把货交给物流公司一切就 OK 了。很多客户甚至根本就没见过面，只要交了定金，把货发过去，对方就把钱通过银行卡或者微信转账过来了，安全、方便、快捷，还省心、省事、省力。可这一切都被这一批退货搞糟了。

　　王菜园一下炸锅了！

　　这可咋办啊？

　　天塌了啊！

　　我正想着要是再过一阵还恁好，我还想叫俺那口子回来就别出去打工了哩。谁想突然就给来个这……这算啥嘛？

　　以前咱是找不到挣钱的门路，刚找到就要断了，能说啥？只能怨咱的命不好……

　　一时间整个王菜园都被哀怨的气息笼罩着。

更坏的消息在第二天传来了。听说柳编被退货，原先跟公司签订过协议的村子把更多柳编送来了。柳编被退货，公司自然不肯收，送货的马上就堵着门口大吵大闹起来，而且振振有词，协议白纸黑字写得清清楚楚居然说不收就不收了，天底下还有这样不讲理的吗？

公司理亏又不能收购，唯一的办法只能躲起来，大门紧闭不给见面，打电话要么不接要么关机。俗话说好事不出门恶事行千里，这下热闹了，本来只有一两家吃了闭门羹，可消息像风一样传得飞快，要不了多大工夫，其他签过协议的村子也都带着刚编好的还冒着热气的柳编浩浩荡荡地开来了。一时间，平常里里外外车水马龙的公司顿时泾渭分明起来，紧闭的大门里冷冷清清阒无人迹门可罗雀，大门外那些远道而来交货的客人和他们带来的货物却熙熙攘攘高高低低鼓鼓囊囊触目皆是。他们见不到人，互相议论了半天也没有一个结果只有一蹦三尺高愤愤不平地吼叫着、咒骂着……

到第三天，情况更加严重了，因为来交货的人更多了！

所谓公司其实并没有实体车间，只在村委会的大门口挂上一块牌子而已，换句话说公司和村委会都在一起的。头天大门紧闭躲避一下还行，可村委会毕竟是一个行政机构，怎么可能天天关门呢？毕竟村民天天都会有大事小情的啊！

到第四天的时候去省城寻找葫芦专家的谢一回来了。谢一从唐晓芝那里得知当初带回来的工艺品葫芦居然也有市场，只是可惜已经错过了种葫芦的季节。这事本来可以放一放的，可柳编的供不应求给了她一个启发，也催促她万事不能等，也许商机稍纵即逝。她做了一个规划，提前选好种子，说服村民等来年种上，再请群艺馆的同事来村里培训村民，等葫芦开始坐果的同时就能加工了，比如套上不同的模具，长出来的葫芦就会有不同的模样——这是谢一受日本方形西瓜的启发而产生的灵感。到秋天葫芦成形了，还可以再加工，就像她买到的那样，绘画、烙画、雕刻……只要好看，有趣味，肯定会受到收藏爱好者的青睐的！她找到了葫芦专家，给她提供了优质的种子，又向老万做了汇报，老万很支持，不但当场就选拔了群艺馆里的造型、绘画、烙画、雕刻等各个艺术门类的老师，还邀请了其他的艺术老师，就等谢一一个通知马上就能人马三齐地开赴到王菜园进行实地指导。这趟差让谢一欢喜不已，自然满脸春风，让她看起来格外迷人起来。她远远地看见村委会大门前的队伍十分汹涌澎湃，还以为大家都在高高兴兴地交货呢，等到走近了才发现不大对劲。

那些人是认识谢一的，一看到她就像看到了救星一般呼啦一下就把她围住了，七言八语嗡嗡一片。

谢书记，恁咋说不收就不收了？

就是啊，也不通知一声，突然就不收了。

谢书记，求求你，还是把俺这批货收了吧……

谢书记，行行好吧！……

谢书记……

咋回事？谁说不收了？不是一直都收得好好的吗？谢一听得一头雾水，但看大家焦急的样子却不像假的，也着急起来，我出差刚回来，还不了解情况。大家不要慌，我会给大家一个交代的。等我了解一下就给你们答复。

既然亲爱的谢书记这样说了，那就等着好了。

谢一好不容易挤进大门紧闭的村委会大门愣了一下，难道发生了什么事？她没有犹豫，马上给柴福山打了电话，要他过来一趟。

柴福山却说，谢书记，你还是来我家吧。

你为什么不能来村委会呢？谢一追问道。

我不敢见那些人……

为什么不敢见？

他们要是见了我非把我撕吃了不可啊！

为什么？

哎呀，谢书记，你来吧，你到我家就什么都知道了。

现在是上班时间，上班时间不在村委会上班，躲到家里像什么样子？

不是在躲那些人嘛——他们太难缠也太凶了，我害怕……

有什么好怕的？再说躲也不是办法，有什么问题就解决什么问题！我在村委会等着你！

柴福山无奈只好磨磨蹭蹭地来了，看到谢一一把就把她拉到一边去了，小声道，谢书记，你不知道乡下人要是闹起来有多厉害，我看你还是躲躲吧！

为什么要让人家闹起来？究竟出了什么问题？为什么不收购他们的柳编？谢一连串地质问道。

这，这……柴福山看看谢一支支吾吾吞吞吐吐湿湿黏黏好半天也没说出个子丑寅卯来。

怎么了？说啊！

柴福山指指那些前来交货的客人，向谢一递了个眼色。

别遮遮藏藏的了，反正什么情况也是要讲给他们听的，不如就一起讲给他们听了。

哦，好吧，咱们……上次……那批货被人家……退回来了……

退回来了？不要说谢一就连前来交货的客人都愣住了。

为什么没跟我说一声呢？谢一问。

我想你在出差，恐怕也……就没……

嘻，你呀！——谢一不再抱怨，赶紧问，客户没说什么原因吗？

给他们打电话问了，可他们只说不合格，没说具体的原因。柴福山窘迫地说。

那你开箱检查了吗？谢一再问。

没，没有。柴福山这时候才突然恍然大悟起来，怎么把这茬忘了呢？

赶快把人叫过来，开箱检查一下。谢一吩咐道。

是！柴福山立刻通知了一众村干部和何秀兰，要他们立刻到村委会来。

听说谢一回来了，大家很快就赶了过来，一些村民也围拢过来想看看究竟怎么回事，谢书记又是咋样解决这难缠的问题的，毕竟公司也有他们的一分子啊。

等村委会的一众干部到齐的时候，柴福山也已经带人开箱检查完毕了，可是让人哭笑不得的是居然没检查出什么问题！

怎么可能没问题呢？我们和他们一直合作得好好的，他们不会无缘无故就退货的！谢一严肃地说，再仔细检查检查！

可是等柴福山再回来的时候还是外甥打灯笼照旧没检查出什么问题。

我看看！谢一看了看柴福山，立刻带着一众村干部和何秀兰到村委会大院一角刚修建的仓库去了。

村委会大院本来只有五间房子，既做办公室也做农家书屋还做村民议事厅、广播室、档案室、学习室……真把空间利用到了极致！不过，也是不得已的法子，没有钱把一切都束缚住了，只能这样凑合着。大家都笑着管村委会叫多功能四合院，是全世界独一无二的！谢一来了以后多方争取资金，把东西厢房和大门楼都盖了起来，使之成了名副其实的四合院，等公司成立以后又把东厢房腾出来做了仓库。

仓库里什么都有，柳条，做水缸的大塑料桶，颜料，产品展示柜，大小包装盒，当然还有一个个被退来的货箱，有的打开了，有的根本原封未动。那些打开的货箱里一个个大小不一花花绿绿的纸盒子，有的也打开了，有的仍然纹丝未动，还是当初在这里包装后发货前的样子。

谢一拿起放在纸箱上的天鹅一眼就看出了毛病，质量太差了！不是过去那种粗细均匀、无疤无痕的柳条，而是有疙瘩、有凹痕、有黑点，虽然疙瘩和凹痕都不大或者说不明显，可牵一发动全身，一个看起来微不足道的缺陷就把整个工艺品毁掉了，正如一颗老鼠屎坏掉一锅美味的汤水一样。何况根本不是一处两处，而是许多处！更要命的是这是一只白天鹅，整个工艺品用料都必须是纯色的柳条才行，也就是说柳条的白色亮一些暗一些都行，但必须保证整齐划一，而这只白天鹅的颜色完全深浅不一，给人的第一印象就是胡拼乱凑杂乱无章不伦不类。事实上，一处两处已经属于败笔，许多处星星点点集中在一起说是瑜不掩瑕都说轻了，根本就是良莠不齐千疮百孔半零不落，当然惨不忍睹！

谢一转手交给身边的何秀兰，让她看看如何。

何秀兰刚才只顾看别的，看一件摇一次头，再看一件再摇一次头，听见谢一叫她才转过身来看她递过来的白天鹅，马上就叫起来，这咋能中啊？！

本来大家都沉浸在焦虑不安的气氛中，整个仓库都很安静，偶尔打开纸箱和包装发出的声音让这种安静更加死寂。何秀兰的叫声一下把大家都吸引了过来。

大家只看了一眼就摇头叹息起来，这也太难看了啊！

谢一让大家马上到会议室开会，研究柳编工艺品质量的问题。到场的不光是一众村干部和技术员何秀兰，还有一些股份比较大的股东也一起来了。谢一看小小的会议室根本坐不下这么多人，随即宣布会议在院子里召开。

平常还不觉得什么，此刻的村委会大院却格外的小起来，黑压压的挤满了人。这是因为听到谢书记回来的消息许多村民都来了，加上那些等着交货的客人人满为患就是再自然不过的了。

虽然会议不打算召开很长时间，还是设了主席台，上面摆放着好几个柳编工艺品——不用说也知道一定是从退回来的货箱里抽出来的。

谢一随手拿起一个举起来以便让所有人都看得到，说，我们今天召开这个会就是要解决产品被退货的问题！那么，为什么会被退货呢？肯定是我们的产品出了问题。那么，为什么我们的产品会出现问题呢？肯定是我们的质量检验出了问题。那么，我们的产品检验是怎样出了问题的呢？请柴福山同志谈一下这个问题。

柴福山没想到会让他当着大伙儿的面儿发言，那就等于把他的错误当场亮给大家伙儿看，这让他的脸面往哪儿搁啊？一时面红耳赤起来。

谢一看看他，又等了等，见他还是一言不发，就催促道，柴主任，快说说怎么回事啊！

柴福山还是不吭声。

谢一说，柴主任不说，那就我来替他说吧。咱们这里不是有老话说人心换人心八两换半斤吗？也说要想公道打个颠倒，事情放在任何人身上都要受得了才行啊。可我们呢？根本的问题就是把关不严，让次品成了合格品。这，要是换成别人这样忽悠我们，我们会认吗？

台下有人不觉说道，当然不认！

谢一接口道，对啊！放在咱们身上咱们就不认，凭什么放在别人身上别人就认呢？除非他是傻子！说到底，这是诚信的问题，是做人的问题！说到这里，我想问一下柴主任，你当初收购这些产品的时候是怎么想的呢？

柴福山早就满头大汗了，不过到了这个时候不说已经不行了，想了想，说，是这样。我也知道那些产品的材料不好，可是我给他们的价格也低啊。我想他们辛辛苦苦地把柳编编出来也不容易，又不是他们故意以次充好，只是材料不好，因此就……

那这些呢？谢一又拿起一个从外观上看起来中规中矩的小胖猪扬起来，既是给柴福山看，也是给在场的所有人看。

谁也不知道谢一葫芦里卖的什么药，不禁一阵惊讶。

谢一说，这个小猪很可爱，是不是？看起来也很漂亮，可还是被退货了。大家一定想知道为什么，对吗？我就把谜底揭开给大家看吧。这个小猪本身没有问题，可是它不是按照跟客户的要求制作完成的，尺寸大了一点。

啊，这也算毛病啊？在场的人大出意外，不禁一阵窃窃私语。

对的！这就像轴承的钢珠，大了不行，小了也不行。以后大家再编织的时候一定要严格按照要求做，要不然还会被退货的。

大家不禁一阵发怵，不禁暗叫，我的妈吔，这也太严了吧？

这一件呢？谢一又举起一个圆圆的盾牌问大家，谁知道毛病出在哪里吗？

这个好像没啥毛病吧。柴福山偷偷看了看，怯怯地说。

柴主任说得对，这个盾牌确实没毛病，可还是被退货了。大家知道这又是为什么吗？谢一痛心地说，没别的，就是次品太多，人家懒得挑选，就让我们自己重新挑选，当然只能退货啊。乡亲们，商场就是商场，是来不得半点马虎的。你糊弄他，她就糊弄你，到最后吃亏的还是我们自己！

大家都点了点头。

那么，这些次品我们该怎么处理呢？谢一又问。

谁编的退给谁。半天没发言的田明脱口而出道。

对对对，谁编的退给谁，合情合理，没说的。这回不单是村干部和股东们，就连前来送货的客人也异口同声地说。

谢一摇了摇头。

谢书记？在场的人又是一个意外。

李树全试探地问，谢书记，你的意思是……

一把火全都烧了！谢一坚定地说。

啥？烧了？那不是太可惜了吗？拉到街上随便也能换几个钱啊。李树全说，虽说柳条不值钱，可乡亲们没日没夜地编织也没少辛苦啊，他们的劳动不能白费啊！

对对对！李主任说得对！不能烧啊！谢书记！在场的人不约而同地哀求，那声音就十分壮阔。

不行，一定要烧！而且还要让所有的工人都来看，我，还要亲自点这把火！谢一宣誓一般地说。

于是，在众目睽睽之下，那些被退回来的柳编一箱一箱地被打开，一个接一个地被扔在地上。起初的几个似乎预感到就要大难临头一般，痛苦地翻了几个滚儿，还没来得及滚得更远，就被后来的柳编压在地上动弹不得了。再后来，那些被扔在上面的柳编依然心有不甘，乘人不备一个骨碌翻滚下来远远地滚开了。可惜，还是被冷面无情的乡亲们捉住了，重新被扔了回去。终于，村委会门前一座由柳编堆出的小山巍巍然地耸立起来了。它像即将被执行的死囚犯不停地颤抖着痛苦地呻吟着哀伤地扭动着。可是，时辰一到，它依然被浇上了呛人的柴油，等待着最后一刻的到来。

谢一一直站在那里，看着眼前的这一切。她身边是赵金海已经准备好了的火把。

谢一看着一切就绪，才缓缓地看着在场的每一个人，刘赵氏、彭青锋、李群杰、李坤书、李铁锤、麦大友、姚桃花、何秀兰、李树全、柴福山、田明……

谢书记，要不就……赵金海一直都在注视谢一，他知道此刻谢一一定比谁心里都难过，毕竟公司是她一手操办起来的啊！

点火！谢一果决道。

赵金海犹豫了一下，还是在谢一的逼视下点燃了火把。虽然人很多却没有一个人发出一丝声响，因而偌大的空间里一片死寂，打火机打开的声响十分响亮、刺耳，火把被点着毕毕剥剥的声响让在场的每一个人都心惊肉跳的，火星很快变成火苗呼呼地响着，蹿出老高的火焰把傍晚的村委会门前映照得一片通明。

谢一从赵金海手里接过火把，一步一步地向柳编山走去。这段距离只有十步远的样子，可谢一却走了很久很久，而且每一步都那么缓慢那么沉重那么疲倦，像是走过了万水千山一般。终于，谢一还是走到了柳编山前。她停了一下。她慢慢举起手中熊熊燃烧的火把，像举起一面旗帜一座大山一把斧子。谢一看了看手中的火把，毅然决然地把它扔了进去。

火把先是暗了下去，但很快就燃烧起来，好像对刚才被丢弃十分不满，气愤地发起疯来，憋一肚子的火气都在刹那间迸发出来，很快那些白天鹅、小胖猪、盾牌……都疼痛不堪地扭曲起来。然而身子掉井里耳朵是挂不住的，没过多久它们就化为灰烬再也分不出彼此了。

忽然人群里一阵骚动，只见前来送货的客人纷纷将自己送来的货物解下来，散开，再一起扔进了越烧越旺的大火里。

你们这是干什么？谢一大声问道。

我们的也是次品。他们一边说着一边不停地扔着。

我们还没有检验，你们怎么就认为是次品呢？谢一再次问道。

谢书记，我们对照了你讲的次品的情况，我们的产品很多都合得上，就不用麻烦你们再检验了。虽然这次我们没有赚到钱，但学到了深刻的经验教训，以后一定会受益的！谢谢谢书记给我们上了一堂最好的产品质量课啊！

这以后，柳编工艺品再没出现过次品，自然再也没有被退货过。

就在大家以为从此就会顺风顺水的时候，新的问题又不期而然地冒了出来。这次的问题出得既让人想不到又有点并不意外——说让人想不到是因为之前触发生过这样的事，也已经解决了；说并不让人意外是因为没有彻底解决，拖了个小尾巴，没想到就是这不起眼的小尾巴竟然做了大祸！

这个问题既是新问题也是老问题，说来说去就一点——原材料柳条。

柳条是柳树的枝条，而柳树在当地像杨树、楝树、椿树、槐树、楮树、枣树、桐树、桑树、榆树一样都是司空见惯的树，地头、河边、路旁、谁家的院子里总会有上几棵。这几种树都很高大，除了杨树和柳树都能做盖房子的大梁、房檩或者打家具的木材，后来有了剥皮的机器，杨树成了最合适的木材，一夜之间脱胎换骨般地堪为大用起来，单单剩下个柳树高不成低不就的。说柳树高不成是因为不成材，低不就是因为它还有点用处——俗话说民以食为天，既然吃饭就要切菜，切菜必用砧板，尤其当地的主食是面食，蒸馍、擀面条离开大面积的案板就像是钓鱼没有竹竿、写字没有笔杆、撒鱼没有网一样是根本不行的，而最适合做案板的就是柳木了。柳木木质细腻绵软，而又十分普通，做案板自然非它莫属。还有一样，当地谁家有人去世必要柳树枝做招魂幡，而人去世又是每天都可能发生的事情，所以没有柳树是万万不能的。如此一来，柳树就是最常见的一种树木了。因为太常见本来是没谁稀罕的，可自从王菜园做起柳编工艺品就洛阳纸贵起来，同时，随着订单的不断增多，柳条的用量也水涨船高起来，一时有些供不应求了。还有就是谢一不时地邀请省群艺馆和其他的艺术品专家给柳编工艺品做指导、规划、设计等等，柳编的市场不但在不断扩大也在不断向着高端化发展。这就要求必须有更稳定和更高质量的柳条才行。比如一个白天鹅，就可能有多种造型、多种尺寸规格，如果尺寸比较小，同一批的柳条轻轻松松就能完成，如果尺寸比较大，同一批的柳条就很难完成，如果有两批柳条用在同一件作品上，就会产生柳条粗细不均、颜色不齐的弊病，而如果压缩数量就很难大批量生产，影响效益。而柳条又是关键中的关键，非得到有效解决不可，否则长此以往，这个致命的缺陷就会越来越明显，有可能严重影响企业的发展。

谢一发动大家八仙过海各显神通，甚至还到处征集有用的办法，结果也还是没能解决这个当紧的问题。

这天，谢一到乡里开扶贫工作会的时候，栾明义看她一直走神，就问她是不是太累了。

没有，我在为柳条的事发愁哩。谢一愁眉不展地说。

柳条？栾明义哈哈大笑，谢书记，你可太逗了，柳树到处都是，柳条还不一样到处都是，还用得着发愁？

栾书记，你不知道我们对柳条的要求，一般的柳条很难满足条件的。谢一一扬眉毛就把柳条的事原原本本地说了一遍。

栾明义听完，叹了一口气，说，看来一个小小的柳编也是很不容易啊！看谢一还是闷闷不乐的有些心疼她，就逗她说，要不，你们可以自己种柳树嘛。

种柳树？谢一一愣。

对啊。你看，过去经济作物有棉花、烟叶、苎麻等，可这些都太传统了，稳当是稳当，可赚不了大钱啊。后来有人种微量元素含量丰富的旱季稻，据说产量还不错，消息传开种植面积不断扩大，最早种植的人靠卖种子发了；再有种黑麦的，也一样发了；还有种玛卡的、养黄鳝的、养野猪的……总之不能按常规出牌，就像老话说的那样一招鲜吃遍天啊。按说种柳树也没什么稀罕的，可以前大家都是按绿化的要求种的，你们不同，是按原材料种的，因为你们会柳编，别人不会也想不到啊。试试吧，说不定能行呢。

谢一起初没太把栾明义的话当回事，后来越琢磨越觉得是这么回事，回来和大家一商议，一致通过。真是山重水复疑无路柳暗花明又一村，踏破铁鞋无觅处得来全不费工夫，众里寻他千百度蓦然回首那人却在灯火阑珊处……

然而，让谁家种呢？一涉及到这个问题，全场一下鸦雀无声了。

谢一很奇怪，明明知道有销路，为什么就不肯做呢？后来还是田明一语道破了天机。土地是农民的命根子，在种地这件事上谁也不敢也不会糊弄。十几年前，乡里为了发展副业，逼着农民种药材、种蔬菜、种水果，可到了丰收季节却卖不出去了，眼睁睁看着上好的药材、蔬菜、水果烂在地里、坏在家里、臭在街上……

辛辛苦苦几个月换来的不是哗哗响的票子，而是又咸又苦的眼泪，谁还会愿意一遍遍地吃亏上当呢？谢一很理解但也不理解——理解农民的不易，不理解自己亲眼看到的也在受益的事情，为什么还不相信呢？

谢书记，你没种过地不知道啊。田明感叹道。

又是不知道，不知道什么呢？谢一很想知道，就催她，快说！

咱们王菜园人人都在受益家家都在挣钱不假，可那是野柳树，好点坏点都没关系。要是搁到好好的地上就不一样了。地是啥？是爹，是娘，是天啊！再说，种啥都得耗费养分。庄稼种坏了就一季，下一季一改种，照样种啥得啥。柳树就不一样了，那不是庄稼，那是树啊！种过庄稼的人谁都知道树比庄稼耗养分耗得厉害呢，一茬树种下去得好几年养分跟不上，那以后就苦了啊！俗话说，人误地一时，地误人一年，何况好几年呢？谁受得了啊！田明语重心长地说。

什么一茬？谢一嚷起来，只要公司办下去，柳编就会继续下去，柳条就得源源不断地采购。哪里还会有苦地的事情呢？

田明看看谢一说，谢书记，说是这样说，可谁能保证得了呢？老百姓都不信啊！再说，以前吃的亏太多了，都吃怕了啊！

要不这样，就是村干部先带头，你看怎么样？谢一灵机一动说，我觉得只要干部带了头，群众就一定会跟着种的！

田明摇摇头，别人我不知道，我只知道我是不敢……

谢一被噎得说不出话来，你……

谢书记，你别生气，你生在城里，不知道农民的苦啊！办法总会有的，咱们再好好想想吧。田明劝道。

谢一很惋惜，可也没办法，只好向栾明义和老万诉苦。栾明义很理解，劝她不要急，现在还是时候不到，等时候到了自然会有人种的，真到那时候恐怕拦都拦不住的。栾明义说的情况也不是不可能，只是不知道这种情况会等到什么时候才会发生，真到那时候只怕是黄花菜都凉了。老万倒是出了个办法，可以优先购买种植户的柳条。不过，这个办法实施起来还是没人肯信，主要原因还是无法有铁的保证，而之前已经有过逼着农民种蔬菜、种水果、种药材的惨痛教训。

就在谢一一筹莫展之际，老公宋心之突然给她提了个建议，签协议！这倒是个好办法！不过，谢一还是听得只愣怔。不单是签协议的建议让谢一没想到，就连宋心之能给她建议都让谢一十分吃惊，要知道她来王菜园宋心之一直都是不怎么支持的啊！真是太阳打西边出来了！

怎么样啊？老婆。听得出来，宋心之的语气里颇有几分得意。

好好好，老公，你真棒！老婆在这里谢谢你了，也替王菜园的乡亲们谢谢你了！谢一连忙答应了。

OK！宋心之接受了老婆谢一的感谢，赶紧去执行吧。

嗯！谢一飞吻了宋心之一下，就匆匆忙忙地到村委会去了。

听说能签协议，村民们都来了。种地也能签协议这是自古没有过的事，太稀罕了！大家都想看看这样的协议是怎么签的，又是哪些人签的。

谢一以为大家都是来签协议的，让大家排好队按各个自然村分组签订。可是，尽管来的村民不少，签协议的却一个也没有。

咋回事？谢一有些奇怪。

大家不知道咋签。赵金海说。

协议都已经拟好了，签上名字和身份证号，再交一份身份证复印件就行了啊。谢一有点不耐烦，这些广播里不都明明白白的说过了吗？

是说过了，可他们还想问问，是全部签还是可以签一部分。赵金海又说。

什么意思？谢一没想到说明白的事居然还会有这么多条条款款。

就是要签协议的话，是不是必须把家里的地一下全签了，还是可以只签几分地？赵金海说。

协议上的地亩是可以灵活机动的，可以多签，也可以少签，根据个人意愿来定。谢一这才搞清楚，原来村民还是有顾虑啊！

村里是不是有统一地块的划分呢？赵金海又提出了一个问题。原来当地的地块很多，有黄土地也有黑土地，有沙土地也有僵泥土，土质不一样长出来的庄稼自然也不会一样。为了公平起见，当初分地的时候就把每块地都均匀地分给了各家各户。这样一来，各家各户都分到了许多地块。过去要求种蔬菜、水果、药材的时候就是把被上级选中的地块统统都种上，一般来说这样的地块都是土质优良又在比较显眼的地方，既方便管理也方便上级领导路过这里的时候尽收眼底。那时候虽然不情愿，但好歹种的还算是庄稼，可现在种的却是树，常言填坑不要好土，万一选了好地可就亏了。

没有划定，种在哪个地块都由自己决定，怎么合适怎么来。谢一觉得有必要再做一个补充说明了，就让赵金海起草了一份，连同协议一起签，既是对种植户的保证，也是对公司长远发展的负责。

一切都完完整整清清楚楚明明白白的了，可是，谁来当第一个吃螃蟹的人呢？大家一下都看着何秀兰，毕竟她是村里第一个在一个月里就挣到一万块的人，赚的还是柳编的钱。

何秀兰一下紧张起来，她甚至有点后悔不该挣那一万块钱，说不定以后还会有啥事都要她挑头，那麻烦可就大了。她看了看老伙计田明，自然是希望她能帮帮她。以前，田明没当妇女主任的时候，每次开会甚至每次赶集、下地除草、打药什么的俩人都会走在一起，有什么事都可以商量，有时候就连买衣裳都会买一样的。现在，田明当了妇女主任俩人在一起的机会就少起来，因为不在干同样的事情了，或者同样的时候不能再同一时间做了。有时候确实是在同一时间又确实是做同样的事，俩人还是不能待在一起，比如现在开会，虽然都在会场里，只要一抬头就能看到彼此，可田明待的是干部的位置，何秀兰待的则是村民的位置，俩人还是有一定距离的。可别小看这一定距离，想说句话，商量个事儿都难了。而有些话有些事是不需要郑重其事的，只需随口说一下碰一下对方就好，可惜这段距离就把俩人隔开了。不到不得已或者赶巧了，何秀兰不再主动找田明，一来不方便，二来也怕影响她的工作。今天，何秀兰觉得很无助，怎么都想有个人替她做一下主，或者帮她分析一下情况，好让她不至于乱了方寸，不由就朝田明看了过去。

到底是多年的老伙计，田明很明白何秀兰的心思，也知道其实何秀兰的心思也是大家的心思，就说，我先来吧！我就把俺家那块河坡地先签了。三个自然村连成一线，又都背靠涡河，自然条件完全一样的，很自然家家户户都会有一块河坡地的。在村民的记忆中河坡地最早是废地，就是不怎么种庄稼的地，最多用来种树以便将来盖房子、打家具、修农具什么的有木材可用，后来才开始开荒种起庄稼来，可因为靠近河水，庄稼多半都会被淹要么减产要么绝收，大家才突然明白过来老辈人为什么不肯种庄稼而只是种树的原因了，再到后来索性又恢复到最初种树的样子。现在还是种树，那就是重操旧业再合适不过了。其实，田明还是耍了点小心思，她家的河坡地不算多，种得却很杂，桃树、青菜、庄稼什么都有，自然什么都不好，照当地人的说法不过是随便长点什么不至于白白浪费土地罢了。河坡地反正是废地，种什么都无所谓的，现在改种柳树也不费难，还在村干部里落个带头积极响应集体决策的好名声，同时又帮了老伙计何秀兰的大忙，一举多得，何乐而不为呢？

何秀兰本来的意思只是想让田明帮她出个主意的，没想到田明竟然当仁不让一吐为快捷足先登了，心里有些过意不去了，马上跟着说，我也签俺家的河坡地。在乡下，结了婚的男人被称为外人，女人则被称为家里的，意思很明确，那就是男主外女主内。按照一般的看法，对外的都是大事，家里的都是小事。为什么对外的都是大事，对内的都是小事呢？因为对外的事情都会对一个家庭的方方面面产生很大的影响，而家里的事只是鸡零狗碎是不关家庭多少痛痒的。这样一来，大事当然得由男人来做主。乡下人一辈子的大事屈指可数，无非是盖房子、娶老婆、种地。既然种地是大事，那就不能由女人做主，然而当下男人都打工去了，家里的大事本来也可以商量商量的，可这会儿哪里来得及？不经过男人吐口就自作主张总会让女人觉得亏欠了男人的，有点越俎代庖了。不过，情势所迫，加上前面何秀兰轻而易举地就挣到了一万块，这让何秀兰的底气壮了不少，还有这事是一心为大家的谢书记的主张，老伙计田明的一马当先，也就顾不得许多了。

村干部们都以为何秀兰不会签的，一个技术员都不肯签，他们虽然作为村干部可到底离着柳编还隔着一层，自然就可以心安理得地观望，没想到妇女主任田明居然第一个表态签订协议了，更没想到村民何秀兰会争先恐后，一下脸上有些挂不住了。

李树全马上说，还有我家！

村主任带头表了态，其他的人还能有什么说的呢？跟着签呗。

村干部们都带了头，就连技术员何秀兰都带了头，村民们更没话说了，刘赵氏、麦大友、李群杰、彭青峰……都一一跟着签了。

有了地，剩下的就是柳树苗了。

柳树这东西是最好侍弄的，撅下来一截枝条随便往地里一插，要不了多久就会长起一棵大树来，就像老话说的有心栽花花不开无心插柳柳成荫。再一个就是如果只要细柳条的话，当年种下当年就能收获哩。

可是，既然大张旗鼓地种柳树了，还为着公司长远的发展做规划，谢一不想马虎，还是想认真地筛选一下柳树种。为此，她再一次到省城拜会植物专家听取建议。

　　柳树虽然很常见，可要能说出个七七八八来还真不是一般人能做到的。大家以为柳树就是柳树，除了平常见到的高大的柳树以外，就是在公园里常见的垂柳了，没想到真的去了解才发现柳树居然也有很多种，旱柳、白柳、垂柳、爆竹柳、圆头柳、白皮柳、云南柳、紫柳、杞柳、大白柳、大叶柳、细柱柳、棉花柳、朝鲜垂柳……多不胜数。

　　那么，该选哪一种柳树才是最合适的呢？

　　谢一经过一番甄别比对，选择了垂柳。垂柳的枝条不但又细又长，还十分绵软，一件柳编工艺品有几根枝条就够了，省时省工不说，还比较统一匀称，外观自然十分爽目。更让谢一和王菜园的村民没有想到的是过去都是扦插种植的柳树居然还能播种，真是大开眼界啊！来年春天把种子播种下去，过不了多长时候就会星星点点冒出头来，再过几天就郁郁葱葱地长起来。那时候就可以像割韭菜一样地收割了。再过一阵子，收割过的柳树又会长出新的枝条来，再过一阵子又可以收割了，周而复始永无断绝，既省力又能得到优质的柳条，真是再好不过了！

　　柳编的销路一直不错，种类十分丰富，质量关严把死守，现在又把柳条的问题解决了，村民们再也不用担心什么了。不但不再担心，很多村民还悄悄把自家承包的责任田改种了垂柳。有人问他们为什么要改种，他们笑了，不改种才是傻子哩！

　　的确，种柳树跟种庄稼比起来实在太划算了！种庄稼收收种种的辛苦不说，还回回都要精挑细选种子，还得担心水大了会淹着水小了会旱着，真是操碎了心。种柳树就不同了，这东西跟韭菜差不多，一次种下去一辈子只管一茬接一茬地收割就是了，还不愁没有销路或者价格不稳，简直美死了！

　　更让王菜园人没有想到的是附近村的村民也有样学样，不知什么时候悄悄地跟着种上了垂柳。他们说，王菜园就是俺们的领头羊哩，她往哪里去，我们当然得跟着往哪里去，要不会吃大亏哩！

二十

　　天有春夏秋冬，人有喜怒哀乐，这是每个人都知道的事情，也是年年岁岁时时刻刻都在发生的事儿，没什么稀奇的。可是，当秋风再一次翻动王菜园的草草木木枝枝叶叶根根梢梢的时候，王菜园人简直快要疯了！因为他们得到一个犹如晴天霹雳一样的消息——王菜园第一书记谢一谢书记两年任期期满，调回原单位省群艺馆工作。

　　谢书记一手创办的七彩阳光股份有限公司刚刚进入良好运行的轨道，还没有好好享受就走了，怎么能答应呢？

　　村民们都等着请谢书记到家吃顿饭，哪怕喝口水，谢书记还没答应，怎么能行呢？

　　空闲的时候谢一会教村里的妇女们广场舞，这可是个新鲜玩意儿。开始大家羞羞怯怯畏畏缩缩躲躲闪闪的谁也不敢跟着跳，可耐不住谢一一而再再而三的鼓动和那诱人的舞曲优美的舞姿，终于有人尝试着跳起来。正当大家跳得上瘾还没学会的时候，谢书记就要调回去了，把大家撇得上不上下不下的，怎么可以呢？

　　谢一没事的时候就会摆弄她的照相机这里拍拍，那里照照，把大家稀罕得不得了。在过去，只有特别高兴的时候才会照相，还要穿上平常舍不得穿的衣裳，这里看看，那里捋捋，生怕哪里有毛病照出相片来就会永远有缺陷的。现在不同了，几乎人人都有手机，只是岁数大的是老年机，打打电话就好，岁数不那么大的都是能随手拍拍照照的智能机，没啥大不了的。可谢书记不一样，她不光拍张三李四周吴郑王男女老少，也拍花花草草鸡鸣狗叫小桥流水，还拍起早贪黑任劳任怨你追我赶，总之一句话，根本没有谢书记不拍的东西。等到报纸上杂志上网络上发表出来，甚至获了奖的时候，大家才恍然大悟。可还是不明白，这有什么用呢？谢一笑笑，不说话，还是我行我素地拍、拍、拍。后来终于有人明白过来，煞有介事地跟大家调摆说这叫艺术，于是也跟着拍了起来。我们的摄影刚刚起步，还没搞懂甲乙丙丁呢，谢书记就要调走了，这不把人吊起来了吗？

满地里按照谢书记的指导刚种出来的葫芦还没找到销路，人却就要走了，那不是像过去的蔬菜、水果、药材一样，也要烂在地里、坏在家里、臭在街上了吗？

事实上，这也是谢一担心的。

其实，谢一的担心从开春的时候就开始了。她找到唐晓芝反反复复地追问艺术葫芦是不是有销路，有多大的市场。唐晓芝告诉她，肯定有市场。现在的人不像过去穷得揭不开锅，家家都有富裕，人人都有闲钱。俗话说吃喝玩乐，吃饱喝足，剩下的就是玩乐了。在玩乐这点上可谓花样翻新，有人玩古董，有人玩玉器、铜器、金器、银器、玛瑙、象牙、琥珀、蜜蜡等，也有人玩石头、木头、核桃、橄榄核、绣品、菩提等，这些都是传统的，随着人们的兴趣更广泛，玩的东西也更加宽泛，近些年也有人玩葫芦、竹器、金刚等。传统的东西市场已经形成，成本会高，想扩大市场很难，但新生的东西因为大家还认识不足，肯定会有扩大的空间，至于有多大，需要慢慢培养的。

得到有市场的答复，让谢一心里好过了一些。事实上只要有人肯卖，那东西就一定会有市场的，就拿这葫芦来说吧，谢一自己不就买了三个吗？当然，谢一要的市场不是像她这样零零碎碎的，而是整块整块的，因为如果她发动起王菜园的村民种起葫芦来，那就不是零敲碎打能够解决得了，必须有集中的、大量的采购才行。

最让谢一纠结的是村民们要不要种葫芦。如果种的话，不等葫芦收获她的任期就满了，到时候没有了她这些老葫芦怎么办呢？就算拿出去卖，当地的市场一时半会儿哪里消化得了这么多的葫芦呢？如果不种，大好的机遇就白白地错过去了，这该是叫人多么痛心的事情啊！

谢一掂量了再掂量，最后还是决定发动大家把葫芦种起来！她想好了，真到时候馆里要把她调回去，她可以申请留任，如果留任不成，也会是派馆里的其他人，那么她就帮新的第一书记把葫芦产业做起来。

有了柳编和柳条的经验，没人再怀疑谢一的话，因此她的消息一发出，就有村民跑来要买葫芦种子，同时也买了许多模具。不过，更多的村民虽不反对，可也不敢轻易吐口。谢一很理解村民，没再说什么，她明白只要让先行的人做起来，一定会有人跟随上来的，柳编、柳条不都是这样搞起来的吗？

现在眼看就要收获了，谢一谢书记却要调回去了。

这可不行！

绝对不行！！

万万不行！！！

谢一向群艺馆打报告，希望能留下来，哪怕帮助村民把葫芦搞起来就走呢？她不能扔下不管，要不然葫芦可就像以前的蔬菜、水果、药材一样真成了烂摊子！村民吃亏、自己会被骂娘不说，更辜负了村民对自己的信任——对自己的信任其实就是对党和上级的信任，那就一切都完了！俗话说一朝被蛇咬十年怕井绳，村民被坑了一次又一次，自己好不容易刚刚建立起的被信任转眼就会被打得稀碎，她会后悔一辈子、痛苦一辈子、不甘心一辈子的！以前，谢一很不明白为什么一旦领头的出了问题，大家就会作鸟兽散，哪怕再找出一个继任者也很难做下去，现在突然明白了。领头人坚定的意志、信仰和睿智的头脑是全体跟随者唯一信任的，是孕育光明的土壤，一旦失去这土壤，任何种子就再也无法生长了，自然不会再有以后的生根、发芽、开花、结果……

谢一认真总结了这两年来的工作经验，发现她之所以成功是因为走了一条最适合村民发家致富的路子。就拿柳编来说吧，无论是种植还是获取材料来都具有先天的优势，而且价格低廉，技术难度不大，风险很小，获得的报酬和利润却非常可观，加上适当的运作马上就会风生水起。正是因为这样，她才认准了葫芦项目也一定会马到成功的，因为葫芦和柳编有许多类似的地方，或者说除了材料和成品不同外，其他都几乎一模一样，已经有了先前成熟的市场，捎带着就把这项目做成了，实施起来也并不难。

谢一的报告还没写完，群艺馆已经在征求她的意见了，是否愿意连任。谢一当即就答应了。这虽然让谢一十分满意，却也有点不明白，怎么那么合自己的心意呢？这也太巧了点吧？后来谢一才恍然大悟，原来是李树全等一众村干部和许多群众亲自到群艺馆去了一趟，强烈要求谢一留下来。群艺馆知道这时候正是扶持村里最关键的时节，可又不想让谢一勉为其难，才向她发出征询意见的，没想到谢一正有此意，自然通过了。

王菜园的村民听说谢书记留下来了都欢呼雀跃起来，呼啦啦地涌到村委会把亲爱的谢书记里三层外三层地拥了起来。本来他们都想请亲爱的谢书记到每家每户做客的，哪怕是最简单的饭菜也好啊，可谁都知道谢书记从来不沾老百姓一分钱的便宜，要是躲不过去吃了或者接受了百姓送来的什么东西，她都会按价付钱的，搞得大家进也不是退也不是。所以，今天大家改了一下主意，准备给亲爱的谢书记演出一台他们自编自演的节目，看谢书记怎么拒绝，怎么付钱，嘿嘿嘿。

晚上八点，一台名为"谢一——俺们致富的带头人"的晚会热热闹闹地开演了。小品《小谢书记到俺村》、歌舞《亲人》、舞蹈《俺村的第一书记》《一把雨伞》《跟着书记学本事》《王菜园的昨天今天和明天》……

这些节目虽然比不上群艺馆里的精彩绝伦，更比不上春晚的气势磅礴，却充满了泥土的芳香、庄稼的青气、烟火的炽热……

再看看那些登台表演的人更让谢一感动了，田明登台了，何秀兰登台了，会计赵金海和小学校长马辉煌登台了，老书记彭青锋登台了，李树全、柴福山登台了，就连李群杰三兄弟都登台了……

最后，全体演职人员把亲爱的谢书记请到了舞台的正中央，围着她唱啊跳啊笑啊舞啊，直到很晚很晚……

这个夜晚，月亮醉了，星星醉了，连同树木、庄稼、瓜果……全都醉了……

第二天，谢一特意到葫芦园里走了一遍，挨个儿查看葫芦的情况。村民种的葫芦有两种，一种是专门用来吃菜的梨形葫芦，一种是用来观赏的8字形的葫芦，可现在这两种葫芦都被用作了观赏。梨形的葫芦外观不够艺术，可被模具套上以后就不同了，一个个不得不按照模具的样子生长、成形、固定。于是，一个个金刚葫芦娃、猪八戒、沙僧、悟空、老寿星……就活灵活现地长出来了。

这是村里人第一次见到被模具憋出来的工艺品，很是稀奇，啧啧了好半天。到底是乡下人，心眼还是软了些，看着本来应该溜光圆滑的葫芦生生被挤成这样，有些不忍心了，感慨道，虽说成材了，可实在太憋屈了啊。也有人反对说，就得这样！老话不是说不受苦中苦难为人上人吗？要不是受这憋屈，早就成了下酒菜，这会儿谁看得到它啊？何况还被恁多人赞叹？这人说的确实不错。梨形的葫芦以前只有两个作用，一是吃菜，二是做挖水挖面的瓢，这时候的瓢挖水叫水瓢，挖面叫面瓢。这些年，随着大家生活水平的不断提高，水瓢面瓢彻底沦落到英雄无用武之地了。梨形葫芦的唯一作用就是吃菜了。现在被加工成工艺品就和以往不可同日而语了，从英雄无用武之地一跃成了万千宠爱在一身的香饽饽。至于本身体型就很艺术化的压腰葫芦，更是一枝独秀，艳压群芳。

谢一一一看完，见村民们把葫芦种得非常好，梨形葫芦不但十分饱满，而且个头也大，加了模具的犄角旮旯眉毛胡子边边角角都长得足边足角的，十分满意。

那时候，谢一在省城请来的各个艺术门类的老师早已一批批地把村民们培训出来了，大家都早就翘首以盼摩拳擦掌跃跃欲试，就差冬天的到来了。

因为是要做工艺品，是不同于做菜的，秋天采摘的时候不但要小心翼翼而且还要带上把儿，不但带把儿还要带得完完整整的，不但带得完完整整的还要原汁原味的。那时候刚采摘下来的葫芦的外壳已经十分坚硬，外面表皮不但只有薄薄的一层而且还十分柔脆，趁着还水漉漉地新鲜着的时候，找出镰刀把外面的表皮轻轻一刮，一溜溜淡绿色的就被刮下来了。脱了皮的葫芦马上露出金黄的本色，但还舍不得完全褪掉过去的淡绿，这时候就要拿到太阳底下晾晒。一是让旧有的淡绿完全褪掉，一是让葫芦完全干燥起来，既方便拿取，也容易保存，唯一的麻烦就是干透的葫芦把儿因为是整个工艺品里最纤细脆弱的部分，又在最容易招灾惹祸的顶部，所以必须加着百分的小心，一丝一毫都马虎不得的。别看就一个小小的葫芦把儿，可不能小看它，就像皇冠上如果没有了明珠就会不值一提，鲜花上没有了露珠就会了无生气，美酒如果没有岁月的沉淀就不够醇厚一样，没有了把儿的葫芦还能叫葫芦吗？

冬天一到，那些已经晾晒了多日的葫芦早已干透了，已经准备好多时的人们马上向葫芦扑过去。可是，真的做起来并不那么容易。绘画还好，不行了就涂抹掉重新再来，雕刻的和烙画的就没那么简单了，一刀下错接下来就要花好多刀来弥补，如果两刀三刀下错，这个葫芦的档次就会下降很多，那就不值多少钱了。如果做得好，简直令人叹为观止。你看吧，那金童玉女、奔月仙子、散花天女、弥勒佛、赤脚大仙、南极仙翁、过海八仙……一个个都造型惟妙惟肖活灵活现出神入化，因为是第一次见到葫芦做出来的工艺品，因而和其他的材质比起来真是出其不意新颖别致独领风骚！

这些工艺品因为是第一批，谁也不知道会有多大市场，葫芦种植的本来就不多，加工的时候又坏掉一批，等到成品就没有多少了。既然数量不多就拿到县城试试吧，没想到很快就销售一空了。村民尝到甜头，来年种植得更多了，自然也获得更多更大的丰收和利润。

这下不得了了，周围的村子也跟着种起葫芦来了，可惜他们没有技术，无法加工。别小看加工，加工和不加工的葫芦价钱差远了，简直天壤之别。认识到加工的重要性，外村人强烈要求传授技术，但王菜园人哪里肯呢？俗话说，教会徒弟饿死师傅，也说同行是冤家，把外村人教会来跟自己争生意不是傻是什么？所以，王菜园人说什么也不会答应的。

这事很快就被谢一知道了——事实上她不想知道都不行，外村人已经找到她的门上了。

谢一听完，耐心地说，柳编你们做了还行，但葫芦如果你们也做，就不行了。

外村人以为谢一像王菜园其他村民一样不肯传授技术，但也理解，毕竟项目是王菜园人辛辛苦苦披荆斩棘破釜沉舟做出来的，换作是谁肯轻易许给别人呢？现在只能求他们在发展的路上捎带上自己。

谢一好像看穿了他们的心思，解释说，如果大家都一窝蜂地跟风搞，就会像多年前的蔬菜、水果、药材一样。那时候为啥突然不值钱了，就是因为太多了。常言物以稀为贵嘛。

那咋办哩？谢书记，我们也想致富的啊！外村人心焦气躁地问。

如果听我的，就好办。王菜园搞柳编、葫芦，李村可以做木雕，周村可以做泥塑，胡村可以做叶画、麦秸画……这样各村之间既不会形成竞争又各具特色，多好啊。如果我们附近几个村连成片，就可以搞一个乡土艺术旅游。而且，现在最时兴的就是旅游，各地都在根据各地自己的情况搞山水游、文化游、采摘游、鲜花游，我们就搞一个与众不同的艺术游，到那时候我们何愁不富、何愁不稳呢？

一番话说得大家茅塞顿开心服口服交口称赞谢书记，不护短不藏私又聪明又精明，真是一个难得的好书记啊！

后来，高朗乡按照谢一的设想做了严格的规划因地制宜发展各个村庄的特色的产业，果真像谢一预料的那样连村成片，逐渐把艺术品和艺术游发展壮大起来，不但成了当地取之不尽用之不竭的摇钱树，也成了远近闻名的一处风景区。

既然在家门口就能发家致富，谁还愿意千里迢迢风尘仆仆辛辛苦苦地去外地打工什么的呢？于是乎那些常年在外打工和做小买卖的人们也都回到家乡，过起了家家团聚其乐融融的日子。当然，这是后话了。

俗话说，人生三件事，盖房，娶妻，生儿子。村民们富起来第一件事要做的就是盖房子。瓦房扒了盖平房、平房扒了盖楼房，因而，家家都忙得不亦乐乎。那段时间刚刚修建的村道上一天到晚跑来跑去的都是送砖运沙等建材的车辆，来来往往都是做建筑的工人。可是，因为需求量太大了，很多时候虽然价钱贵得离谱，可还是供不应求，人们不得不四处求爷爷告奶奶地托人帮忙。

有一天，谢一从高高的河堤经过的时候，望着远处村道上来往穿梭的车辆，再回头看着静静流过的河水，两者一忙一闲一动一静形成了鲜明的对比，突发奇想，为什么不可以在河道里做点什么呢？她回到村委会把自己的想法一说，反而把大家都搞糊涂了，河道除了养鱼还能干什么呢？可是，河道既是用来供水浇地更是用来泄洪的，怎么可以随随便便养鱼呢？

谢一说，我想在河岸边建一座码头，大家看行吗？

码头？一众干部一时没听明白。

哦，就是运东西的地方，就像车站。谢一说。

大家互相看了看，再一起看着谢一说，谢书记，这条河是自然形成的，不知道有多少年了，可一直都是这样的，从来也没有人想过建码头啥的啊！

这没什么呀，咱们王菜园村也从来没做过柳编、葫芦啊，现在不照样做得好好的？谢一说。

这么说，谢书记有计划了？大家不再反对，只是一时不知道该怎么把码头建起来。

我考察过了，咱们背后这条河叫涡河，是汾河的分支，汾河是淮河的分支，而淮河向北连通黄河向南连通长江向东流入东海，水道十分丰富而阔达，对航运十分有利。也就是说，从我们这里向北可以到黄河能到的任何地方，向南可以到长江能到任何的地方，向东还可以进入大海。大家想想，如果我们修建了码头，就打通了这些地方，会给这些地方带来多大的便利啊！还有，航运是十分便宜的，又会给大家节约多少钱啊！

这是好事，可我们没有船啊。李树全有些为难地说。

这个我也想过了。谢一胸有成竹地说，现在大家都富了，买船是不成问题的，哪怕先买一条船呢，只要我们把码头建起来，第二条船、第三条船、第四条船就都会来的。到那时候，我们还能再创造一批工作岗位，让更多的人就业，一起发家致富！

既然谢书记已经谋划好了，那你就安排吧，我们一定听你指挥，指哪儿打哪儿！田明立刻说。

对对对，谢书记，你这样一心为俺王菜园，不，为咱王菜园着想，咱还有啥说的？你分派任务吧！我们一定认真执行！一众村干部异口同声道。

那好。谢一看着大家，这个团结的集体让她有些感动，如果大家都同意，我们就做好分工——我负责申请码头建设的审批程序，赵金海和李树全负责修建码头和附带的道路建设，柴福山和田明、顾威负责动员大家买船、联系客户！

说干就干，没过三个月，王菜园码头就建起来了。

码头落成那天村里像过节一样，不但王菜园这边熙熙攘攘的，就连对岸也都人山人海的，各个村里自发组成的演出队敲锣打鼓地祝贺来了。不但栾明义、郑海河来了，老万来了，就连大康县县长和谢一的闺密、表姐、合作伙伴唐晓芝和老公宋心之都来了。

码头落成典礼没有船会很扫兴的，原本报名参加的只有两条船，没想到竟然一下冒出十六条船来，把个码头前的涡河挤得简直水泄不通，却也井井有条，而且据说还有许多条船正在赶往这里的途中。原来，听说村里建了码头，村里那些在天南地北打工的人马上就在全国各地传开了，全国各地跑航运的船老大听闻消息，为抢得先机都蜂拥而来了。

更让谁也没有想到的是王菜园码头的落成真像谢一想象的那样，带动了涡河及其连通着的所有水域的发展，一船船沙子、水泥被运来了，各地的特产也大批量地运来了，这里的特产也一批批地运出去了。货运带动了旅游、餐饮、建筑、工艺品加工等各个行业的发展，那些操着南腔北调的人们来了，那些穿着奇装异服的人们来了，那些三教九流的人们也来了！

虽然只有短短三年多的时间，可王菜园已经发生了翻天覆地的变化，村里道路平坦而整洁，一幢幢小洋楼拔地而起，商场、工厂、花园、公园、苗圃、停车场、展览馆井然有序。涡河两岸码头、饭店、歌厅、舞厅鳞次栉比，河道里大大小小的货船、客船、游船来往穿梭，到处都呈现出一派欣欣向荣的繁忙景象，不知道的还以为王菜园自古就是航运重镇呢。

看着眼前一派安居乐业其乐融融的景象，谢一有点很庆幸当初没有吸引来投资，因为那些投资随时都可以撤走的，而一旦撤走当地还是和从前一样的。而她根据当地的情况由当地人自己创业搞发展才是可靠的、稳固的，因为永远无法撤走。

就在大家都充实而快乐地忙碌的时候，谁也没有注意到亲爱的谢一谢书记就要被调走了，这次不是回群艺馆，而是去西部山区更为贫困的地方去扶贫。按说，扶贫单位和帮扶地点一旦结成帮扶对子极少会改动的，怎么突然间调整得那么厉害呢？正如俗话说的小孩没娘说起来话长。

当初，上级领导布置扶贫任务的时候是经过认真研究的。群艺馆是做艺术培训的机构，而扶贫则需要很强的经济操作能力，两者差距太大了，考虑再三才让群艺馆和贫困程度相对不那么严重的东部地区的大康县结为帮扶对子，谁也没想到平常名不见传的谢一竟然不动声色地就发挥出这么惊人的能量来，说是改天换地对王菜园一点都不过分，甚至对整个高朗乡乃至半个大康县产生的影响都是巨大的。

尽管谢一一再回避媒体的采访和扶贫工作先进事迹报告会，可她的先进事迹还是不胫而走。西部山区一个叫作托坝的小山村一而再再而三地到上级部门那里请求，强烈要求谢一到他们那里去扶贫。上级有关部门找到谢一把托坝村的请愿向她做了说明。谢一爽快地接受了托坝村村民的请愿。

谢一把手头的工作向村委会的一众干部做了交接，然后收拾了一下行李就准备悄悄出发了，可她没想到还没走出村委会大院就被闻讯赶来的村民拦住了。原来他们已经一整天没有见到亲爱的谢书记了，这不正常，太不正常了！

谢书记怎么了？开会去了？出差了？病了？不会是被调回去了吧？不管怎样都要去看看，于是刘赵氏来了，彭青锋来了，何秀兰来了，麦大友有了，李群杰三兄弟来了……

谢书记，你这是……看到谢一的行李，村民们都愣住了。

田明早就忍不住了，她哽咽着说，谢书记要被调走了……

啥？

调走？

这怎么能行？

不行！

坚决不同意！！

必须把谢书记留下来！！！

望着黑压压的人群，谢一不知不觉地站住了，眼圈慢慢地红了。是啊，三年多了，一千多个日日夜夜，这里的一草一木一砖一瓦一沟一坎都是那么的熟悉啊！这里的人们不管男女老少，她都能一个个地叫出他们的名字！他们淳朴、善良、热情、勤劳、真诚……还有这里的腊肉、干梅豆角、野荠菜、疙瘩面……

她太舍不得这片美丽的土地，舍不得这些可亲可爱的乡亲们，舍不得这里的一切……

可她还是强忍着，仰起脸，对乡亲们笑了笑，说，我知道大家不想让我走，我也不想走，可我还是必须走！因为托坝村更需要我，就像当初咱们王菜园需要我一样。不过，如果有空我会回来看望大家的！王菜园能有今天我很欣慰，也很放心，希望大家同甘共苦再接再厉，把王菜园打造成豫东平原上一张靓丽的名片！

谢书记，我们知道你决定了的事情从来不会改变，既然你决定去托坝，我们无法挽留。我们也知道你从不接受别人的馈赠，可我们今天还是想送你一样东西，希望你一定接受！李树全说着，把一个红本本恭恭敬敬地呈到了谢一面前。

这是什么？谢一愣住了。

你打开看看就知道了。李树全说。

谢一接过来，慢慢打开，轻轻念道，谢一同志为王菜园行政村脱贫工作做出了突出贡献，经村中国共产党支部委员会和村民自治委员会研究决定，授予王菜园行政村荣誉村民称号，以表谢忱……

谢书记，你一定要接受啊！在场的村民震耳欲聋的呼喊声响彻了整个村委会。

好，我接受。从此，我也是王菜园的一分子了！谢一开心地笑道。

其实，你早就是王菜园的一分子了！随着洪钟一样说话的声音，栾明义、郑海河等乡干部们都一起走了进来。

谢书记，真舍不得你走啊！栾明义握着谢一的手真诚地说。

是啊，你要再多待两年，说不定我们王菜园会成为一个镇、一个市呢！郑海河说。

我会经常回来看望大家的。谢一满含深情地说。

嘀嘀。突然响起一串汽车的喇叭声。

大家循声望去，只见一辆银白色的中华轿车正停在村委会大门前的村道上，一个和谢一年纪相仿的男人正冲大家笑着，他不是别人，正是宋心之。

你怎么来了？谢一又惊又喜。

接你到托坝上任啊。怎么样？我这司机合格吗？宋心之冲谢一挤了一下眼道。

太合格了！谢一赶紧走过去，拉开车门，坐了上去，走吧。

好，走咧！宋心之说着发动了汽车。

汽车启动了，谢一打开车窗伸出手臂向人群挥动着，挥动着……这手臂是那么的瘦弱却又是那么的有力，是那么的弱小却又是那么的宽大，是那么的纤细却又是那么的结实！

汽车渐渐远去了，可谢书记美丽的形象却留在了每一个王菜园人的心里……

2018 年 9 月 6 日完稿于得一草堂